einzlkind

GRETCHEN

Roman

**Critica
Diabolis
207**

**Edition
TIAMAT**

Für Pampel

1

Als Gretchen Morgenthau aufwachte, fiel ihr der Himmel auf den Kopf und es fehlte nicht viel, da wäre Gott gleich mitgefallen. Sie hatte noch zwei Tage zu leben. Vielleicht drei. Schnupfen. Unheilbar. Endstadium. Die Nase war geschwollen und purpurrot. Auch der Bauch gebar sich aufmüpfig, rumorig und von Größenwahn getrieben. Die Viren schienen aus allen Nähten zu platzen, als fühlten sie sich nicht mehr wohl in diesem Körper, als bräuchten sie Frischluft. Sie ließ Dr. Mandelberg kommen, der eine Etage unter ihr seinen Ruhestand genoss und der ihr Rufen nie unbeantwortet ließ. Es hieß, er habe eine Schwäche für die Frau Intendantin, es könnte aber auch Demenz gewesen sein. Denn jeden Tag aufs Neue schob er heimlich einen kleinen Zettel unter ihrer Wohnungstür hindurch, handbeschriftet, mit schwarzer Tusche voller Rußpigmente, und auf den Zetteln standen kleine, rätselhafte Botschaften. Und die klangen so: *Sie sind mein Lieblingsmädchen, für immer.* Oder: *Wären Sie ein Tier, wären Sie ein Regenbogen.* Oder: *Ohne Euch ist der Mond wie Löwenzahn.* Zudem bestäubte er das Aquarellpapier von Hahnemühle mit einer Tinktur aus Sandelholz und Bergamotte. Und auch wenn er die Zettel nie unterschrieb und er immer ein kleines Geheimnis um die Urheberschaft machte, so war doch jedem im Haus bewusst, welcher Absender hier am Werke war. Dr. Mandelberg aber war kein Zurückgebliebener, er wusste, dass seine Chancen nicht die allerbesten waren, die Hoffnung aber starb auch bei ihm zuallerletzt. Gretchen Morgenthau hatte vor vielen, vielen Jahren einmal klargestellt, dass eine Liaison für sie unter keinen Umständen in Frage käme. Nicht einmal in ihren Träumen. Und in seinen besser auch nicht. Dr. Mandelberg war fast ein Jahr älter als sie, da hatte er nicht ernsthaft annehmen können, sie würde mehr als nur Mitleid empfinden. Obgleich er immer recht adrett aussah, wenn er mit seinem Köfferchen aus grob gegerbtem Rindsleder aufmarschierte, in seinen altmodischen Cordanzügen, die, obwohl immer eine Nummer zu groß, ihm dennoch irgendwie standen, wie auch an jenem Tag, als der Schnupfen ihrem Leben ein jähes Ende setzte. Viel konnte Dr. Mandelberg nicht tun, er konnte nie viel tun, er war ja Arzt. Er tastete ihren Bauch ab und sagte, sie habe eine Verstopfung und solle Kamillentee trinken. Kurpfuscher, fluchte sie, Kurpfuscher. Woraufhin Dr. Mandelberg erwiderte, er fände alleine hinaus.

Gretchen Morgenthau schaute aus dem Fenster, sie lauschte den Schritten und hörte, wie in Höhe der Hortensie am Ende des Bücherregals der Boden knirschte, wie er es immer tat, in ihrer Altbauwohnung oben im Norden der Stadt, mit Blick in den Park, der im Winter immer so traurig aussah, als sei er verlassen worden. Seit sie nach London gezogen war, lebte sie hier, in der zweiten Etage, auf knappen 120 Quadratmetern, kein Palast, sicher, aber für eine Person gerade eben ausreichend. Sie hatte eine Schwäche für Bescheidenheit. Und das Notwendigste war ja vorhanden. Stuck, Flügeltüren, Holzdielen, kleine Kostbarkeiten von Bekannten wie Jasper Morisson und Ettore Sottsass, das Lieblingssofa von Jaime Hayon, an den Wänden de Kooning, Reinhardt, Pollock, keine wirklichen Überraschungen, Standard für eine Dame ihres kulturellen Ranges. Als die Wohnungstür ins Schloss fiel, seufzte sie schwer, der Schnupfen war besiegt, aber sie würde ein Auge auf ihn haben, da konnte er sicher sein. Sie schleppte ihren vom Kampf geschwächten Körper in die Küche, schüttete Kaffee auf und schaltete das Radio ein. So leise, dass

Bachs Etüden kaum zu hören waren. Sie hielt sich gerne in der Küche auf, sie war ein Küchenmensch, immer gewesen, sie liebte das gesellige Beisammensein inmitten duftender Kräuter und klappernden Geschirrs. Doch als sie den Kühlschrank öffnete, machte sie eine entsetzliche Entdeckung: Die Erdbeeren hatten Schimmel. Nicht die oberen in der Schale, die sahen großartig aus, ein sattes, majestätisches Rot, von grünem Blattwerk behängt, das an kitschige Postkarten aus Killarney erinnerte. Doch schon eine Lage darunter vermehrten sich Pilze in einem Tempo, dass selbst professionellen Karussellfahrern schwindelig wurde. Einen Tag alt und schon Schimmel. Wie nur sollte sie ihren Joghurt essen ohne Erdbeeren? Banane war erst letzte Woche, und Kiwi, ja Kiwi, dafür musste sie in Stimmung sein, das ging nicht so einfach, da hätte man ja gleich von ihr verlangen können, sie solle es mal mit Brombeeren versuchen. Und was würde als Nächstes kommen? Dass sie ihr Geschirr selbst spült? Mit Putzmitteln? Also wirklich.

Es gab Tage, die konnten ihr gestohlen bleiben, aber auf Diebe war auch kein Verlass mehr. Der Kaffee hinterließ Spuren, eine kleine Unruhe bemächtigte sich ihrer, ein Blick auf die Uhr, es wurde Zeit, sie wollte nicht zu spät kommen, sie hasste Unpünktlichkeit. Insbesondere bei anderen. Denn selbst kam sie nie zu spät, es sei denn, Naturgewalten waren am Werk. Sie war ja selbst erstaunt, wie oft London von einem Tsunami oder einem Erdbeben heimgesucht wurde. Erst letzten Dienstag hatte sie Pech mit einem Vulkanausbruch, der ihren Friseurtermin um gute zwei Stunden nach hinten verschob. Diesmal jedoch wollte sie allen Eventualitäten die Stirn bieten und nur die akademische Viertelstunde gelten lassen.

Im Ankleidezimmer, mit zwölf Quadratmetern eine Bürde, die sie aber zu tragen verstand wie keine Zweite, erschrak sie für einen kurzen Moment. Ihr fiel auf, dass sie gar nichts zum Anziehen hatte. Armut, so dachte sie, müsse man sich leisten können, ein zu teures Vergnügen, als dass sie je die Muße dafür gehabt hätte. Und so war es auch nicht das Wenige, sondern das Viele, das ihr Kopfzerbrechen bereitete. Für die Verhandlung musste etwas dezent Autoritäres her, eine Mischung aus Eleganz und Überheblichkeit, auf jeden Fall nicht ganz so verspielt, wie sie es sonst bisweilen wagte. Eigentlich hätte sie eine Stunde für die Kleiderwahl veranschlagt, um auch nur halbwegs dieser Aufgabe gerecht werden zu können, aber der Schnupfen hatte ihren Zeitplan durcheinandergewirbelt. Es war nun an ihr zu zeigen, dass sie auch in extremen Situationen die Nerven behielt und das Unmögliche möglich machen konnte. Ihre Wahl fiel auf ein korallenrotes Chanel-Kostüm aus Mohairwolle, von glücklichen Ziegen gewiss, dazu schwarze Mid Heels von Rupert Sanderson, Betty ihr Name, denn Schuhe ohne Namen, sagte sie immer, haben keine Seele, und ohne Seele gehe sie nicht aus dem Haus. Passend dazu wählte sie die Riviera Stola von Louis Vuitton und die schwarze Handtasche von Fendi. Sie legte ihre Wahl aufs Bett, ging ins Badezimmer, schaute in den Spiegel und dachte an Wintergemüse, danach an Artaud und danach an Prada. Das Sprunghafte ihrer Gedanken war nicht neu, es nahm nur zu in letzter Zeit, ein sonderbares Gefühl, nicht nur verrückt zu sein, sondern irre zu werden. Sie spielte mit ihren langen grauen Haaren und mit der Idee, einen Dutt zu flechten, aber ganz sicher war sie nicht. Rouge Noir und Eight Hour Cream waren Standard. Beim Hübschmachen wollte sie keine Experimente wagen. Es reichte, wenn sie ihre großen, wasserblauen Augen betonte, in denen zu ertrinken nie schwerfiel, Vergnügen indes bereitete es eher selten. Es stimmte wohl, was ihre beste Freundin Fine immer sagte, dass sie die Menschen verstöre, schon mit ihrer Erscheinung, die nicht recht ins Bild einer 75-Jährigen passte, in dem das Rollatorende und das gebrechliche Hinwegsabbern des Restlebens noch nicht ausgemalt wurde. Immer noch wirkten ihre Beine in den blickdichten Strumpfhosen von Wolford, die sie in allen nur denkbaren wie auch bedenklichen Farben besaß, nahezu makellos, ihrem Gesicht mangelte es an Demut, und selbst ihre vielen Falten waren so beneidenswert geschwungen, als hätte Vermeer höchstselbst den Pinsel geschwungen. Mit ihren aufrechten 1 Meter 80 überragte sie die meisten Männer mühelos, und sie mochte es, wenn den Männern ungeheuer war, und wenn sie dann noch die Stimme erhob, die auch ohne Mikrofon kleine Gemeindesäle zu beschallen verstand, dann gingen die Männer lieber auf den Naschmarkt, zu Marillenschnaps und Friedefreudeeierkuchen. So jedenfalls waren die Männer in Wien. Und auch in ihrer Wahlheimat sah Gretchen Morgenthau die Männer an, als stände auf ihrer Stirn das Wort *Opfer*. Die Männer aber waren ein anderes Thema, ein ganz anderes, denn als sie erneut auf die Uhr schaute, fiel ihr ein, dass sie vor der Verhandlung noch mit Fine verabredet war, im Emilys. Sie musste noch ein Taxi rufen, und sie betete zu Gott, der Taxifahrer möge nicht wieder ein verhinderter Thomas Bernhard sein, der trunken auf nassen Heldenplätzen taumelt. Und sollte erneut ein Schüler ihr über die Straße helfen wollen, so versprach sie hoch und heilig den Notarzt zu rufen, bevor sie das dumme Kind vor einen Bus schubste. Frühkindliche Erziehung war schließlich erste Bürgerpflicht in London, dem Moloch.

2

Kyell öffnete das Fenster, die Gardinen stoben auseinander und die kalte Aprilluft brach sich bahn. Er atmete tief ein. Es roch nach Schnee, aber das tat es oft, und nicht immer kam er dann auch, der Schnee, und außerdem hatte es tags zuvor über zehn Grad, aber auch das hieß nie viel. Es war schon hell, um diese Jahreszeit ging die Sonne nur noch für eine kurze Zeit unter, sie zu vermissen war nicht einfach, denn meistens blieb ihr Verschwinden unbemerkt. Draußen machten sich die ersten Frühaufsteher an ihr Tagwerk, Jákup trieb seine fünf Kühe in die Höhe, denn oben auf den Hügeln gab es ein solch saftiges Gras wie sonst nirgendwo in Gwynfaer. Auch Samu war bereits in voller Montur auf Position, er saß auf einem Hocker vor seinem Haus, sein Fernglas fest in beiden Händen, dieses Jahr wollte er auf keinen Fall die Ankunft der ersten Puffins verpassen, komme, was da kommen sollte. Die Papageientaucher waren heilig, ihm und allen anderen, nur den McGreedys nicht, den schottischstämmigen Ausländern, die aßen Vögel, auch in der Suppe. Kyell blickte nach links, aufs Meer, das ungewöhnlich sanft brandete, als wäre es auf Klatschmohn. Der Tee in seinen Händen war noch heiß, der Dampf stieg ihm in die Nase, ein Geruch nach Zedernholz und Waldbeeren, ein Geruch nach seiner Jugend, die seit genau einem Monat vorbei war.

Kyell schaute auf das kleine Foto rechts neben dem Küchenregal. Er wusste nicht, wieso. Er schaute eigentlich nie auf das Foto. Warum auch? Nostalgie oder Wehmut waren ihm nahezu fremd. Zumindest in diesem Fall. Seine Kindheit war schön. Er hatte keine Eltern. Das heißt, er hat sie nie richtig kennengelernt. Seine Mutter starb, als er sie das erste Mal sah. Der Vater war nur auf der Durchreise. Es hieß, er verunglückte nur kurze Zeit später. Es gab nur dieses eine Foto von ihnen, aufgenommen in Norwegen, auf einem kleinen Bahnhof mit nur einem Paar Schienen, das, von Unkraut umwuchert, kaum noch zu erkennen war. Und immer, wenn er es anschaute, das Foto, sah er, wenig überraschend, das Gleiche: Seine Eltern sitzen Händchen haltend auf einer Bank und schauen aneinander vorbei. Die Mutter im Blümchenkleid. Ihre halblangen Haare sind dauergewellt und bilden im Wind ein krudes Knäuel. Auf ihren nackten Armen zirpt eine Gänsehaut. Sie sieht zerbrechlich aus, nach Porzellanfigur. Der Vater trägt einen schwarzen Anzug. Zwischen seinen Lippen hängt eine selbst gedrehte Zigarette. Der Rauch nebelt sein schmales, kantiges Gesicht zur Hälfte ein. Seine glatten Haare sind nach hinten gekämmt, nur eine einzige Strähne hängt vor seinem rechten Auge. Er schaut auf den Boden, auf die Holzplanken, die vom letzten Regen noch nicht richtig trocken sind. Ein brauner Lederkoffer mit silbernen Beschlägen, die voller Schrammen von den vielen Reisen sind, steht neben ihm.

Für Kyell war das Foto immer nur ein einziges Rätsel. Er wusste nicht, auf welchen Zug sie gewartet haben, er wusste nicht, wohin der Vater wollte, er wusste nur, dass ihm die Eltern fremd waren. Er vermisste sie nicht. Er hatte sie auch nie vermisst. Und er glaubte, das sei falsch. Aber sicher, sicher war er sich da nicht.

Aufgewachsen ist er bei seinem Großvater. Als Kyell zu ihm kam, war er nur ein kleines Bündel Leben, und es gab Wetten, wie er später erfuhr, dass auch nicht viel mehr aus ihm werden würde. Der Großvater war ein Berg. So wie der Grendill. Vielleicht etwas größer und kräftiger, schwer zu sagen, die Erinnerung zeigte sich bisweilen etwas ungestüm in Gwynfaer. Aber wenn die

Sonne seitlich auf den Großvater schien, legte sich sein Schatten auf die Hälfte der Insel und dann gab es immer Ärger mit den Bauern, deren Rüben ganz mickrig wurden und schmeckten, als hätte man sie aus Holz geschnitzt und in Jod getunkt. Ins Gesicht aber haben sie es dem Großvater nie gesagt, nicht, weil es nicht stimmte, sondern weil es unklug gewesen wäre. Der Leumund des Großvaters war nun mal nicht der allerbeste. Das lag an seinen Händen. Zu Fäusten geballt konnten sie schlimme Dinge anrichten. Er schlug jedoch nie Frauen oder Kinder, egal was sie sagten oder taten, nur Männer. Und diese Männer mussten mindestens seine Statur haben, was nicht einfach und auch nicht immer zu bewerkstelligen war. Und sie mussten den Großvater zutiefst verärgern. So wie Baal, der Schmied, der auf dem Mittsommerfest den Großvater fragte, ob er ein wenig zur Seite rücken könne, die Bank sei schließlich für alle da.

Im Nachhinein betrachtet hätte Baal wissen können, dass der Großvater Fragen, die sich nicht ziemten, aufzuwiegen trachtete. Mit Zähnen. Und eigentlich wurden in weiser Nachsicht zwei Zähne für die Bank veranschlagt, darunter ein Eckzahn, doch Baal meinte, noch einmal aufstehen zu müssen, und dann wurde einfach potenziert. Nächstenliebe, sagte der Großvater, sei eine Frage der Interpretation. Stimmen, die ihm mangelnde Spielpraxis im sozialen Miteinander vorwarfen, gab es eigentlich nicht, und wenn, dann nur hinter vorgehaltener Hand. Im Ernstfall wurde alles abgestritten. Sicher war sicher.

Gegen Kyell hat der Großvater nie die Hand erhoben, es gab auch nie einen Grund dazu, denn Kyell lernte sehr schnell auch die kleinsten Nuancen im Tonfall zu deuten, wie jeder es tat, dem das eigene Leben wertvoll erschien. Nur wenn der Großvater komisch war, nicht komisch wie lustig, sondern komisch wie komisch, dann wusste Kyell nie so genau, wie er sich verhalten sollte. Manchmal schaute der Großvater aus dem Fenster, und dann besuchte er eine Welt, die nur er kannte und die er beschützte vor allzu neugierigen Blicken und Fragen, von der er nie erzählte, es keine Postkarten gab, nicht das kleinste Andenken, und dann, wenn er wieder zurückkam, in die unsere, die so unglaubliche Welt, dann war er immer ein wenig erschrocken, für einen kurzen Moment nur, wie eine Überraschung, die ihn traf, ganz ungemein und hinterrücks, und es schien dann immer, als ob er sich fragte, wer Kyell denn sei, und wenn er sich dann erinnerte, schüttelte er kurz den Kopf, strich an seinem Bart hinab, von den Wangen bis zum Kinn, und sagte: »Der Winter wird kalt.«

Der Großvater sagte immer, dass der Winter kalt werden würde, meistens schon im Sommer, wenn die Apfelbäume noch voller Leben waren und sie nach der Schule immer im See badeten, bis sie blau wurden oder an Lungenentzündung starben. So wie Olaf. Dabei war Olaf dick und sah immer so gesund aus. Die Winter aber wurden immer kalt, und der Großvater hatte immer Recht. Wahrscheinlich, weil er der klügste aller Menschen war. Er wusste auf alle Fragen eine Antwort. Selbst auf Fragen, die noch gar nicht gestellt wurden, von deren Existenz die Welt erst Jahre später erfuhr. Wie zum Beispiel: Welche Farbe hat die Quadratwurzel aus neun?

Doch der Großvater war nicht nur ein Denker. Beileibe nicht. In jungen Jahren hatte er sogar einen Hang zur Trivialliteratur. Und wenn er infolge übermäßigen Alkoholkonsums in romantische Stimmung verfiel, dann holte er eines dieser Bücher aus der hintersten Ecke hervor, setzte sich zu Kyell ans Bett, kräuselte die Stirn, als ob er selbst nicht so genau wüsste, was er da tat, und las aus ihnen vor. Er kicherte dann immer ein wenig und mahnte zwischendurch, dass die leichte Unterhaltung ihm bloß nicht zu Kopf steigen solle, denn auch wenn sie wie Honig schmecke, so klebe sie doch letzten Endes nur. Der

Großvater ahnte nicht, dass die *Ilias* ihn keinesfalls unterforderte, obwohl er schon fünf war. Und Kyell wollte nicht, dass der Großvater ihn für zurückgeblieben hielt. Sicher, manchmal hätte er sich gewünscht, dass sie einfach nur Bälle hin und her werfen, aber er wusste, dass der Großvater ihn mochte, er zeigte es nur anders.

Als Kyell noch zur Schule musste, war er immer vor ihm wach, und in der Küchenstube knisterten schon die Holzscheite, und es roch nach altem, nass gewordenem Leder und starkem Kaffee, den der Großvater trank, und auf dem Tisch stand ein Glas Milch, die Pausenbrote waren schon verpackt, und es war Leberwurst darauf, so dick, dass sie an den Seiten herausquoll, dass er groß und stark werde, denn ein klappriges Hungergestell, sagte der Großvater, dulde er nicht in seinem Haus. Und als Kyell groß genug war, zeigte der Großvater ihm, wie man einen Baum fällt und ihn zu Brennholz verarbeitet, wie man einen Fisch fängt, ihn tötet, ausnimmt und zubereitet, wie man überlebt, als Mann, dem einzig die Natur noch Fragen stellt.

Seit über einem Monat konnte Kyell seinem Großvater keine Fragen mehr stellen. Seit über einem Monat war er jetzt erwachsen. Er besaß ein kleines Haus, einen Kühlschrank und Puccini, das Schwein. Und er trank jetzt Kaffee. Keine Milch mehr. Auch nicht im Kaffee. Schwarz. Allerdings nur, wenn kein Tee da war, denn eigentlich mochte er gar keinen Kaffee. Aber das musste ja nicht jeder wissen. Er hatte sogar einen Beruf, das heißt, er war noch im Praktikum, seit zwei Wochen schon, nur gelernt hatte er noch nicht allzu viel, da Tykwer, sein Lehrmeister, in wissenschaftlichen Studien steckte, die sich auf ganz persönlicher Ebene mit den Variablen Ethanol und Delirium befassten. Und so kam es, dass Kyell schon nach kurzer Zeit Leben und Tod in seinen Händen zu jonglieren hatte.

3

Als Gretchen Morgenthau jung war, so jung und unschuldig wie ein Küken, und als sie in ihrem Zimmer am anderen Ende des Erdbeerfeldes stand, da sah sie ihre glorreiche Zukunft in einem Zirkus, als Nomadin die große weite Welt erkunden. In jenen Jahren hatte sie noch eine sehr verwunschene Vorstellung von einer Menagerie und einem Jahrmarkt, von der Artistik und der Jonglage. Es roch nach nassen Tieren und offenem Feuer, nach herbem Schweiß und süßem Parfum. Kühne Rabauken stritten um bunte Frauen, und der Esel machte *Iah*. Ein fahrendes Volk jenseits aller Konventionen, ein trubelndes Panoptikum aus Akrobaten, Dompteuren, Gauklern, Illusionisten wie auch Narren, Pyromanen und Dieben, und mittendrin sie, Gretchen Morgenthau, die dunkle und geheimnisumwitterte Prinzessin, die, all der bewundernden Blicke gewiss, auf einem stolzen Schimmel reitend die Manege erobert. Und dort wartete schon der Clown in der traurigen Gestalt, der am liebsten Jungfrauen meuchelte, und dem sie das Gerechte zu lehren auserkoren wurde. Ihre heimliche Liebe zum ungarischen Kartenabreißer war selbstverständlich tragisch, wenn nicht gar tragödisch. Denn Milán, wie der ungarische Kartenabreißer hieß, war dereinst Seiltänzer, bis er nach einem Sturz aus fünf Metern Höhe einen komplizierten Trümmerbruch davontrug und darob das linke Bein ein wenig nachzog. Das Gesicht sah auch nicht mehr so schön aus. Erst sehr viel später, mit zwölf Jahren, legte Gretchen ihre naiven Mädchenfantasien ab, sie wurde erwachsen und entschied sich für einen realistischen wie gleichsam seriösen Beruf: Auftragskiller.

Dass sie eines frühen Tages beim klassischen Theater landen würde, war weit weniger geplant. Steinig war der Weg, aber steinig war der Weg aller, wer wollte sich da groß beschweren, so er nicht Tölpel hieß oder wie die Neuberin gegen Fürsten, Grafen und Könige zu fechten hatte. Am Max Reinhardt Seminar wollte man Gretchen nicht, obwohl sie sich beim Vorsprechen extra die Stirn aufgeschnitten und mit ihrem Blut das Wort *Knutschen* auf den Boden gemalt hatte. Also ging sie nach Paris. In die Stadt ihrer Mädchenträume, in der Leben noch Sünde hieß und eine Frau noch Königin und nicht Kaltmamsell war. Sie verliebte sich schon beim ersten Besuch in das barocke Théâtre Antoine und in den ein oder anderen Existenzialisten, der ihr den Hof machte. Und sie liebte es, mit Freunden und Fremden bis in die frühen Morgenstunden in verrauchten und verruchten Etablissements zu sitzen, Boheme zu spielen, fachsimpelnd über Anouilh und Giraudoux zu streiten und die letzte Tartuffe-Aufführung zu vernichten, die doch so fürchterlich kitschig war. Es war eine Zeit, in der sie nur selten unangenehm auffiel, weil sie noch auf der Suche war und die Fesseln der Erziehung immer noch nicht abstreifen konnte. Das änderte sich jedoch schnell. Ihre Schauspielausbildung war nur von kurzer Weil, eine Katastrophe, wie sie später sagte. Dabei stand sie an ihrem ersten Tag mit großen Kulleraugen und gebührender Ehrfurcht vor dem Conservatoire National Supérieur d'Art Dramatique. Doch nach nur drei Monaten hatte sie sich mit allen Dozenten überworfen, die allesamt Dilettanten, Hurensöhne und Kleinkünstler waren. Auch ihre Zeit als Elevin bei Barrault war weit entfernt von einem harmonischen Tête-à-Tête, zum Abschied sollen gar Messer geflogen sein, aber das waren nur Gerüchte. Mit den wenigen Frauen, die in den Fünfzigern und Sechzigern eine Karriere am Theater wagten, war es auch nie wirklich einfach, es war, wie so oft unter Frauen, intrigant und kratzbürstig, gehässig und missgünstig. Sie ließ schließlich Racine, Marivaux und Molière in Frankreich, verließ ihr muffiges Apartment in der Rue des Martyrs, verließ Pigalle und all die Prostituierten, die ihr ans Herz gewachsen waren und siedelte nach England über. Genauer gesagt zu Ben, ihrem temporären Liebhaber, einem aufstrebenden Filmschauspieler, der immer so gut nach Whiskey und Vanille roch. Und ein letztes Mal versuchte sie es mit einem Studium, an der Royal Academy of Dramatic Art, und ein letztes Mal scheiterte sie. Aber sie verstand nun endgültig, dass ihr Talent nicht auf der Bühne lag, dass sie vielmehr in Bildern zu denken, dass sie zu komponieren und zu dirigieren verstand. Und so hospitierte sie bei Guthrie und Devine, wohnte eine Zeit lang dem politischen Theater der Joan Littlewood bei und wähnte sich auf dem besten Wege, eines Tages eine berüchtigte Prinzipalin zu werden. In der Welt der Regisseure und Intendanten aber, in einer von Großmannssucht und Pfauentum verschwitzten Dünkelwirtschaft, schaffte sich nur Respekt, wer das Messer in den Rücken des Lehnsherren zu bohren verstand, exakt zwischen den Schulterblättern, tief, sehr tief. Dafür brauchte es Nerven aus Stahl und eine ausgeprägte Affinität zum altehrwürdigen Meucheltum. Anders war den Herren der Schöpfung nicht beizukommen, denn dem Weib war es zwar unbenommen, die Mutter Courage zu mimen, außerhalb der Bühne aber sollte es vorzugsweise penetriert werden oder sonstwie zu Diensten sein. Gretchen Morgenthau war diesbezüglich eine äußerst unangenehme Partie, weshalb ihr wohl auch keine Steine, sondern ganze Steinbrüche in den Weg gelegt wurden. Sie lernte schnell, was es bedeutete, wenn *Kollegen* plötzlich auffallend oft in der Disposition zu sehen waren und der Technik kistenweise Hochprozentiges vor die Füße stellten. Sie kannte all die kleinen und großen Tricks, die notwendig waren, um die Konkurrenz ins offene Messer laufen zu lassen, um die Premiere der höheren Gewalt zu opfern. Es gab auch Männer, die offen sagten, dass sie nicht mit Frauen zusammenarbeiten, da die Bestie Regie selbstverständlich nur von einem Mann zu bewältigen sei. Männer, die euphemistisch Chauvinisten genannt wurden, deren Hybris jedes Schamgefühl erblassen ließ, deren Künstlersein das Ungezogene und die Schreihalsigkeit doch geradezu einforderte, gab es im Theater zu Genüge, ja, es schien gar in ihren Genen zu liegen, voller Furor in den untersten Schubladen zu wühlen und denkmalend Schwein zu sein. Doch es gab auch jene, die in den Pausen ihrer Göttlichkeit und nimmermüden Egomanie zu menschelnden Flaneuren mutierten, die mit Charme, Humor und Weisheit ihre Schäfchen und alten Hasen zu besänftigen und zu motivieren verstanden, an denen aufzuschauen ein Verlangen und kein Gehorsam war, jene wenigen, denen die Mündel Leib und Seele vor die Füße warfen, jene wenigen, die zu den ganz Großen wurden, die das Theater komischerweise immer wieder mal hervorbrachte.

»Geld oder Leben!«

Gretchen Morgenthau hatte die Haustür gerade erst geöffnet und den Jungen aus der engen Gasse gar nicht kommen sehen. Er drängte sie zurück in den barocken Hausflur. Er war vielleicht vierzehn Jahre alt, mit dunklen Locken, die sein milchiges Gesicht umspielten, nicht wahrhaft groß gewachsen und von schlaksiger Gestalt. Er hielt eine Pistole in seiner zarten Hand, er streckte den Arm aus und seine vollen Lippen schienen leicht zu zittern, als er zum zweiten Mal sagte: »Geld oder Leben.«

Gretchen Morgenthau blickte, nur mäßig überrascht, den jungen Mann an. Todesangst sah irgendwie anders aus, weniger gleichgültig, mehr mit Schweißperlen auf der Stirn und mit Knien aus Wackelpeter.

»Geld oder Leben«, wiederholte der Junge mit dünner, aber nun lauter Stimme.

»Bitte?«, fragte Gretchen Morgenthau.

»Geld oder Leben, Alte. Hörst du schlecht?«

»Da du so direkt fragst, ja, in der Tat, mein Gehör hat in den letzten Jahren doch erheblich nachgelassen ...«

»Jetzt pass mal gut auf, Oma, das hier ist ein verfickter Raubüberfall, und wenn ich dich frage, Geld oder Leben, dann ist das doch nicht schwer zu verstehen, oder?«

»Nun gut, dann Leben.«

»Was?«

»Leben. Du fragtest, ob Geld oder Leben, und ich gebe dir mein Leben.«

»Ich ficke deine Mutter!«

»Bitte?«

»Gib mir dein scheiß Geld, du Opfer.«

»Na, den geschenkten Gaul und das Maul kennt man wohl nicht mehr. Zeiten sind das.«

»Das ist kein verdammtes Spiel, Oma!«

»Nicht in dem Tonfall.«

»WAS?«

»NICHT IN DEM TONFALL!«

»ICH KNALL DIR GLEICH DIE BIRNE WEG!«

»ICH HABE KREBS IM ENDSTADIUM!«

Stille.

In der Ferne klapperte ein Gaul im leichten Trab auf Kopfsteinpflaster. Der junge Verbrecher senkte die Pistole und ließ die Schultern hängen. Seine Augen, die noch vor einer Minute zu unbarmherzigen Schlitzen verengt waren, glichen denen von Seehundbabys. Doch auch für Seehundbabys gab es Menschen, die so lange mit einem Knüppel draufschlugen, bis nur noch ein totes blutiges Etwas übrigblieb.

»Mein lieber Nadjib, dein Timing war schon sehr viel besser«, begann Gretchen Morgenthau voller Milde, »aber du lässt dich immer noch zu schnell irritieren. Außerdem glaube ich dir einfach nicht, dass du abdrücken würdest. Und wenn ich es nicht glaube, wie soll ich dann Angst vor dir haben? Es spielt auch keine Rolle, dass deine Pistole aus Plastik ist. Du musst sie mir verkaufen, als sei sie eine doppelläufige Schrotflinte und dein Finger am Abzug ein nervöses Wrack, da du gerade Kokain im Wert eines Einfamilienhauses mit eingezäunter Wohlfühlfläche durch deine Nase gezogen hast. Und was ist das da an deinem Mund? Marmelade? Gangster haben keine Marmelade im Mundwinkel. Gangster haben Narben. Tiefe. Und warum bist du immer noch nicht im Stimmbruch? Diese hohe Tonlage ist wenig hilfreich, du solltest das verspätete Eintreffen deiner Pubertät nicht auf die leichte Schulter nehmen, du solltest Depressionen deswegen haben.«

Nadjib blickte auf seine Sneakers. Er hatte gehofft, weiter zu sein, mehr Talent zu haben. Nach den beiden letzten Überfällen war die Kritik ähnlich vernichtend ausgefallen. Dabei hatte er sogar mehrmals täglich die Sprachübungen befolgt, auch das Posieren vor dem Spiegel wurde nie vergessen und doch kam er seinem großen Vorbild, dem wunderbaren Jules Winnfield, nur in Zeitlupe näher. Ein Rückschlag für seine Ambitionen, ein vollwertiges Mitglied der Dead Rabbits Gang zu werden. Erschwerend kam hinzu, dass sein Vater, der Rechtsanwalt, ein Muslim, seine Mutter, die Ärztin, aber eine Christin war. Wenig hilfreich war zudem die Erziehung, gegen die er zaghaft rebellierte, in der sehr viel Wert auf Anstand, Bildung und höfliche Umgangsformen gelegt wurde. Er sprach nahzu perfekt Arabisch, Französisch, Spanisch und Englisch und er hatte anfangs große Schwierigkeiten, *Ey fick dich, du schwule Fotze, ich fick deine Schwester, die Hure, und deine Mutter, die Schlampe, die fick ich auch* zu intonieren, und wenn er sich nicht richtig konzentrierte, dann benutzte er den Genetiv in Formvollendung, und das wurde in derlei kleinstkrimminellen Kreisen alles andere als gerne gehört. Auch der linguistische Logopäde konnte nicht helfen, er war überfordert und sagte, er wisse einfach nicht, wie Nadjib seine Grammatikstärke überwinden könne. Doch für die Straßenkredibilität, wie er es nannte, war es lebensnotwendig, Gesten, Gang und Duktus in Einklang mit der animalischen Brunftigkeit der intellektuell Unbedarften zu bringen. Wohl deshalb nahm er einmal die Woche Schauspielunterricht bei Gretchen Morgenthau, und dies, indem er einen knallharten Raubüberfall simulierte. 20 Pfund musste er pro Überfall bezahlen, eine Summe, die ziemlich genau seinem wöchentlichen Taschengeld entsprach.

»Es wäre alles ein wenig einfacher, wenn Sie nicht immer so selbstsicher wären, wenn Sie Ihre Rolle als Opfer etwas realisitischer interpretieren könnten und auch nicht immer so hohe Absätze tragen würden.«

»Vielleicht solltest du deinen potenziellen Opfern vorab die Kleiderordnung zukommen und einen Benimmkatalog ausfüllen lassen.«

»Ich muss dann mal weiter, ich habe jetzt Klavierunterricht.«

»Hast du nicht etwas vergessen?«

Nadjib blickte auf den Boden und tippelte nervös von einem Fuß auf den anderen. »Ich habe mir diese Woche neue Kugellager für mein Skateboard gekauft. Würden Sie vielleicht einen Schuldschein nehmen?«

Gretchen Morgenthau legte ihr allerliebstes Mädchenlächeln auf und sagte: »Netter Versuch, aber SEHE ICH ETWA AUS WIE EIN GOTTVERDAMMTER SAMARITER AUF WEIHRAUCH?«

Nadjib erschrak und taumelte zwei Schritte zurück.

Glaubwürdigkeit, des Naiven Sehnsucht. »Das war natürlich nur Spaß, mein lieber Nadjib. Selbstverständlich nehme ich auch einen Schuldschein. Du kommst aus einem guten Elternhaus, trägst ordentliche Kleidung und hast ausgezeichnete Manieren. Es besteht keine Fluchtge-

fahr, soweit ich zu erkennen vermag, du bist kreditwür-
dig. Sollte der Scheck allerdings nicht gedeckt sein, werde ich in einer dunklen Nacht im abnehmenden Mond vor
deinem Bett stehen, dein Kuscheleinschlafkissen mit den
niedlichen Koalabären nehmen und es so lange auf dein
Gesicht drücken, bis dein letzter Atemzug in einem zit-
ternden Rasseln verklingt.«

Nadjib glaubte zu verstehen und lächelte vorsichtig.

»*Das* war kein Spaß.«

4

Die Praxis lag am anderen Ende des Dorfes. Kyell brauchte jeden Tag 15 Minuten Fußweg hin und 15 Minuten wieder zurück. Bei Gegenwind 16 und bei eisig frostigen Schneeverwehungen konnten es gar über 20 Minuten werden. Es machte ihm aber nie etwas aus, er ging gerne zu Fuß, seit jeher. Und so etwas wie Zuspätkommen interessierte in Gwynfaer eigentlich niemanden. Er nutzte die Zeit, um über wichtige Dinge nachzudenken. Er war in einem Alter, in dem man über wichtige Dinge nachdachte, über solch hochkomplexe Erscheinungen wie zum Beispiel Mädchen. Für ihn waren sie das größte Mysterium der Erde, noch weit größer als die Erde selbst, und ihr Wesen zu ergründen, war eine schier herkulische Aufgabe, der er sich aufopferungsvoll stellte.

Seine erste Freundin hieß Elin. Sie war acht, Kyell schon neun, aber der Altersunterschied war schnell vergessen, denn die Liebe machte auch in Gwynfaer die Menschen blind, kaum dass sie über den Gartenzaun spinksen konnten. Sie hatten sich beim Schneeballwerfen kennengelernt. Elins Wurftechnik war atemberaubend. Ihre Kopfbedeckung auch. Sie trug eine rote Wollmütze mit Bommeln, die seitlich hinunterhingen und wild umhertobten, wenn Elin sich freute und hüpfte und die Hände vor den Mund schlug.

Sie war umwerfend.

Dabei hatte Kyell den Schneeball noch kommen sehen, als er auf sein rechtes Auge zuschoss und ihn fällte wie einen Weihnachtsbaum. Von dem Moment an wusste er, dass es um ihn geschehen war. Am nächsten Tag schon gingen sie miteinander, jeder sollte es mitbekommen, ganz ohne Heimlichkeiten. Sie hatten ihre Liebe sogar schriftlich fixiert und sich Treue bis ans Lebensende geschworen und noch weit darüber hinaus. In den Pausen küssten sie sich leidenschaftlich. Sie stellten sich in einem Abstand von 1 Meter 50 gegenüber auf, verschränkten die Arme hinter dem Rücken und ließen sich nach vorne fallen, bis ihre Lippen aufeinandertrafen. Wenn das Timing nicht stimmte, und das kam des Öfteren vor, erwischten sie auch gerne Wange, Nase oder Auge des anderen. Aber genau das machte ihre Beziehung aus, das Unberechenbare, dass man nie wusste, was als Nächstes passieren würde. Die anderen Jungs aus seiner Klasse lachten über ihn, sie nannten ihn Schwuchtel, auch wenn einige gar nicht wussten, was das war, eine Schwuchtel, wie Halldór, der nie zu den Klügsten zählte und den Kyell einmal mit der Vermutung schockierte, dass die Milchstraße nicht aus Milch bestehe. Halldórs Universum fiel daraufhin in tausend Stücke und nachdem er es notdürftig wieder zusammengeklebt hatte, nannte er Kyell einen Heuchler, meinte aber Lügner. Und insgeheim bewunderten sie Kyell, denn die Liebe machte aus ihm einen strahlenden Don Juan, wie er wohl nur alle hundert Jahre einmal geboren wird.

Und so vergingen die ersten Tage mit Elin wie im Rausch, bis sie an einem Dienstag einen Kaugummi aus ihrem Mund holte, ihn in Kyells Hand legte und sagte, er solle ihn weiterkauen und ihr am nächsten Tag wieder übergeben.

Als Zeichen ihrer Verbundenheit.

Er konnte ihren Speichel am Kaugummi sehen.

Und er wusste nicht, ob sie an einer ansteckenden Geschlechtskrankheit litt. Ihm ging das alles auch viel zu schnell, diese Intimität nach nur drei Tagen, ein Tempo, dem er nicht gewachsen war, das ihn ein ums andere Mal aus der Bahn warf und tiefe Schürfwunden hinterließ. Aber er wollte sie auch nicht enttäuschen. Der Großvater sagte immer, Frauen seien wie Pflanzen, in der Regel fleischfressend. Er tat ihr den Gefallen. Im Laufe der Woche aber wurde ihre Beziehung immer eintöniger, die Routine schlich sich ein, sie hatten sich kaum noch etwas zu sagen und auch die Küsse ließen die einst lodernde Leidenschaft schmerzlich vermissen. Und Kyell merkte, dass es Elin ähnlich erging. Kurz vor ihrem Zweiwöchigen ließ Elin von ihrer besten Freundin Isis einen Brief überbringen. Er steckte in einem mit Spucke verschlossenen Kuvert, auf dem rosafarbene Pferde auf grünen Wiesen tobten. Als Kyell das Kuvert öffnete, schlug ihm der Geruch von Parfum entgegen, ein Duft, wie er später sagte, den alte Menschen gerne auftragen, wenn sie zu Beerdigungen gingen.

Elin schrieb:

Lieber Kyell,

vielleicht hast du gestern in der letzten Pause ja auch bemerkt, dass ich mich dir gegenüber äußerst reserviert gezeigt habe. Das hat einen Grund: Ich glaube, dass unsere Liebe keine Luft mehr hat. Ich weiß selbst nicht, wie es so weit kommen konnte. Und ich hätte nie gedacht, dass eine Trennung schlimmer ist als Zahnschmerzen. So verloren habe ich mich das letzte Mal an meinem Geburtstag vor zwei Jahren gefühlt, als ich das falsche Geschenk bekam. Ich hatte mir ein Rennrad gewünscht. Stattdessen bekam ich einen Kaufmannsladen. Damals dachte ich, das Leben macht keinen Sinn mehr. Und auch jetzt, wo ich diese Zeilen schreibe und die Tränen des Abschieds gerade erst trocknen, ist es mir, als höre die Welt für einen Moment auf zu atmen, um unseretwillen, die wir kein Morgen mehr sehen. Nichts wird mehr so sein, wie es einmal wahr.

Ich hoffe, wir können Freunde bleiben.

Deine ehemalige Geliebte

Elin

Kyell schrieb zurück:

Liebe Elin,
auch ich kam nicht umhin zu bemerken, dass wir uns von Tag zu Tag immer mehr entfremdet haben. Ich denke, du hast Recht. Es ist das Beste so. Wir hatten eine fantastische Zeit. In meinem Herzen wirst du immer einen Platz haben, selbst wenn es mal eng werden sollte.

In Ewigkeit
Dein Kyell

PS: War wird ohne h geschrieben.

Seither gab es keine nennenswerten Episoden mehr. Gleichwohl Kyell in so manchen Augen als durchaus attraktiv durchging, mit seiner schlanken und feingliedrigen Statur, den glatten blonden Haaren, die ihm bis zum Kinn gingen und den dunkelblauen Augen, die immer ein wenig abwesend blickten, als träume er ständig in fremden Welten. Und ganz abwegig war diese Vermutung nicht, denn oft genug verlor er sich noch in den kleinsten Gedanken und dann irrte er ziellos umher, bis jemand seinen Namen rief oder er gegen einen Baum rannte. Am liebsten verirrte er sich mit Milla, in die er seit zwei Jahren heimlich verliebt war und die, gerade als er die Tür zur Praxis aufschließen wollte, mit ihrem Fahrrad vorbeifuhr und flüchtig mit einem »Ahoi Kyell« grüßte. Ihre langen kastanienbraunen Haare sah er gerade noch davonwehen, und gerne wäre er mit Milla zu neuen imaginären Abenteuern aufgebrochen, aber er hatte anderes zu tun, er hatte einen Beruf, und er hatte Verantwortung, und die konnte er einfach nicht links liegenlassen, er wollte doch erwachsen werden.
Die Praxis war menschenleer. Keine Überraschung. Tykwer war nicht zu sehen. Auch keine Überraschung.

Wahrscheinlich lag er wieder oben in seinem Bett. Tagsüber lag er eigentlich immer im Bett. Tykwer, der Arzt, der in Helsinki Tiermedizin studiert hatte, der eine Urkunde besaß. Und eine Schwäche. Für Alkohol. Und für Ether. Und für noch mehr Alkohol. Und für noch mehr Ether. Manchmal auch für Tramadol oder Alfentanil. Wer die Wahl habe, sagte er immer, dürfe nicht geizen, probieren sei Pflicht. Als Kyell ihn das letzte Mal vor zwei Wochen in einem Stadium zwischen zwei Wachkomas erlebte, da übergab Tykwer ihm ein schwarzes Buch und sagte, in diesem Buch fände er alles Wichtige, um dem Eid des Hippokrates gerecht zu werden. Bei komplizierten Angelegenheiten solle man ihn wecken. Das Problem nur war, er ließ sich nicht wecken. Und so war Kyell auf sich alleine gestellt, und das ging nicht immer gut aus.

So wie vor zwei Tagen. Dabei war es, genau genommen, gar nicht seine Schuld. Das Malheur mit Arle. Arle, der Mischling, der mehr oder minder alle Rassen vereinigte, die es in Gwynfaer so gab. Groß war er, einem ausgewachsenen Mann ging er bis zur Hüfte. Und schön war er, irgendwie. Seine dunkelbraunen Augen erinnerten ihn immer an Tuvas Schokoladenkuchen, und sein graublondes Fell bestand aus dicken, langen Locken, die ständig gebürstet werden mussten, damit sie nicht verfilzten. Als Kyell zwei Jahre alt war, ist er Arle das erste Mal begegnet. Der Großvater hatte ihn mitgenommen, zu Linne, mit dem er einmal im Monat Schach spielte. Sie waren so sehr in ihr Spiel vertieft, dass sie gar nicht mitbekamen, wie Kyell, noch unsicher auf den Beinen, gen Meer torkelte, um mit Delfinen zu schwimmen, gleichwohl er noch gar nicht schwimmen konnte, aber das war ihm egal, er war in einem Alter, in dem er sich keine Gedanken darüber machte, was er konnte oder nicht konnte, er probierte Dinge einfach aus, und wenn es schiefging, dann weinte er eben, und dann gab es Bonbons mit Himbeergeschmack, und dann war alles wieder gut. Arle aber, der instinktiv begriff, dass Kleinkinder und das offene Meer eine unglückliche Kombination darstellten, packte Kyell im letzten Moment am Kragen und schleppte ihn wieder zurück an Land. Im Laufe der Jahre mehrten sich die ruhmreichen Geschichten um Arle, mal soll er Pelles Schafherde vor einem Rudel tollwütiger Wölfe beschützt haben, was umso bemerkenswerter war, da es in Gwynfaer eigentlich gar keine Wölfe gab, ein anderes Mal soll er aus Wein Wasser gemacht haben, aber das war nur ein Gerücht. Und auch wenn der ein oder andere Erzähler vielleicht ein klein wenig zur Übertreibung neigte, so waren doch alle einer Meinung, dass selbst noch der reinste Buddhist im Vergleich wie ein grobschlächtiger Metzger wirkte. Es war also nicht anzunehmen, dass es in Gwynfaer jemals einen Hund gab, der mehr geliebt wurde als Arle. In den letzten beiden Monaten aber konnte er kaum noch gehen, die Arthrose wurde immer schlimmer, und Linne, der selbst schon über 90 war, zog ihn den lieben halben Tag lang in einem Bollerwagen durch die Gegend. Arle schien das nichts auszumachen, ganz im Gegenteil, weich gebettet auf seinem Lieblingskissen und warm ummantelt in schafswolliger Schmusedecke, schien er das chauffierte Leben in vollen Zügen zu genießen. Und vielleicht hätte Arle noch zwei oder drei Jahre gehabt, das ein oder andere kurz angebratene Rindersteak verputzt und hier und da noch eine kleine Heldentat vollbracht, wäre ihm da nicht der Praxisbesuch dazwischengekommen.

Soweit sich Kyell noch erinnern konnte, fing alles ganz harmlos an. Linne grüßte mit einem geschwätzigen *Hallo* und Kyell grüßte ebenso ausschweifend zurück. Gemeinsam hoben sie Arle auf den Behandlungstisch und als Kyell in die dunkelbraunen Augen voller Sanftmut blickte, schlug die Erinnerung ein wie ein warmes Sommergewitter. Um die alten Bande neu zu knüpfen, gab er ihm einen Keks, einen Hundekeks, von Tykwer dereinst selbst gebacken. Alle Hunde waren verrückt nach diesen Keksen, auch Arle, der ihn in einem Happs runterschluckte.

So sah es jedenfalls aus.

Auf den ersten Blick.

Bis Arle plötzlich glasige Augen bekam, nach Luft japste und steif zur Seite kippte. Eine merkwürdige Reaktion, zweifelsohne, doch Arle war auch für allerlei Kunststücke bekannt, so konnte er zum Beispiel Stöckchen, die man warf, wieder zurückbringen. Dieses Kunststück aber war neu. Weder Kyell noch Linne kannten es. Es wirkte nahezu echt, wie er die Luft anhielt und sich tot stellte, sehr authentisch, große Kunst. Knapp zwanzig Sekunden lang hielt das Staunen an, bis Kyell als Erster wieder zu Sinnen kam, Arles Maul aufriss, hineingriff und einen matschig eingespeichelten Hundekeks hervorholte.

Kyell schaute in das schwarze Buch und schnappte sich einen Guedel-Tubus. Er wusste, was er tat. Sagte er. Zu sich selbst. Mund-zu-Tubus-Beatmung. Ganz einfach. Keine Reaktion. Die Sauerstoffflasche. Intranasal. Keine Reaktion. Herzdruckmassage. Arle in die Seitenlage. Den Thorax seitlich komprimieren. 15 Kompressionen, zwei Beatmungen. 15 Kompressionen, zwei Beatmungen. 15 Kompressionen, zwei Beatmungen. 15 Kompressionen, zwei Beatmungen. 15 Kompressionen, zwei Beatmungen. 15 Kompressionen, zwei Beatmungen. 15 Kompressionen, zwei Beatmungen. 15 Kompressionen, zwei Beatmungen. 15 Kompressionen, zwei Beatmungen. 15 Kompressionen, zwei Beatmungen ...

Nach zwanzig Minuten gab Kyell schweißgebadet auf. Die ganze Zeit über hatte Linne ihm zugeschaut, er hatte kein einziges Wort gesagt, kein einziges Wehklagen wurde von welken Lippen geformt, nicht einmal das Atmen schien ihm groß von Bedeutung. Seine Augen wirkten müde. Seit neun Jahrzehnten waren sie in Betrieb, sie mussten schon alles gesehen haben, das größte Glück, das größte Leid, und nun Arle, den besten Freund, den er jemals hatte, wie er dort lag, so ohne Leben, das war nicht schön, und er fragte sich, ob Gott jetzt seine Gedanken lesen konnte, und wenn ja, ob er dafür in die Hölle käme.

Kyell musste etwas sagen. Aber er konnte nichts sagen. Er versuchte es ohne Worte. Er blickte Linne an. Und Linne blickte ihn an. Auch das ging nicht. Nichts ging. Die Welt stand still, und um sie wieder in Gang zu setzen und weil Kyell einfach nicht wusste, wie er sich verhalten sollte, wie er zum Ausdruck bringen konnte, dass ihm das alles unendlich leid tue und er nie wieder gut werde schlafen können, sagte er, dass der Keks umsonst war.

Seither hatte niemand mehr die Praxis aufgesucht. Nicht, dass sie zuvor als Hort der Geselligkeit Aufsehen erregt hätte, die meisten Einwohner kümmerten sich um die kleinen und größeren Wehwehchen ihrer Nutz- und Schoßtiere selbst, und auch ein notwendiges Einschläfern wurde in der Regel auf traditionelle Art und Weise geregelt. In Notfällen wurde angerufen und umgehender Hausbesuch erwartet. Und da Kyell nichts Wichtiges zu tun hatte, bestückte er den Notfallkoffer neu, es fehlten doch einige Dinge seit der letzten Steißgeburt. Gleitgel, Klemmen, Verweilkatheter, rosa, gelbe und blaue Kanülen, Einmalskalpelle und Mullbinden. Auch einige Medikamente fehlten, die bisweilen auf recht mysteriöse Art und Weise verschwanden. Kyell legte Atropin, Dopamin, Xylazin, Ketamin und Naloxon nach. Und gerade als er sich auf einen ereignisarmen Tag voller Müßiggang einrichten wollte, ging die Tür auf und Tuva, eine wohlgenährte Bäckerin und gottgewollte Sopranistin aus dem Norden, stand im Rahmen. Ihr Brustkorb im Umfang eines trächtigen Blauwalweibchens bebte leicht. In ihren Armen hielt sie ein geschlossenes Körbchen, in dem normalerweise Katzen oder sonstiges Kleingetier transportiert werden. Das Sichtgitter bestand aus 18 Millimeter dicken Stahlstangen, eine Sonderanfertigung, von Baal, dem Schmied. Kyell konnte nur zwei grün schimmernde Augen erkennen, aber er wusste, es war Josef. Und er wusste, dass Angst eine angemessene Reaktion war. Josef wurde einfachheitshalber Josef Wissarionowitsch Dschugaschwili gerufen. Wenn es schnell gehen musste, Stalin, aber dann war es mehr ein Schreien und meistens auch schon zu spät. Stalin war ein übergewichtiger schwarzer Kater mit dem Leumund allen Ungemachs, eine Ausgeburt des Hades gewiss, nur nicht ganz so sanftmütig, dafür aber ohne Erbarmen. Es hieß, Josef Wissarionowitsch Dschugaschwili töte am liebsten Vögel, die allgemeinhin Adler heißen.

»Kastration«, sagte Tuva in einem merkwürdig schnaubenden Tonfall.

5

Im Taxi hiphoppte Tyler, The Creator, doch Gretchen Morgenthau nahm die *Nigger* und *Bitches* gar nicht wahr, sie schaute aus dem Fenster und dachte an Minna von Barnhelm, aber nur kurz, dann wechselte sie zu lachsfarbenen Ballerinas mit schwarzen Strass-Applikationen von Valentino. Sie war eine Meisterin, Dinge um sich herum auszublenden und in die Untiefen eines gänzlich neuen Bewusstseins abzutauchen, und so schaute sie zu, wie ein leichter Nieselregen die Stadt in ein trübes Dämmerlicht graute. Der Fahrer, ein junger Mann mit afrikanischen Wurzeln, hatte zur Begrüßung nicht den allererstbesten Eindruck hinterlassen, die Unterhaltung war nur von kurzer Weil und linguistisch weit entfernt von der Grandezza vergangener Zeiten.

»Hey Schwester, was geht?«

»Bitte?«

»Oh sorry, Ma'am, Sie haben von Weitem irgendwie jünger ausgesehen.«

»Bitte?«

»Ich wollte damit sagen, Sie sehen immer noch toll aus. Eine Chica in den besten Jahren, ich meine Babe oder Braut, na ja, Braut, oder heißt das Maid in Ihren Kreisen, ich bin da jetzt etwas verunsichert. Nennen Sie mich doch einfach Jassir.«

»Ins Emilys. Vorher halten Sie bitte noch bei einem Floristen. Obwohl, nein, vergessen Sie das. Direkt ins Emilys. Und keine Umwege. Fünf Meilen immer geradeaus, dann dreimal links und dreimal rechts. Können Sie sich das merken?«

»Ich kann Wikipedia auswendig, Milady.«

»Und bitte keine Musik. Insbesondere nicht diese Folklore. Nur fahren.«

»Null Problemo.«

Tabu war das gesprochene Wort seither, eine stillschweigende Übereinkunft, ganz so, als hätten sie sich nichts mehr zu sagen, dabei hatte Gretchen Morgenthau eigentlich immer etwas zu sagen. Das Reden war ihr nie schwergefallen, es war wie Atmen, nur leichter. Und hätte man sie je gefragt, auf was sie eher hätte verzichten können, so hätte sie aufgehört zu atmen. Aber in diesem Taxi, auf dieser Rückbank, auf der schon tausend andere Menschen saßen, Menschen, die etwas hinterließen, eine Note, die im Zusammenspiel mit anderen Noten aber keine Melodie ergab, sondern Geruch, in diesem Taxi war es nicht nötig, mehr als sie selbst zu sein, und das war mehr als genug, mehr, als in manchen Momenten zu ertragen war, wie ihr Vermieter, Mr. Little, einmal zu sagen pflegte. Fremd waren ihr die Engländer bisweilen immer noch, obwohl sie besser Englisch als Deutsch sprach. Aber auch die Wiener waren ihr fremd, oder umgekehrt, dabei war ihr Vater selbst einer, der Diplomat, der seine Familie von Land zu Land siedelte, von dem sie ihr unstetes Leben in die Wiege gelegt bekam. Denn nie lebten sie länger als fünf Jahre in ein und dem selben Land, im selben Ort, im selben Haus. Weder die Grundschule in Bern, noch das Internat in Eaton besuchte sie länger, und auch ihren Müßiggang in Paris absolvierte sie in nur sechs Semestern. Später dann folgten die Engagements in aller Welt, in Prag, Amsterdam, Chicago, Berlin, Mailand und einem Dutzend weiterer Städte, in Theatern, in denen sie mal mehr, mal weniger erfolgreich inszenierte. Und auch dort blieb sie nie länger als fünf Jahre, manches Mal nicht länger als eine Spielzeit. In London wollte sie nun endlich sesshaft werden, nach ihrem dritten Engagement am Burgtheater, ihrer letzten Station, in der sie zum Finale ihrer Karriere noch einmal die Emilia Galotti inszeniert hatte, und das nicht, weil ihr der Klassiker so sehr am Herzen lag, sondern einzig darum, dass Lessing sich noch einmal im Grabe umdrehen konnte, wo er doch sonst keine Freude mehr hatte.

»Entschuldigung ...«

Gretchen Morgenthau erwachte aus ihrem Leben, sie sah die Augen des Taxifahrers, im Rückspiegel, große, braune Augen, die ein wenig zu neugierig wirkten, wie die eines kleinen Jungen, der über einen Zaun spinkst, wohl wissend, dass auf der anderen Seite Verbotenes keimt.

» ... irgendwie kommen Sie mir bekannt vor.«

Irgendwie kommen Sie mir bekannt vor. Wie oft hatte sie diesen Spruch schon gehört. Irgendwie bekannt. In jungen Jahren wurde sie oft mit einem Filmstar oder sonstigem Gemüse verwechselt. Und nun? Welche Filmstars gab es denn in ihrem Alter? Scarlett Johansson vielleicht. Ja, gut, das konnte sein, die Ähnlichkeit auf zwei, drei Metern Entfernung war nur schwer zu leugnen.

»Sind Sie nicht ...«

»Nein.«

»Sie wissen doch noch gar nicht ...«

»Doch, ich weiß sehr wohl, mit wem Sie mich verwechseln.«

»Ach ja?«

»Ja.«

»Mit wem?«

»Scarlett Johansson.«

Jassir hatte die Wahl: Wahrheit oder Trinkgeld. Er war in dem Glauben erzogen worden, dass Lügen kurze Beine haben, die Erfahrung aber hatte ihn gelehrt, dass es sich mit kurzen Beinen besser laufen lässt als mit gar keinen. Andererseits, so sagte sein Stolz, war er keine Hure.

»Scarlett Johansson? Also Schwester, bei allem Respekt, wirklich nicht.«

»Klingeling, Sie hatten Ihre zwei Minuten.«

»Irgendwie sind Sie anders als andere Frauen Ihres Alters.«

Ja, natürlich. Sie gehörte nicht zur Fraktion der lieben Omis mit praktischer Dauerwelle. Und sie hasste es, wenn alte Menschen in Film und Literatur als nette, trottelige und total sympathische Trullas dargestellt wurden. Es gab nur zwei Dinge, die sie nicht war: nett und trottelig. Und alt natürlich auch nicht.

In Marylebone steckten sie fest, keinen Zentimeter ging es vorwärts, von weit her waren Sirenen zu hören, wahrscheinlich übten Menschen wieder totfahren. Ein Rudel Touristen folgte einem Touristenführer, um die Stadt besser kennenzulernen, die im Prospekt eigentlich viel schöner, bunter und aufregender ausgesehen hatte.

»Weshalb ich ...«

»... frage. Ja, ich weiß. Sie sind nicht nur Taxifahrer, nein, natürlich nicht, sondern, wie nennt man das gleich in Ihren Kreisen, Reimmeister? Sie haben ein Gedicht über Christopher Marlowe geschrieben, wie er eine Kuh penetriert. Natürlich aus einer rein existenzialistischen Perspektive. Unter Ihrem Künstlernamen Bertolt Bricht. Wie lustig. Und Sie möchten wissen, wie ich Ihre Gedichte finde, weil Sie mich und meine Kunst vergöttern.«

Jassir schaute leicht irritiert in den Rückspiegel. Er fragte sich, ob Miss Crystal Meth vielleicht aus der Plemplem-Station entflohen war. »Ich schreibe keine Reime. Und über Penner, die Kühe ficken, schon mal gar nicht. Brauchen Sie vielleicht eine neue Zahnbürste?«

»Bitte?«

»Ultraschall. Mein Top-Model ist momentan die Bugatti Emotion 3000, vier Reinigungsmodi, visuelle und sensitive Andruckkontrolle, zwei Bürstenköpfe und Ladestation inklusive. In der Ed-Hardy-Version mit Totenköpfen und roten Rosen für nur 59,95. Wenn Sie mehr als drei Stück abnehmen, kann ich Ihnen einen Rabatt von fünf Prozent gewähren. Bei mehr als zehn lege ich noch eine Rolex drauf, mit Zertifikat natürlich.«

Seine dunklen Locken erinnerten sie an Marcel, einen Dramaturgen aus Prag, mit dem sie einige Zeit in den Siebzigern verbracht hatte und der glaubte, er könne Gottlob Frege an die Wand denken, gleichwohl ihm die Arithmetik stets ein schwarzes Loch war, ihm selbst das Einmaleins nie ganz geheuer erschien. Sie hatte die Liaison beendet, als er in einem romantischen Moment der Zweisamkeit salbaderte, dass die Cantor-Menge und die Hausdorff-Dimension die wegweisenden Impulse für die fraktale Geometrie waren und dass Benoît Mandelbrot von den Beamten der Mathematik verlacht wurde, einzig, weil er ein Genie war. Da hatte sie gesagt, sie müsse Zigaretten holen. In Kopenhagen.

»Ich glaube, Ihr Schweigen bedeutet, dass Sie noch ganz geflasht sind von meinem Angebot, richtig?«

Falsch. Wer Wörter wie *geflasht* benutzte, durfte nicht einmal auf eine Antwort hoffen. Gretchen Morgenthau schaute wieder aus dem Fenster und sah eine Gruppe junger Mädchen lautstark die Straße entlangpöbeln. Sie sahen aus wie Barbiepuppen in asozial. Ihre recht üppigen Bäuche trugen sie offen zur Schau, mit solcher Hingabe, dass einzig Bewunderung dem gedankenlosen Wagemut zu zollen war. Die Jugend ist ein Geschenk, dachte Gretchen Morgenthau, aber die Jugend sagt danke und legt es beiseite. Und Jahre später findet sie es im Keller in der Truhe der Erinnerungen wieder. Aber dann ist die Schleife nicht mehr so schön, und Pulsadern aufschneiden macht dann auch keinen Spaß mehr.

»Na endlich«, sagte Jassir, der Taxifahrer, »es geht weiter. Wissen Sie was? Ich mag Sie irgendwie. Obwohl Sie alt sind und ich jung bin. Mein Onkel, er ist ein Prophet, müssen Sie wissen, sagt immer, es gibt gar keinen Generationenkonflikt. Es geht immer nur um Klug gegen Dumm, sagt er, und dass kluge alte Menschen kluge junge Menschen immer verstehen werden und großartig finden, genauso umgekehrt. Allerdings gibt mein Onkel zu bedenken, dass ein Großteil der Jugend dumm ist, was in ihrer Natur liegt, das Dumme aber ist, dass auch ein Großteil der Alten dumm ist, was nicht in ihrer Natur liegt. Verstehen Sie, was ich meine? Kluger Mann, mein Onkel, oder? Und um noch einmal auf mein Angebot zurückzukommen: In ziemlich genau zehn Minuten wird es enden, und es ist sehr wahrscheinlich, dass ein solches Angebot nie wieder in Ihrem Leben kommen wird, ja, vielleicht werden Sie eines Tages einmal denken, hätte ich damals doch nur zugegriffen, als sich die Gelegenheit bot, als dieser nette, coole, charmante, gut aussehende junge Mann, hey Motherfucker, pass doch auf, du Wichser, ist das hier eine scheißbeschissene Ampel oder was, Arschloch, haben Sie das gesehen, ja, verpiss dich bloß, du schwule Schwuchtel, ich fick dich in dein scheiß Gehirn, Entschuldigung, jetzt weiß ich nicht mehr, wo ich stehengeblieben bin, ach ja, und dann werden Sie, wie sagt man in Ihren Kreisen, sich grämen, ha, cooles Wort, grämen, Hammer, muss ich mir merken, wenn mein Babe mal wieder down ist, dann sag ich, gräm dich nicht, Babe, gräm dich nicht, whuaa, war das da gerade ein Eichhörnchen, haben Sie schon mal Eichhörnchen gegessen, wahrscheinlich schon, aber es geht hier ja nicht um Eichhörnchen, es geht hier um Geschäfte. Wie gesagt ...«

Gretchen Morgenthau hatte keine Wahl. Sie musste die Schlinge aus ihrer Handtasche nehmen, warten, bis der Wagen hielt, die Schlinge um den Hals des Opfers legen und einfach zuziehen. Denn die Frage war: Was sollte sie sonst tun?

6

Der Betäubungspfeil wirkte sofort. Zur Überraschung aller. Es war ja nur eine grobe Schätzung. Oder auch reine Willkür. Kyells Ausbildung hatte das Thema Dosierung bisher nur am Rande gestreift. Er wusste, dass ein Anästhetikum aus Propofol und Fentanyl eine runde Sache war. Die genaue Einheit wusste er allerdings nicht. Woher auch? Es war seine erste Operation. Ein einziges Mal hatte er Tykwer bei einer Kastration zugeschaut, bei Jákups Bullen, und die meiste Zeit über hatte er so getan, als wäre ihm etwas ins Auge geflogen, ein Elefant oder so.

Er hatte noch versucht, Tykwer zu wecken, denn er wollte es nicht sein, der Stalin kastriert, er wollte nicht in die Geschichte eingehen, er war doch noch viel zu jung für Geschichte. Also nahm er den Eimer mit Eiswasser und schüttete, und Tykwer öffnete seine glasigen Augen für die Zeitspanne von drei Sekunden, und in diesen drei Sekunden stammelte er die drei Worte: »Metamizol, hurra, superastrein.«

Flehend sah Kyell aus dem Fenster, suchend, als fände er dort die Hilfe, die er sehnlichst herbeibeschwor. Aber er sah nur Linne. Linne auf dem Hügelkamm, der schweren Schrittes in Richtung Meer schlenderte. Seine restlichen grauen Haare zuselten im Wind bizarre Formationen. Mal sahen sie aus wie ein verlassenes Vogelnest, dann wieder wie ein Wischmopp voller Asche. Er zog den Bollerwagen hinter sich her. Der Bollerwagen war leer. Bis auf Arles Lieblingsdecke, die seitlich herüberhing und auf der Susi und Strolch Spaghetti aßen. Linne sah aus wie der traurigste Mensch der Welt. Und dann schaute der traurigste Mensch der Welt in Kyells Richtung, und obwohl fast hundert Meter zwischen ihnen lagen, trafen sich ihre Blicke millimetergenau. Ein Wunder, da Linne nahezu blind war, doch der Zorn verlieh ihm Übernatürliches, und wäre er Zeus gewesen, so hätte er wohl flammende Zornesboten und wütende Titanen entsendet. Glücklicherweise war Linne nicht Zeus. Der Großvater sagte, Zeus sei ein Verrückter, wie alle Götter. Irgendwann steige es ihnen zu Kopf, das ganze Brimborium, das man um sie herum veranstaltet, und dann könnten sie äußerst unangenehm werden.

Auch Tuva benahm sich wenig motivierend, ihre Körpersprache kündete unmissverständlich von Ungemach für den Fall der Fälle. Sie hatte schon im Vorgespräch recht anschaulich verdeutlicht, dass sie kein Malheur wünsche, und erklärt, dass Josef Wissarionowitsch Dschugaschwili vielleicht Luzifers Albtraum sei, sie ihn aber trotzdem fern aller Grenzen liebe, und wenn er, Kyell, ein zweites Mal Mist baue, dann würde sie, Tuva, ihm den Hals umdrehen, und das nicht im metaphorischen Sinne. Da Tuva gut und gerne 130 Kilo wog, gab es keinen Grund, ihren Worten zu misstrauen. Sie runzelte die Stirn, und eine ferne Stimme des Universums sagte zu Kyell, er solle Vertrauen wecken, Zuversicht geben. Und so nahm er das Skalpell in seine rechte Hand und begutachtete es fachmännisch. Es schien einwandfrei, er konnte sich sogar in ihm spiegeln und Grimassen schneiden, wenn er denn wollte. Ihm aber war nicht nach Grimassenschneiden. Er musste handeln, Leben und Tod lagen in seinen Händen, ein sonderbares Gefühl, kein schönes, er wollte nie Gott sein.

Es war alles desinfiziert, das Besteck, die Hände, alles. Sicherheitshalber. Obwohl es gar nicht nötig war. Katzen, so wusste er, waren hart im Nehmen. Es gab auf Gwynfaer immer noch Traditionalisten, die selbst Hand anlegten, den Kater kopfüber in einen Stiefel steckten,

Narkose und Schmerzmittel als überflüssigen Schnickschnack bezeichneten und in vier Schnitten der Frucht-
barkeit ein jähes Ende setzten. In Tykwers Internationaler
Tierklinik aber wurde mit Liebe zum Detail kastriert. Der
Mundkeil war gelegt, die Tränenflüssigkeit getropft und
die Haare im Operationsbereich gezupft. Ohne Kompli-
kationen. Stalin hatte die Augen weiterhin auf und es
schien gar so, als würde er Kyell anstarren, als wolle er
ihn vor etwaigen Dummheiten warnen. Konnte das sein?
Nein, unmöglich. Alle Stadien waren durchlaufen: seda-
tiv, hypnotisch, narkotisch. Er war so weit.

Und Kyell legte all sein Augenmerk dem Patienten zu
Füßen.

Stalin besaß zwei gar prächtige Hoden. Sein Skrotum
prunkte in voller Blüte durch das Abdecktuch. Ein Rott-
weiler hätte sich ob der Größe im Traum nicht beschweren können. Eine Dogge vielleicht. Kyell nahm den linken der beiden Hoden in die Hand. Er setzte das Skalpell
an. Er musste den Sack durchtrennen, der erste Schritt,
ganz vorsichtig und ohne Hektik. Mit leichtem Druck
schnitt er ein Stück abwärts.

Sicher, er hatte davon gehört, dass ein Skalpell scharf
sein soll.

Aber so scharf?

Der Schnitt war zu tief. Und zu lang. Es blutete. Eigentlich sollte es fast nicht bluten. Er musste noch etwas
anderes getroffen haben. Er wusste nicht, was. Er nahm
den Tupfer. Und tupfte. Bis er wieder sehen konnte. Er
hielt den Hoden fest. Er spürte seine Wärme. Sein Leben.
Abklemmen. Abbinden. Abschneiden. So stand es im
Handbuch. Es war sein Job, er musste es tun. Er schob
die leere Haut in Richtung Bauchhöhle zurück. Nur Sa-
menleiter und Gefäß hielt er noch in Händen. Schön sahen sie nicht aus, beileibe nicht. Er verband beide mit
einem chirurgischen Knoten. Er brauchte keinen Faden.
Nein, kein Faden. Den Hoden legte er in die silberne

Schale. Es klackerte dumpf. Die Keimzelle des Lebens war in ihrer Nacktheit jeglicher Anmut beraubt. Sie sah aus wie ein gigantisches Spermium voller Blutspuren. Es roch auch nicht wirklich gut. Kyell stützte sich kurz am Behandlungstisch ab, sein empfindsamer Olfaktus sträubte sich, sein Magen drehte Pirouetten, und er wusste nicht, was er dagegen tun konnte. Ein Schweißtropfen fiel in Zeitlupe von seiner Stirn und landete auf dem Abdecktuch. Für Kyells Geschmack war das alles ein wenig zu viel Blut und zu viel Hoden, ihm wurde leicht schwarz vor Augen. Er versuchte sich abzulenken und dachte an baskische Bohnensuppe, dumme Idee, und einen kurzen Moment lang glaubte er gar, er falle in Ohnmacht, aber er fiel nicht in Ohnmacht, und auch den Brechreiz hielt er unter Kontrolle. Er musste sich zusammenreißen, er war Chirurg. Er nahm den zweiten Hoden. Diesmal saß der Schnitt, kaum Blut, gleiche Prozedur, alles gut, und wieder: Klack. Großzügig verteilte er Schmerzmittel und antibiotische Salbe, dann zog er die Spritze mit Atipamezol zum Aufwachen auf und piekste sie in Stalins Hinterteil. Es war vollbracht, dachte Kyell, er hatte es tatsächlich geschafft, unglaublich und doch wahr. Er legte Stalin zurück in den Sicherheitskäfig und schloss das Gitter. Er atmete tief durch, dann ging er in den kleinen Küchenbereich, nahm zwei Tassen und schüttete grünen Tee ein. Er gab Tuva die Tasse mit der Aufschrift: Tiere sind auch nur Menschen.

Tuva blickte auf den benommenen Stalin, der langsam wieder aufwachte. Er versuchte den Kopf zu heben, aber der wackelte nur ungelenk hin und her. Auch die ersten zaghaften Versuche aufzustehen waren nicht von Erfolg gekrönt. Er kommentierte seine Schwäche mit einem Zischen aus der Vorhölle. Tuva hingegen schien zufrieden, ein leichtes Lächeln zeichnete sich um ihre Mundwinkel ab, als sie sagte:

»Ich bin nur froh, dass es dein Gesicht war, das Josef

Wissarionowitsch Dschugaschwili als Letztes gesehen hat, bevor er einschlief. Ich weiß nicht, wie er regieren wird, wenn er wieder ganz bei Sinnen ist, wenn er ›Stalin ohne Eier‹ gerufen wird. Er hat ein Gedächtnis wie ein Elefant, und er ist so fürchterlich nachtragend. Verstecken ist da auch keine Option, er neigt zu flächendeckender Vergeltung. Was die Rechnung anbelangt: Komm doch einfach mal in den nächsten Tagen bei uns vorbei, da werden wir schon eine Lösung finden. Und dann kannst du Stalin ja auch noch mal Hallo sagen.«

7

Der Apfelkuchen war mit Rosinen gespickt. Da hätte sie ja gleich einen Topfenstrudel oder einen Kaiserschmarrn bestellen können. Eine Unverschämtheit. Gretchen Morgenthau war nicht amüsiert. Sie hasste Rosinen. Ausgetrocknet, faltig, matschig, süß. Es gab nichts Schlimmeres auf der Welt, außer Atomweltkriege. Vielleicht.

»Hast du eigentlich jemals Rosinen probiert?«, fragte Fine, die ihr gegenübersaß und ein khakigrünes Kostüm von Bottega Veneta trug, das ihr so gut wie gar nicht stand. Die karierten Pumps von Ferragamo machten es auch nicht besser. Obwohl Gretchen trotz ihres Wesens überraschend viele Freundschaften pflegte, war Fine ihre einzige wahre und wahrhaftige Freundin, wenn sie ehrlich war. Aber Ehrlichkeit, sagte sie immer, wird überschätzt.

Sie kannten sich seit der Zeit im Internat in Gloucestershire. Sie waren beide 14 Jahre alt, als sie sich das erste Mal in der Westonbirt School im Gang des Dorchester House begegneten. Gretchen wusste sofort, dass dieses blasse, zu Übergewicht neigende und mit rosigen Pickeln gesegnete Mädchen ihre beste Freundin werden würde. An Gretchen sah die Schuluniform wie Haute Couture aus, an Fine wie Kartoffelsack. Fine war nie wirklich hübsch, aber sie war nett, und jeder mochte sie irgendwie. Sie war, wie eine beste Freundin eben zu sein hatte.

Außerdem ergänzten sich beide perfekt. Fine war gut in Latein, Chemie, Physik, Geschichte und allen anderen Fächern, Gretchen in Kunst. Nur in Sport war Fine nicht besser als jeder durchschnittlich begabte Querschnittsgelähmte. In Leichtathletik und Gymnastik zerstörte sie jedwede Anmut alleine durch ihr Dasein. Sie besaß weder Körper- noch Taktgefühl, und wenn Bälle auf sie zuflogen, fiel sie in der Regel um. Und so gehörte sie im Schlagballspiel nie zur allerersten Wahl. Fines soziale Kompetenz indes war unbestritten, sie war die Grande Dame der Diplomatie. Hatte Gretchen Morgenthau mit einem, mehreren oder allen anderen Mädchen Stress, so war es Fine, die mit ihrem ausgleichenden Wesen die Wogen glättete, die von irgendwelchen Missverständnissen sprach, zum Tee mit heimlich eingeschleustem Hochprozentigem lud und den Frieden für einige Tage wieder ins Haus holte. Außerdem kam sie ihr in Jungsdingen nie in die Quere. Es reichte ja, dass die Jungs alle hinter Gretchen her waren, alles andere wäre nur unnötig kompliziert geworden.

»Du könntest die Rosinen auch einfach beiseite legen«, sagte Fine.

Gretchen Morgenthau blickte von ihrem Apfelkuchen auf und sah Fine voller Finsternis an, als habe diese ihr geraten, die Rosinen einfach beiseite zu legen. Mit der Gabel? Und sich vielleicht noch dafür entschuldigen, dass sie Rosinen verachtet, entschuldigen dafür, dass es im Leben wohl kaum eine größere Plage gibt als Rosinen?

Einmal pro Woche ging sie ins Emilys, diesem Hawelka-Imitat in chic, in das Exil-Wiener, Touristen und junges Trendvolk gingen, um eine Melange zu trinken und einen Apfelkuchen zu essen, und nie, nicht ein einziges Mal, gab es Rosinen im Apfelkuchen.

Warum auch?

»Stimmt etwas nicht mit dem Kuchen, die Damen?«, fragte Jolanda, die Bedienung.

»Rosinen.«

»Bitte?«

»Es sind Rosinen in dem Kuchen.«

Immer, wenn Gretchen Morgenthau das Emilys be-
ehrte, war Jolanda für ihren Tisch zuständig. Sie war eine
der wenigen Bedienungen, die brauchbar parieren konnte
und bei schwierigen Gästen nicht gleich die Beherr-
schung verlor, nur weil sie vielleicht wie Abfall behandelt wurde. Es war ihr siebtes Jahr im Emilys, es gab kein
Benehmen, das ihr fremd war, kein Verhalten, das sie
hätte überraschen können, sie war Profi durch und durch.

»Ja, das ist neu. Eine Abwechslung. Bisher sind die
Reaktionen unserer Kundschaft ausgesprochen positiv.«

Ausgesprochen positiv. So, so.

»Wie schön, junge Frau, wie schön. Würden Sie mir
vielleicht einen Gefallen tun?«

»Es wäre mir eine Freude.«

»Bestellen Sie doch bitte dem Geschäftsführer ...«, sie
hielt inne und betrachtete Jolanda von unten bis oben,
»Sie haben eine frappierende Ähnlichkeit mit dieser rus-
sischen Tennisspielerin, wie heißt die noch mal?«

»Anna Kurnikova?«, fragte Jolanda leicht irritiert.

»Nein, die andere. Ach, jetzt fällt es mir wieder ein.
Martina Navratilova war es. Ja, Martina Navratilova.«

»Oh, diese Dame ist mir unbekannt, das ist wohl einige Generationen vor meiner Zeit. Vielleicht noch einen
kleinen Magenbitter zum Kuchen?«

Die unbotmäßige Replik der Bedienung quittierte
Gretchen Morgenthau mit gähnendem Desinteresse, sie
töteten sich noch kurz mit Blicken, bevor sich Jolanda
mit der Grazie aller verfügbaren Hollywoodlegenden
umdrehte und stolzen Schrittes von dannen zog. Fine
setzte ihr Musste-das-jetzt-sein-Gesicht auf, nippte an
ihrer Melange und lenkte die Aufmerksamkeit in frische
Gefilde. »Schau mal unauffällig nach links. Da sitzt die
Gottesanbeterin.«

»Wer?«

»Dr. Maria von Freyenbach. Die Kritikerin. Hoch-
feuilleton.«

Die Dame im herbstlichen Alter trug eine grüne Bluse mit Plisseefalten von Van Laack, dazu einen hellgrauen Tulpenrock von Luisa Cerano und taupefarbene Ballerinas von Tod's. Es sah fürchterlich aus. Wie alle Künstler verachtete auch Gretchen Morgenthau die berufsbedingten Kritiker abgrundtief. Wenn sie schlecht über sie schrieben. Wenn sie gut über sie schrieben, gehörten sie zur Familie.

»Soll das eine Frisur sein? Und diese Schuhe. Sie sieht aus wie ein Sonderangebot. Sie konsumiert bestimmt diese Erbauungsliteratur, in der ihr gesagt wird, wie sie ihr inneres Gong oder Doing oder so finden kann.«

»Ich weiß, du magst Konkurrenz nicht.«

»Konkurrenz? Schau sie dir doch nur an. Das Schlimmste sind selbstverliebte Menschen, die irgendwann entdecken, in wen sie sich da verliebt haben. Das geht nie gut aus.«

»Das kommt mir bekannt vor. Sie soll übrigens eine Teegarnitur von Kazumasa Yamashita besitzen. 25.000 Pfund.«

»Und was macht sie damit?«

»Tee trinken. Und sie hat letzten Monat Grass rezensiert. Vernichtend.«

»Den SS-Mann?«

»Den Schriftsteller. Ich möchte übrigens auch Schriftstellerin werden.«

»Du?«

»Ja, ich.«

»Warum?«

»Weil ich glaube, dass ich etwas zu erzählen habe.«

»Ach du meine Güte.«

»Sei nicht so.«

»Wie denn?«

»Du weißt schon. Ich meine es ernst, ich möchte Schriftstellerin werden. Ich brauche deinen Rat.«

»Meinen? Ich habe mit der Schriftstellerei nichts zu tun. Mir sind ja schon Dramaturgen zuwider, aber Schriftsteller, herrje, ich musste einige von ihnen kennenlernen. Der überwiegende Teil dieser Spezies wurde zum Fremdschämen geboren. Ihr Gehabe ist klägliches Schauspiel, selbst das Prätentiöse und das Egomanische an ihnen ist langweilig. Sobald sie den Mund aufmachen, schläft man ein. Ich wusste gar nicht, dass du schreibst.«

»Tue ich nicht, deshalb brauche ich ja deinen Rat, ich bin noch unsicher, in welche Richtung ich meine Begabung zu lenken gedenke.«

Gretchen Morgenthau hasste es, wenn alte Menschen nur retrospektiv redeten, wenn ihr Leben nur noch aus Vergangenheit bestand, wenn das Gewesene ihre einzige Zuflucht war und die Erinnerung ihr warmes Bett. Mit Fine konnte sie immer über Gestern, Heute und Morgen reden. Und das schätzte sie sehr. Dass sie jetzt aber Schriftstellerin werden wollte, schätzte sie weniger. Sie piekte. Mit der Gabel. Sie zerdrückte die letzte Rosine aus dem Apfelkuchen, als wäre sie eine Zecke, als übertrage sie Krankheiten, das hässliche Ding. Sie kräuselte dezent die Stirn, legte ihren Kopf elegant in den Nacken und blickte leicht gelangweilt in die Ferne.

Fine wusste, dass ein längerer Monolog folgen würde, es folgte immer ein längerer Monolog, wenn sie diese staatstragende Haltung einnahm.

»Aha.«

Aha war weitaus weniger, als Fine erwartet hatte.

»Aha?«

»Nun ja, wärst du ein junges Ding«, begann sie in blumigem Tonfall, »würde ich dir raten, dreihundert Seiten lang über dein morbides Seelenkostüm zu schnattern und dich dann von sabbernden Kulturbeamten mit feuchtem Lobgesang penetrieren zu lassen. Aber du bist ja alt. Da kommt die Froileinliteratur leider nicht infrage. Hauptsache, du benutzt kein Pseudonym. Es gibt nichts

Schlimmeres, als Schriftsteller mit einem Pseudonym. Ich habe zwei kennengelernt. Idioten. Beide. Wenn du allerdings Preise schick findest, solltest du dir einen osteuropäischen Namen nebst Akzent zulegen und einer unterdrückten, verfolgten Ethnie angehören, die nur Liebe und Frieden auf ihren Lippen und in ihren Herzen trägt. Werde zu Unrecht verleumdete Serbin und schreibe authentische Erlebnis-Literatur, also irgendetwas mit schwerer Kindheit und Alzheimer.«

»Ich dachte eher an die Tante Jolesch oder an Onkel Jeeves.«

»Liebchen, ich würde doch auch keinem Schweizer vorwerfen, er habe Humor. Warum also sollte ich dich beleidigen?«

»Wieso? Die Schweizer sagen zu Schweinskram Sex-Heftli. Ich persönlich finde das sehr lustig.«

»Humor ist eine sehr ernste Angelegenheit, deshalb verstehen lustige Menschen Humor ja auch nie.«

»Es ist immer wieder das gleiche Problem. Ich glaube einfach, dass wir zwei völlig unterschiedliche Vorstellungen von Kunst haben.«

»Ach nein.«

»Doch, doch.«

»Wir werden jetzt kein Gespräch über Kunst führen«, sagte Gretchen Morgenthau und hielt das Thema für beendet, denn sie besaß grundsätzlich die Hoheitsgewalt über das zu Plaudernde und für ihren Geschmack wurde dem Trivialen zur Genüge Aufmerksamkeit geschenkt. Es war an der Zeit, sich den wichtigen Themen zu widmen, wie ihren neuen Mid Heels von Rupert Sanderson, zu denen Fine noch gar nichts gesagt hatte. Doch Fine schien gar nicht daran zu denken, klein beizugeben, sie war schließlich die Expertin, sie hatte Kunstgeschichte studiert, ihr Feld.

»Ja, ich weiß, du möchtest in der Kunst nicht, wie nennst du es doch gleich, bebotschaftet werden«, nahm

Fine das Thema ungefragt wieder auf, »du möchtest nicht
wissen, was der Künstler uns mitzuteilen gedenkt. Und
ja, wenn um die Kunst herum Bedeutung gemästet wird,
dann schmeckt die Kunst nach Wurst. Das verstehe ich.
Aber: Du magst Berührung nicht. Und das halte ich für
falsch. Kunst, die nicht berührt, ist nur Kunst. Ein intel-
lektuelles Feigenblatt, über das sich gut schwatzen lässt.
Alles, was uns berührt hat, als wir jung waren, all die
Musik, Literatur, Malerei und Spielerei ist heute Kunst.
Alles andere ist höchstens Geschichte, an die sich niemand freiwillig erinnert. Immer vorausgesetzt, wir hatten
Geschmack.«

»Ich zweifle da weniger an meinem.«

»Du zweifelst am Impetus der Kunst.«

»Aber nein, höchstens an ihren Produzenten, und besonders an den bastelnden.«

»Du warst doch fast ein Jahr lang mit Joshua liiert, ein
bildender Künstler, soweit ich mich erinnere.«

»Lose, lose liiert. Und gewiss nicht aufgrund seines
Intellekts.«

»Sondern?«

»Sex? Wirklich außergewöhnlich. Ansonsten war er
wie alle Klecksenden und Hämmernden und Installieren-
den. Der bildende Künstler ist selten intelligent, deshalb
muss er seinen Werken auch immer geheimnisvolle Namen geben, damit wir denken könnten, er sei eine solch
komplexe Gestalt, dass Intelligenz ihn nur beleidigen
würde. Was sie natürlich auch tut. Frage ihn nach seinem
Werk, so wird er sich nachdenklich, wirr, verstört zeigen,
sich Restwörter aus der Müllverwertung für kulturelle
Angelegenheiten zusammenklauben und sie mit einer
leicht unangenehmen Fäulnis ausspucken.«

»Und damit verbringst du deine Zeit.«

»Du verstehst nicht. Das ist es, was ich an diesen
Künstlern mag. Ihre Kindlichkeit, dieses naive Geplap-
per, der ethnologische Kitsch im gefühlsduseligen Ana-

lytikerduktus, das Sich-begeistern-Können für Kirmes-
zettel-Weisheiten, das ist doch wunderbar. Sie ähneln da
im Übrigen Schauspielern, sie sind nur nicht ganz so
schwurbelig.«

Am Nebentisch machte sich Dr. Maria von Freyen-
bach zum Aufbruch fein. Sie zog eine Tweedjacke von
Oscar de la Renta über und schulterte die silberne Clutch
Bag von Fendi.

Es sah fürchterlich aus.

Als ihre Blicke sich kurz streiften, töteten sie einan-
der, sicherheitshalber, man konnte ja nie wissen.
Gretchen Morgenthau schaute der Feuilletonistin hinterher, wie sie zum Ausgang strebte. Sie hatte den Gang
einer Ballerina, einer sehr alten, gewiss, aber sie besaß
diese ungeheure Körperspannung und beherrschte dieses
tänzelnde Schweben auf glattem Parkett.

Neid keimte. Diesen Gang konnte man nicht imitie-
ren. Entweder man hatte ihn oder eben nicht. Gretchen
Morgenthau war von klein auf vom Tanz fasziniert,
gleichwohl sie selbst verschont blieb von allzu großem
Talent. Sie mochte das neoklassische Ballett eines
George Balanchine genauso wie das experimentelle
Tanztheater eines Merce Cunningham. Wenn sie Schönheit und Anmut suchte, dann ging sie nicht zu Macbeth
oder Tartuffe und schon gar nicht ins Museum, dann
schaute sie zu, wie Sylvie Guillem tanzte, und dann vergaß sie einen Augenblick lang all die Befehle des Lebens,
dann vergaß sie auch die Musik, die gespielt wurde, da
alles ineinander überging und nur noch Körper war und
nur noch nichts.

»Auch so eine Person«, sagte Fine und blickte dabei
in ihre Melange, »die in ihrem Leben nur ein Motto
kennt: Die Sieger sind immer ich. Warum fehlt mir dieses
Gen?«

»Schicksal«, sagte Gretchen Morgenthau, »ist etwas
aus der Fabrik. Wenn man es umtauschen möchte, findet

man den Kassenbon nicht mehr. Traurig sein hilft da nicht, meine Liebe.«

»Machst du dir eigentlich Sorgen wegen der Verhandlung?«

»Bitte? Weshalb sollte ich? Joseph ist doch der Richter, und dein Ex-Schwiegersohn wird doch wohl keinen Unfug machen.«

»Mmh.«

8

Kyell hatte all die blutigen Zeugnisse des Gemetzels
hinfortgewischt, die Tür hinter sich zugezogen und die
Einkäufe erledigt. Im Internationalen Kolonialwarenladen
wurden selbst die kühnsten Wünsche befriedigt, das Sortiment war ein Wunder der Vielfalt. Auch Gewürze aus
exotischen Ländern zauberte Hagwar aus einer entlege-
nen Ecke in einer geheimen Schublade hervor. Nichts
war ihm fremd, noch gab es etwas, das es nicht gab oder
er nicht hätte besorgen können. Kyell hatte seine Einkäufe in einem Stoffbeutel verstaut, den Ingwer, die getrock-
neten Chilis, die Miesmuscheln und auch ein Schälchen
Pfirsiche, ein Spontankauf, ein Experiment. Er nahm
einen kleinen Umweg nach Hause, Richtung Osten, durch
Kristians wilde Gärten, an der Dorfkirche vorbei über den
Golem-Hügel, bis er die Möwen schon kreischen hörte.
Als er seinen Lieblingsplatz auf einer kleinen Anhöhe
zwischen Wolfsmilchgewächs und Drachenbaum erreichte, legte er seinen Einkaufsbeutel ab und atmete tief
durch. Die Blätter krauschelten im Wind, es roch nach
Veilchen und Holunder, der Ginster strahlte sonnengelb
und eine kühle Brise kitzelte die Nackenhaare hoch. Er
schaute aufs Meer. In die große weite Welt. In die er bald
gehen musste. Die ihm nicht geheuer war und die ihn nie,
selbst in trüben Stunden nicht, fernwehend heimsuchte.
Jeder musste Gwynfaer für eine Weile verlassen, um eine
Ausbildung oder ein Studium zu absolvieren, um das
Leben in der rauen betonierten Wildnis zu lernen, um die
große Liebe zu finden oder einfach nur den lieben Gott.
Frühestens nach drei Jahren durften die Auswanderer
wieder zurückkehren. Ein ungeschriebenes Gesetz, an das

sich jeder hielt. Es gab keine Ausnahme. Die Heimkehrer erzählten, dass es gut war, eine Zeit lang weg gewesen zu sein, dass es neben Bunt auch Schwarz und Weiß gab und neben Schwarz und Weiß auch Kunterbunt. Und sie erzählten von unsichtbaren Menschen, die in Städten ertranken, von Automobilen, die voll der Sehnsucht waren, und Kindern, die anderen Kindern die Kehle durchschnitten. Und sie erzählten von Bauten, die staunende Ehrfurcht hinterließen, von Konzerten, die für immer in ihnen wohnten und von Kaugummis, die auf nassen Straßen klebten. Wenn sie wiederkamen, dann sahen ihre Augen leerer aus und zugleich reicher, und jeder brachte etwas mit zurück, etwas, das Wissen hieß, etwas, das Gwynfaer am Leben hielt. Nichts war lächerlich, selbst das Unbrauchbare nicht, denn nichts war wertvoller, als das Staunen zu bewahren. Und so wurden die Heimkehrer immer mit einem großen Fest willkommen geheißen, und dann wurde getrunken und diskutiert und getanzt und geprügelt, bis der Sonnenaufgang auch den letzten Erbrochenen scheuchte. Vor zwei Wochen erst war Jonas zurückgekehrt, der vier Jahre in Stockholm Elektrotechnik studiert hatte. Und mit ihm kamen Alena, die drei Winter lang in New York für die Mode lebte, und Finn, der in Brüssel zum Konditor reifte. Alle waren sie in Kyells Alter, als sie fortgingen, und nun war es an ihm, die Welt zu erobern, wie es hieß, dabei war ihm nie nach Erobern, er wollte immer nur beobachten und lernen und Mädchen küssen. Aber er wusste, dass es auch für ihn keine Ausnahme gab, er musste sich entscheiden und er musste gehen. Er glaubte nicht, dass er zum Tierarzt berufen war. Er mochte Tiere, aber er wollte sie nicht aufschneiden, und schon gar nicht wollte er die Dinge machen, die Tykwer machte, wenn es um die rektale Zyklusdiagnostik bei Jákups Kühen ging. Gummihandschuhe und Gleitmittel machten die Sache auch nicht besser. Er rätselte nicht zum ersten Mal über seine Talente, er fragte sich fast jeden Tag, wo seine Stärken lagen und welchen Weg er wohl einschlagen würde. Gab es so etwas wie Bestimmung, und wenn ja, warum war er dann immer noch kein Schmetterling? Auch keines der anderen Praktika hatte sich als Perspektive entpuppt. Weder die zwei Wochen als Tischler bei Toivo und schon gar nicht das kurze Gastspiel als Leistungsschwimmer im Internationalen Verein für Leibesübungen im Bereich Wasser. Mikael, verantwortlicher Trainer und gleichzeitig Vorstand, Förderer und Ehrenpräsident im Internationalen Verein für Leibesübungen im Bereich Wasser, hatte in Kyell keinen künftigen Olympioniken erkennen können. Selbst das Seepferdchen ließ sich nur widerwillig anstecken. Was, wenn es für ihn keine Vorsehung gab? Wenn er nichts wirklich konnte? Wenn er keine Gabe besaß? Wenn er nur zu leben vermochte?

Er nahm einen der Pfirsiche aus dem Beutel, rieb ihn gedankenverloren an seiner Hose und biss in die samtige Haut hinein. Der Saft tropfte an seinen Mundwinkeln hinab, er versuchte ihn mit der Zunge aufzufangen, es schmeckte süß, nach mehr. Sein kleiner Zeh schlief ein, sein ganzer linker Fuß fing an zu kribbeln, er schüttelte ihn ungemach, denn Taubheit mochte er nicht, nie. Von Ferne war ein Kreischen zu hören, mehr ein Schimpfen, ein Durcheinander an Lauten in kruden Tonlagen. Er schaute hinauf zu den Basstölpeln und den Trottellummen, wie sie ihre Kreise über dem Meer zogen, vom Wind getragen, den Blick nach unten gerichtet, auf der Suche nach Heringen und Sprotten, die noch gar nichts ahnten von ihrem Glück. Er neidete den Vögeln ihre Flugkunst, ihre grenzenlose Freiheit, wie er dummerweise annahm, dabei hatte der Großvater ihn doch immer gelehrt, dass Freiheit nur eine Illusion sei, wie alles andere auch. Aber wenn alles nur eine Illusion war, wie konnte es dann sein, dass er nicht fliegen konnte? Welche Illusion war denn schon die wahre? Die Illusion an sich

oder die Illusion einer Illusion? Vielleicht war der Großvater ja noch bei ihm und dieses Leben nur ein Traum,
vielleicht war Bewusstsein nur eine Krankheit, ein Zustand jenseits aller Vernunft, ein sinnloses Nichts in
bunter Tracht, und vielleicht war Kyell gar eigentlich ein
mythischer Held aus Asenheim, angetan mit Tapferkeit
und Edelmut, ein kühner Krieger, der auf dem gleichsam
furchtlosen Hengste Sleipnir den Eisriesen entgegenrei-
tet, um die Toren donnergrollend mit seinem Hammer
Mjölnir zu fällen.

Vielleicht aber auch nicht.

Der Wind nahm zu, Büsche und Bäume rauschten in
düsterer Stimmung und die Wolken plusterten sich auf,
als würden sie auf irgendetwas oder auf irgendjemanden
einen mächtigen Groll hegen. Selbst der Einfältigste
mochte erkennen, welch stürmische Zeiten sich ankün-
deten, die fern eines knisterwarmen Heimes weder Labsal
noch Glückseligkeit versprachen. Kyell packte seine Sachen und stieg den Weg hinab, er wollte nicht wieder
pitschepatschenass werden, er war anfällig für Erkältun-
gen, eine Schwäche, die er nicht erklären konnte. Beiläufig pflückte er wilden Thymian und eine Handvoll Wa-
cholderbeeren, ganz automatisch, er pflückte immer etwas, wenn er unterwegs war. Die wichtigsten Kräuter
aber wuchsen in dem kleinen Garten, den er noch mit
dem Großvater angelegt hatte und den er aus der Ferne
schon erkennen konnte. Als die ersten Tropfen fielen,
fing er an zu laufen. Er war schnell. Und geschickt. Kleinen Erdhügeln und verstorbenen Ästen wich er elegant
aus, nur über ein glitschiges Wurzelwerk wäre er beinahe
gestolpert. Kaum zu Hause angekommen, hörte er Puccini grunzen, den zartrosigen Müllschlucker, der nie satt
wurde, ganz gleich, wie viel es auch zu essen gab. Kyell
packte seine Einkäufe aus, legte die Miesmuscheln in den
Kühlschrank, die Chilis in einen kleinen geflochtenen
Korb und die Pfirsiche in die hölzerne Obstschale. Er

schüttete einen grünen Tee auf, holte den Thymian aus der rechten Hosentasche, rieb ihn wie selbstverständlich zwischen seinen Fingern, roch an ihnen und dachte, dass nur Frauen besser als Gewürze riechen, besser als alle Gewürze auf der Welt, mit Ausnahme von Fenchel. Vielleicht.

Tule wollte am Abend noch zum Essen vorbeischauen. Tule, sein bester Freund, mit dem er die ersten Schritte ins Leben gestolpert war, mit dem er all die Dinge erlebt hatte, die im Heranwachsen in einer gefährlichen, weil noch unbekannten Welt zu erleben waren, mit dem er fast verblutet, ertrunken und verbrannt wäre, und das nie grundlos. Es gab gar Einwohner, die sie bisweilen zu erschlagen trachteten, vierteilen war eine willkommene Alternative und Gnade gerechterweise keine Option.

9

Vorher war Totschlag. Danach sollte noch Vergewaltigung sein. Je nachdem, wie schnell sich die Akte Gretchen Morgenthau abarbeiten ließ. Es war der erste Verhandlungstag, und niemand rechnete mit einem zweiten, am wenigsten die Angeklagte selbst. Ihr Erscheinen war im Grunde nur eine Geste der Höflichkeit und das Verfahren nur eine Formalie. Was war denn schon groß vorgefallen?

Das Interesse indes war bemerkenswert, ungewöhnlich gar, als habe Gott alle Fernseher aus dem Fenster geworfen. Neugierig und ohne jede Scheu musterte das Publikum die Frau Intendantin. Es passierte nicht alle Tage, dass eine Dame der oberen Klasse auf der Anklagebank saß. Eine kleine Berühmtheit obendrein, die Frau Intendantin, die nie Intendantin war, immer nur Regisseurin, aber sie korrigierte nicht, warum auch. Ihre Popularität trug keinen Schaden davon. Zu Dutzenden waren sie erschienen. Dicht gedrängt saßen sie auf den Bänken, das Stammpublikum auf den besten Plätzen, ganz vorne, hautnah, um nicht den leisesten Seufzer, die kleinste Mimik zu verpassen. Einige sahen aus, als würden sie Kissen mögen, auf denen »Sweet Home« gestickt war. Andere auch. Etwas weiter hinten saß eine kleine Gruppe von vier Damen, die zu blond für ihr Alter und zu klein für ihre Größe waren. Gold hing in ihren Gesichtern, Haute Couture an ihren Leibern, nur Stil schien ihnen zu teuer zu sein. In ihren zu bunten Augen sah selbst der Einfältige noch, dass sie für immer verloren waren. Gretchen Morgenthau kannte solche Damen, eheliche Mitbringsel vermögender Männer, die ihr Leben überwintern. Sie gehörten zum Abonnenten-Publikum und wurden allgemeinhin geschmacklos aufgespritzte Champagner-Drosseln aus dem Wohltätigkeitsgewerbe genannt. In Bayreuth oder Salzburg wollten sie nicht sehen, sondern gesehen werden, und solange die Kultur zur Abendgarderobe passte, war alles gut. Schließlich war die Kultur ein Mehrwert, ein Schmuckstück, und ein Parsifal oder ein Othello ähnlich viel wert wie ein Bentley oder eine Kleinigkeit von Glashütte. Reichtum war natürlich keine Schande, so lange man auch etwas mit diesem Reichtum bewirkte oder erschuf, aber es gibt Menschen, dachte sie, deren einziges Ziel im Leben es ist, Geld anzuhäufen. Und dann sterben sie irgendwann und das Einzige, das sie hinterlassen, ist Geld, an ihre wohlstandsverwahrlosten Kinder, die davon Dinge kaufen, die blingbling machen.

Auf der linken Seite des Saals, etwas im Abseits, saß Fine, die auffällig ihre Daumen drückte und ein wenig nervös wirkte, so, als hätte sie ein schlechtes Gewissen, als hätte sie vergessen zu erwähnen, dass ihr Ex-Schwiegersohn und ehrenwerte Richter Mr. Joseph Parker einen kleinen Groll gegen sie hegte. Dabei war es nur eine Lappalie, ein Fauxpas, um genauer zu sein, es war ihr einfach so rausgerutscht, dass sie ihren Schwiegersohn mit einer anderen Frau gesehen hatte, auch, dass sie ihrer Tochter empfahl, die Scheidung einzureichen und die beiden Kinder mitzunehmen. Dass er so nachtragend sein würde, hätte sie im Leben nicht gedacht, wo sie doch beide Jane Austen mochten. Und Tee.

Neuerdings jedoch mochte Richter Joseph Parker lieber Absinth und Camus. Obwohl sein Kopf beides nicht vertrug. Er war jetzt im Auftreten mehr ein Künstler. So ein klitzekleinwenig verlottert. Seine Rosshaarperücke von Ede & Ravencroft sah aus, als hätte die letzte Trockenreinigung noch zu Zeiten der Reformation stattgefunden. Auch der Talar war in die Jahre gekommen, an den Ärmeln schon leicht abgeschubbert, knitterte er allerorten, wie auch Joseph selbst, mit tiefen Augenringen und verwegenem Bartwuchs. Dabei lebte er jetzt in einem Penthouse. All inclusive. Allein. Ohne Frau und ohne Kinder. Dafür aber hochmodern und mit allen nur denkbaren Annehmlichkeiten. Wenn er nach Hause kam, musste er nur fünf Minuten lang ein kleines Computerterminal bedienen und schon ging das Licht an. Manchmal aß er abends noch eine Erbsensuppe in seiner Molteni-Designer-Küche, eine selbst geholte Erbsensuppe von *Soup and Soul*, die er aufwärmte, und dann schaute er aus dem Fenster und dann sah er die Lichter der Stadt und dann dachte er nach, über das Leben und über das Leben und über das Leben und dann stand er im Bad und dann putzte er die Zähne und dann ging er zu Bett. Es gehe ihm gut, sagte er immer, bevor er einschlief.

Gretchen Morgenthau gefiel die Szenerie. Sie fühlte sich beinahe wohl. Das Licht hätte sie etwas dramatischer gesetzt und den Zeugenstand etwas höher und weiter nach links gebaut. Aber sie wollte nicht die Diva geben, das war auch gar nicht ihr Naturell, nie. Ihr Anwalt, Henry Wallaby, hatte ihr zu Demut, Reue und schüchterner Schamhaftigkeit geraten. Henry Wallaby war ein Menschenkenner ersten Ranges. Allerdings trug er Anzüge von der Stange. Schlecht sitzende. Er war eine Notlösung, da Gretchen Morgenthaus langjähriger Rechtsbeistand, Dr. William, ungünstig um die Ecke bog als der Lastkraftwagen kam. Henry Wallaby war eigentlich nicht befugt, das Wort zu erheben, er war Dekoration. Dürftige. Denn das Schlachtfeld gebührte seit jeher nur den Furchtlosen. Für Gretchen Morgenthau war es ein Heimspiel. Obschon sie mit dem Theater durch war. Aber wen kümmerte es. Bühne war Bühne, ihr Zuhause, funktionale Automatismen, die Laienschar, ach, sie war des Todes. Vermisst wurde nichts, nur den Rausch konnte sie nie vergessen, wie auch. Ob der Vorhang offen oder geschlossen war, ein Verfolger sie fand oder nicht, wenn der Applaus in Wellen auf sie zurollte, dann breitete sie die Arme aus, schloss die Augen und ertrank. Es gab in ihrem Leben nichts Vergleichbares. Und ein Volkstheater zu bespielen, dafür reichte ein Wimpernschlag. Mochte Blut fließen, mochten Tränen kullern, hier konnte es nur eine Göttin der Morgenröte geben, der Rest war Schaf. Titanen! Kämpft! Kämpft, bis ...

»Frau Intendantin?«

Gretchen Morgenthau drehte ihren Kopf leicht zur Seite und schaute Joseph an. Sie hatte grundsätzlich Schwierigkeiten, Männer, die außerhalb des Theaters Perücken trugen, als vollwertige Gesprächspartner zu akzeptieren. Aber in dieser Welt, das wusste sie, gab es nichts Wichtigeres als Seilschaften. Ihr fiel auf, dass Joseph ein wenig verwegener aussah, als sie ihn in Erinnerung hatte.

»Frau Intendantin?«, wiederholte Joseph.

»Ja, bitte?«

»Wir waren bei ...«

»Entschuldigen Sie, aber ich verspüre so einen Durst. Könnte ich wohl eine Melange bekommen?«

»Na, ich bitte Sie, der High Court ist doch kein Wiener Kaffeehaus.«

Warum so ruppig, dachte Gretchen Morgenthau, aber bitte, wie es uns beliebt. »Kein Wunder, dass niemand Trinkgeld gibt.«

Das Publikum kicherte leise und Joseph schlug mit einem Hämmerchen auf einen kleinen Sockel aus Nussholz. Kein englischer Richter schlug mit einem Hämmerchen auf einen Sockel aus Nussholz, außer im Fernsehen, in schlechten Serien. Joseph war die Ausnahme. Das Hämmerchen war ein Geschenk seiner Tochter, zum Vierzigsten, und eigentlich machte es ihm sogar Spaß, das Hämmern, es hatte so etwas Handwerkliches, so etwas Verwegenes.

62

»Frau Intendantin, wenn wir noch einmal auf die genauen Umstände zu sprechen ...«

»Ach, Sie meinen Anna.«

»Anna?«

»Meine Zugehfrau. Aus Rumänien. Eine launische Person. Seit letzter Woche ist unser Verhältnis ein wenig derangiert. Sie erzählte mir, dass sie nur putze, um den Schauspielunterricht bezahlen zu können, und sie fragte, ob ich nicht den ein oder anderen Produzenten kennen würde. Da ich ein gutes Herz habe, gab ich ihr die Visitenkarte von einem der erfolgreichsten Produzenten, die der österreichische Heimatfilm zu bieten hat. Sie fragte, wer dieser Randy Candy sei und welche Art von Filmen ›Ruby, Ruby‹ produziere. Ich verstand nicht recht, was sie meinte. Aufklärungsfilme natürlich. Seither spricht sie in ihrer Kaffeepause nicht mehr mit mir und liest stattdessen demonstrativ Tschechow. Die Möwe. Ich glaube nicht, dass Komödien ihr Metier sind, aber bitte schön. Solange die Toilette sauber ist, kann sie lesen, was sie möchte.«

»Und was genau hat Ihre Zugehfrau Anna mit den Vorkommnissen an jenem Tag im besagten Mai zu tun.«

»Nichts, warum? Ich habe Ihnen davon erzählt, damit Sie sich ein Bild von meinem Leben und den Problemen in meinem sozialen Umfeld machen können. Ein Blick hinter die Kulissen sozusagen, ein privatimes Schmankerl für die geschundene Paragrafenseele.«

»Bezaubernd, vielen Dank. Aber noch einmal: Was haben Sie am besagten Tag vorher getan, wie konnten Sie in einen solchen Zustand geraten?«

»Mittwochs habe ich Revolution.«

»Revolution?«

»Bei Adele, dritter Stock, geheimes Klopfsignal, dreimal kurz, zweimal lang. Und dann öffnen sich die Pforten zum *Salon der Debütanten*. So heißt die Gruppe, ein geheimer Zirkel, eine eingeschworene Gemeinde aus erlesenen Individualisten, die im Untergrund fantastische Aktionen gegen das System oder so plant.«

Gretchen Morgenthau mochte Revolution immer sehr gerne. Schon in den Sechzigern. Sie fand es immer schick, sie mochte die Insignien, die Attitüde und das Massaker. Das Gequatsche allerdings mochte sie nicht. Dieses neo- oder postmarxistische Geschwurbel ging ihr regelrecht auf die Nerven. Und eigentlich hatte sich Gretchen Morgenthau dem *Salon der Debütanten* nur wegen Frederic angeschlossen. Frederic, von Gott mit unermesslicher Schönheit geplagt, Sprachrohr, Taktgeber und Seele der Gruppe, halb Franzose, halb Engländer, keine 40, Derridaist, der Derrida verachtete, Anti-Humanist und prinzipiell humorfrei. Als sie ihn das erste Mal traf, war sie gänzlich unvorbereitet, es war nur ein Umtrunk bei Haders, die üblichen Gestalten, der Wein zu kalt, die Gespräche mau, und dann kam er, nicht angekündigt, nur mitgebracht, von dieser jungen Schauspielerin, deren Namen sie vergessen hatte, die aber sehr schön sterben konnte, und das konnten ja die wenigsten, sehr schön sterben. An diesem Abend aber lebte sie, ganz hungrig und ungezwungen, und der Stolz in ihren Augen war gar nicht mal unangenehm, nur verständlich. Der junge Alain Delon sah neben Frederic wie Abfall aus. Und dann noch diese Stimme, ein rauchiges Englisch mit französischem Akzent, ganz nonchalant, ganz unwiderstehlich. Und gleichwohl Gretchen Morgenthau für Äußerlichkeiten absolut nichts übrig hatte, ging sie gerne zum Salon der Debütanten, wo selbst die Gedanken noch jung und unbekümmert waren, frei von Verzweiflung und Ironie.

»Fantastische Aktionen gegen das System?«, fragte Joseph ein wenig irritiert nach. »Sie meinen, Pflastersteine werfen?«

»Diffamateur!«, ertönte eine Stimme aus dem Publikum. Alle Blicke richteten sich auf den jungen schönen Mann, der als Einziger unter all den Sitzenden aufrecht stand. Das Licht schmeichelte um seine dunklen, langen Locken, ein blütenweißes Hemd schmiegte sich um den schlanken, muskulösen Oberkörper. In seinen braunen Augen spiegelte sich wilde Entschlossenheit und unbarmherzige Erlösung wieder. Es war Frederic. Die weibliche Hälfte des Publikums seufzte. Herzen wurden gebrochen, für immer, vielleicht sogar für ewig.

»Wir sind keine antifaschistische Kleinkindergruppe«, nahm Frederic den Fehdehandschuh auf, »Steinchen werfen und Feuerchen legen überlassen wir den Kleinstkriminellen. Wir leben auch nicht in ideologischen Bretterbuden, wir sind keine Kommunisten, keine Maoisten, nicht einmal Situationisten. Dass der Kapitalismus am Ende ist, das wissen wir. Dass der Typus Politiker in sich selbst verrottet, dass die fetten, degenerierten Kulturbeamten in ihrem staatlich geförderten Hochsicherheitstrakt die Kunst erhängen, das wissen wir ...«

Joseph klopfte leicht gelangweilt mit seinem Hämmerchen.

»... dass das Netz der Monopolisten und Schmiergeldzahler zerstört werden muss, das wissen wir, dass kleine autonome Kommunen sich wieder selbst versorgen, sich selbstverwirklichen und idealiter eine neue, eine wahrhaftige Gesellschaft gebären müssen, das wissen wir. Wir wissen! Doch nicht das auf dem Sofa vergammelnde Proletariat wird sich erheben, denn das sehnt sich nur nach Brot, Bier und Spielen, sondern die antiklassizistischen Kinder des arbeitenden Bürgertums, die die Angst vor dem sozialen Abstieg und ...«

Joseph klopfte etwas lauter mit seinem Hämmerchen.

»... die Wut auf die herrschende Dummheit schon mit der Muttermilch aufsaugen. Und wahrlich, ich sage euch, die Jugend wird folgen, den Denkern und Parolenerfindern, den Geistern von heute und den Heroen von morgen. Mit der Revolution ist es wie mit dem Krieg, der Arbeit, dem Leben. Die Degenerierten, die entscheiden, bekommen ihren eigenen Untergang nicht mit, ihnen fehlt es dazu einfach an Größe. Und deshalb müssen wir endlich aufstehen! Wir, die sich nicht mehr unterdrücken ...«

Joseph klopfte sehr laut mit dem Hämmerchen.

»... lassen! Ja, wir wollen die Revolution! Aber wir wollen sie mit Verve und Esprit. Wir sind Künstler, Hacker und Intellektuelle, wir sind die Boheme der Dekonstruktion, die nun nicht mehr in Trainingsjacken herumläuft, Nietzsche und Hitler in einen Suppentopf wirft und ein bisschen den Unangepassten spielt. Die Zeit ist gekommen! Wir sind der Aufstand! Vive la Révolution!«

»Vive la Révolution!«, schrie auch Gretchen Morgenthau, die aufsprang und ihre rechte Faust gen Himmel streckte. Sie liebte Revolution. Sie musste sich unbedingt eine Baskenmütze kaufen.

Ihr Anwalt Henry Wallaby silberblickte in ihre Richtung und schüttelte den Kopf. Zwei Uniformierte geleiteten Frederic hinaus und das Publikum tuschelte angeregt, es fühlte sich angemessen unterhalten.

»Wenn Sie sich dann bitte wieder setzen würden, Frau Intendantin«, sagte Joseph, der noch ein letztes Mal lustlos mit seinem Hämmerchen schlug. »So also stelle ich mir ihre Freizeitgestaltung vor.«

»Mein lieber Joseph ...«

»Der ehrenwerte Herr Richter Parker.«

»Bitte?«

»Es heißt: Der ehrenwerte Herr Richter Parker.«

Das Publikum giggelte.

»Mein lieber Joseph, der ehrenwerte Herr Richter Parker, ich möchte Einspruch erheben.«

»Gegen was?«

Gretchen Morgenthau überlegte. »Rosinen?«

»Bitte?«

»Im Apfelkuchen.«

»Nun gut, Sie hatten also an besagtem Mittwoch Revolution, es gab alkoholische Getränke und sie sind in eine Polizeikontrolle geraten.«

»Ich hatte kaum getrunken. Der Chablis, ich glaube, es war ein Cru Montée, war zu trocken. Sechs oder sieben Gläser. Auf keinen Fall mehr als acht. Und ausgerechnet an jenem Abend war das Kontrollgerät der Volkswachtmeister kaputt. Es zeigte 1,4 Promille. Ein Ding der Unmöglichkeit. Eine Farce. Das teilte ich dem Mädchen mit der praktischen Frisur, die in ihrer Uniform ganz reizend aussah, auch mit. Ich erwähnte noch ihre Unterbezahlung für solch einen gefährlichen Beruf und lobte ihre Tapferkeit über alle Maßen. Ich glaube, ich verglich sie mit Jeanne d'Arc. Das Mädchen mit der praktischen Frisur aber sagte, sie kenne keine französischen Schauspielerinnen, ich solle mal ins Röhrchen blasen.«

»Was Sie dann auch getan haben.«

»Eine Dame meines Standes bläst nicht in ein Röhrchen. Es sei denn, man droht ihr mit Blutentnahme.«

»Sie haben also geblasen und dann kam es zu einem Disput.«

»Nun ja, Disput. Das Mädchen mit der praktischen Frisur wurde, als es das Ergebnis ablas, pampig. Ich durfte nicht mal weiterfahren. Es ist selten schön, das wahre Gesicht des Menschen.«

»Und was genau passierte dann?«

»Amnesie.«

»Bitte?«

»Gedächtnis...«

»Ich weiß, was Amnesie bedeutet. Das Mädchen mit der praktischen Frisur, oder auch Police Constable Wingham, hat glücklicherweise ein dezidiertes Protokoll angefertigt.«

»So, hat sie das?«

»Ja, hat sie.«

»Pflichtbewusstsein ist eine Bürde, die nicht jeder zu

tragen vermag. Ich beispielsweise gehe nur bei Rot über die Ampel, wenn kleine Kinder zugegen sind.«

»Ich zitiere: Wir klärten die offensichtlich stark alkoholisierte Frau Intendantin über ihre Rechte auf, die daraufhin erwiderte: Wenn Sie nicht bis drei wieder in Ihr Tatütata einsteigen, werde ich Ihnen die Kehle durchschneiden, Ihr Herz rausreißen und es aufessen.«

»Das soll ich gesagt haben?«

»Haben Sie nicht?«

»Vielleicht lag mir die Kassiererin noch im Magen.«

»Welche Kassiererin?«

»Die aus dem Supermarkt. Ich gehe ja eigentlich kaum noch selbst einkaufen. Also Lebensmittel. Das Licht, die Musik, der Geruch, alles nur eine einzige Demütigung. Kein Wunder, dass dort illegaler Organhandel betrieben wird.«

»Bitte?«

»Das Ungetüm fragte, ob ich Herzchen sammle.«

»Welches Ungetüm?«

»Fettige Haare, schlechte Zähne, süßer Schweiß. Ich gab ihr zu verstehen, dass sie so nicht Kassiererin des Monats August werden würde. Und der September wäre auch schon verloren. Schien sie aber nicht zu tangieren. Sie fragte nicht mal, ob ich eine Tüte wolle. Wollte ich auch nicht, ich hatte ja einen Jutebeutel von Gaultier dabei, aber fragen hätte sie schon können, wie will man denn sonst eine Kundenbindung aufbauen?«

»Frau Intendantin, wenn Sie bitte mal zum Punkt kommen könnten.«

»Welcher Punkt? Der Jutebeutel war eine limitierte Sonderanfertigung.«

»Was genau passierte, nachdem Sie Police Constable Wingham drohten, ihr die Kehle durchzuschneiden?«

»Ich bin nach Hause gegangen?«

»Nein, sind Sie nicht.«

»Bin ich nicht?«

»Nein.«

»Ach.«

»Ich zitiere noch einmal aus dem Protokoll: Während der Überprüfung der Papiere startete die Frau Intendantin ihr Auto, einen Jaguar MK II, setzte den Rückwärtsgang ein und fuhr in den Streifenwagen. Dabei entstand ein Totalschaden am Dienstfahrzeug der Beamten.«

»Ach, das kleine Missgeschick habe ich ganz vergessen.«

»Das kleine Missgeschick dürfte, wie Sie vielleicht schon vermutet haben, einige Konsequenzen nach sich ziehen. Das Gericht wird sich jetzt zurückziehen und über eine angemessene Kompensation beraten.«

10

Kyell schwitzte Schalotten, Chilis, Knoblauch und Fenchel in einer tiefen Gusspfanne kurz an, dann gab er die gewürfelten Tomaten und den halben, in hauchdünne Streifen geschnittenen Pfirsich hinzu. Er rührte eine Zeitlang, bis die einzelnen Zutaten ein buntes Durcheinander ergaben, dann kippte er die gewaschenen und gebürsteten Miesmuscheln hinein und löschte alles mit einem guten Schuss Weißwein ab. Kyell kochte gerne. Der Großvater hatte es ihm beigebracht, von klein auf, kaum dass er richtig gehen konnte. Anfangs musste er sich gar auf Zehenspitzen stellen, um überhaupt etwas sehen zu können, auf dem großen, alten Gasherd, aus Edelstahl, Kupfer und Emaille, mit dem mächtigen Gewölbebackofen und den Gasbrennern, die immer *Wusch* machten, wenn die offene Flamme auf das Gas traf. Und er konnte sich daran erinnern, wie der Großvater immer unter mächtigen Gesten allerlei Gewürze wild in die Töpfe warf und wie er dabei lauthals lachte und wie es dann immer roch, in der Küche, nach Minze und Rosmarin, nach Anis, Nelken und Lorbeerblättern, dass ihm ganz schwindelig wurde von all den olfaktorischen Eindrücken. Seither kochte auch Kyell gerne, gleichsam unkonventionell, wenn auch ein wenig bedachter und mit weniger Getöse. Und er kochte gerne für andere. Er liebte es, verstohlen in ihren Gesichtern zu lesen, wenn sie seine Gerichte probierten, wenn sie diese kleinen und größeren Regungen zeigten, die Genuss, Befremdung, Ekel, Freude oder Verwunderung bedeuteten.

Tule saß auf dem alten, mit Flicken verzierten Ledersessel und las in einem Musikmagazin. Er stellte sich gerne als Versuchskaninchen zur Verfügung. Ganz uneigennützig. Jederzeit. Sie waren beste Freunde, da war es selbstverständlich, füreinander da zu sein. Beide waren sie 18 Jahre alt, andere Gemeinsamkeiten gab es so gut wie keine. Tule war von seltener Beredsamkeit und er war, im Gegensatz zu Kyell, fasziniert von der neuen Welt und der Kultur, die in ihr gedieh. Er sog alles auf, was mit Musik und Malerei, mit Film und Literatur zu tun hatte. Er kannte Künstler, von denen in ganz Gwynfaer noch niemand jemals etwas gehört hatte. Er wusste von Epochen zu berichten, die wie ferne Galaxien klangen, und von Menschen, die mindestens verrückt sein mussten oder noch sehr viel mehr. Auch Tule musste bald gehen, und obgleich er bei jeder Gelegenheit betonte, wie sehr er sich darauf freue, war selbst er nicht wirklich sicher, was er einmal werden wollte. Er wusste, dass er mit Worten gut umgehen konnte. Göttlich, wie er befand.

Zur ersten Orientierung wurde er Praktikant beim *Internationalen Boten*, der ersten und einzigen wöchentlichen Tageszeitung für Gwynfaer und Peripherie. Da Ingvar, Verleger, Drucker und Chefredakteur des *Internationalen Boten*, personelle Engpässe zu beklagen hatte, beförderte er Tule flugs zum Feuilletonisten. Schwerpunkt: gesellschaftspolitische Analysen im Spannungsfeld zwischen Ubiquität und Pipapo. Obgleich Tule sich geschmeichelt fühlte und seine zwölfseitigen Einwürfe über *Die historische Zukunft im Zweifel der Laterne* vor messerscharfer Brillanz und dialektischer Tiefe nur so sprühten, fühlte er sich doch unterfordert, ganz so, als sei er nur der Pausenclown. Dafür aber ward er nicht geboren, nein, er war mehr als das, viel mehr. Tule hatte Ideen wie andere Menschen Brot. Jeden Tag aufs Neue. Wenn er das erste Mal von ihnen erzählte, dann klangen sie immer wie honigsüße Melodien, und zauberhaft sahen sie aus, als malte das Christuskind eine schöne neue Welt mit seinen allerliebsten Buntstiften. Von Trümmerlandschaften war vorher eigentlich nie die Rede.

Im Sommer vor zwei Jahren, sie waren hormonell disharmonisch und voller Tatendurst, sagte Tule, dass die Zeit gekommen sei, berühmt zu werden. Besser noch: unsterblich. Er wusste auch schon wie. Unsterblich, sagte er, werde man nur als Mythos, als Legende. Kyell ahnte, wovon er sprach, worauf er hinauswollte. Als er in jungen Jahren Hektor und Achilles, die beiden Kaulquappen, vor dem Ertrinken rettete, und sie kurz darauf in seinen Händen verstarben, da war es ihm von Trost, dass sie als Helden ewig in Erinnerung blieben. Und da er nichts anderes zu tun hatte, willigte er also ein, unsterblich zu werden.

»Was können wir am besten?«, fragte Tule ihn damals.

Kyell überlegte länger, als er für die Zubereitung einer Bouillabaisse benötigte, und sagte spontan: »Angeln.«

»Falsch! Wir sind Musiker!«

Das allerdings war ihm neu. Mit sieben Jahren erhielt Kyell eine Doppelstunde Klavierunterricht bei Helga, die im Gotteshaus auch die Orgel bediente. Der Großvater wollte damals herausfinden, ob ungeahnte musikalische Fähigkeiten in ihm schlummerten. Helgas Beurteilung, in der sie von Flusspferden in Afrika sprach, denen das Fliegen auch nur sehr mühsam beizubringen sei, ließ erahnen, dass eine Karriere als Konzertpianist mit an Sicherheit grenzender Wahrscheinlichkeit keine Option wäre.

Tule aber meinte, es gehe weniger um das handwerkliche Geschick als vielmehr um die Kunst. In seinen Augen blitzte ein Funken Wahnsinn, als er schrie: Das Leben ist endlich, die Kunst unsterblich! Doch nicht die verkopfte, die auch ihm zuerst in den Sinn kam, in der alte Volksweisen vertont und Filme von kopulierenden Heuschrecken gezeigt werden. Nein, es gehe um die wahre Kunst, sagte er, die den Menschen mitzureißen vermag, die ihm eine Identität gibt, ihn verwurzelt und gleichsam in eine metaphysische Sphäre der Verschworenheit entführt. Er benutzte Wörter wie *Underground* und *Independent*, er sprach von *Integrität* und *Subkultur* und so weiter und viel mehr. Kyell verstand nicht genau, was er meinte, und verlor ein wenig die Lust an der Unsterblichkeit, bis Tule nahezu beiläufig erwähnte, dass die Frauen ihnen zu Füßen liegen werden. Fantasie ist eine Gabe, sagte der Großvater immer, man solle sparsam mit ihr umgehen, sonst mache man sich zum Trottel. Kyell aber war in einem Alter, in dem die Hormone Völkerball spielten und alles abschossen, was auch nur annähernd wie Vernunft aussah. Und warum sollten ihnen die Frauen nicht zu Füßen liegen? Sie holten sogar Lori mit in die Band.

Loris einzige Qualifikation bestand darin, nicht so gut auszusehen wie der Rest der Band. Das heißt, eigentlich wusste niemand so ganz genau, wie Lori aussah. Seine dunklen, halblangen Haare hingen in Strähnen vor seinem Gesicht, die Augen waren nur bei günstigen Windverhältnissen für einen kurzen Moment zu erkennen, sie waren braun und an den Lidern schwarz nachgezeichnet. Er war hager, blass, von gebückter Statur und er trug ausschließlich schwarze Kleidung. Es gab Gerüchte, wonach er ein Vampir sein sollte. Kyell war da nicht so sicher. Es stimmte zwar, dass Lori sich gerne auf dem Tierfriedhof aufhielt, dass er stundenlang auf einer Bank sitzen und den Vollmond anschauen konnte, dass Fledermäuse seine Lieblingstiere waren und er Sonnenlicht als Todesstrahlen bezeichnete. Aber Kyell hatte ihn nie Blut trinken sehen, geschweige denn, dass er seine Zähne in Hälse schlug. Er hatte Karies. Und auf Kyell wirkte Lori eher sensibel, fast schon zerbrechlich, er hatte ihn sogar Gedichte schreiben sehen, und das machte man ja nur, dachte Kyell immer, wenn man auch mal weint, weil die Welt so traurig ist, so gemein und so ungerecht, so sind Poeten, total emotional. Loris Begeisterung darüber, in der Band mitzuspielen, war jedoch seltsam gedämpft, nahezu ablehnend, und er tat so, als hätte er Husten. Er schien nicht recht zu verstehen, dass die Götter sie auserwählt hatten, dass die Unsterblichkeit als Geschenk des Himmels nichts war, das man so mir nichts dir nichts ablehnen konnte. Doch erst als die ihnen zu Füßen liegenden Frauen zur Sprache kamen, zeigte auch er sich aufgeschlossener.

Ihr erstes Treffen als Band fand bei Tule statt. Er wohnte damals noch bei seinen Eltern, oben im Dachgeschoss. Sein Zimmer maß über 20 Quadratmeter, und doch war es nicht leicht, einen freien Platz zu finden zwischen all den Schuhen, T-Shirts, Magazinen, Landkarten, Schreibmaschinen, Lötkolben und Skizzen anatomischer Art. Zudem versperrten aufgeschraubte Blechkisten mit verquerer Elektronik hartnäckig alle Spuren der Gemütlichkeit. Die Musikanlage mit den selbst gebauten Boxen konnte 200 Watt Sinus.

Tule spielte ihnen Musik von Bands vor, die *Black Flag*, *Dead Kennedys* oder *Bad Brains* hießen. Er sagte, es sei Musik. Der Rest der Band war da nicht so sicher. Es wurde sehr viel geschrien, und auch die Instrumente klangen, als täte man ihnen weh. Tule sagte, diese Bands hätten eine Botschaft und diese Botschaft ließe sich auf ein einziges Wort reduzieren und dieses Wort hieße: Anarchie.

Der Rest der Band war nicht ganz so überzeugt, ob eine Botschaft wie Anarchie in Gwynfaer auf ein breites Publikum stoßen würde, ja, ob nicht vielmehr darüber nachgedacht werden sollte, dass es auch Botschaften wie Frieden oder Glück oder so etwas gibt. Erst als das Thema mit den Frauen wieder zur Sprache kam, entspannte sich der Rest der Band. Und wenn es stimmte, dass Frauen Anarchie lieben, wie Tule sagte, dann wollte der Rest der Band Anarchie und nichts als Anarchie. Außerdem gab es Wichtigeres zu entscheiden: Sie brauchten einen Namen. Einen, der sich sofort einprägt, nach nur einmal hören, ein Name wie ein Donnerschlag, ein Name für die Geschichtsbücher und für die Ewigkeit auch. Nach zehn Minuten absoluter Konzentration, in denen jeder in sich ging und Lori sich verlief, wurden schließlich die Ergebnisse präsentiert.

Tules Vorschläge:

Randale deluxe
Massaker jetzt
Anarchie mon ami

Kyells Vorschläge:

Die begehrenswerteste Band der Welt
Helden dieser Tage auf der Suche nach Liebe
Trio Romantik

Loris Vorschläge:

Schwarz
Dunkelschwarz
Pechdunkelschwarz

Sie einigten sich auf *Die Unsterblichen*.

Keine Woche später hatte Tule seine Beziehungen spielen lassen und einen Proberaum organisiert. In Hafennähe. Sein Onkel Henrik, der bedeutendste Fischer in Gwynfaer, vielleicht sogar der ganzen Welt, war schon zu Lebzeiten eine Legende. Er besaß mit der *Hulahoop* das größte Boot weit und breit. 17 Meter lang, 6 Zylinder Dieselmotor, 245 PS. Und er besaß eine kleine Halle mit Kühlanlage, in der er den überschüssigen Fang lagerte, den er einmal die Woche nach Reykjavik fuhr. Von dem Geld, das er am Export verdiente, hätte er eine Familie mit fünf Kindern ernähren können. Aber Henrik wollte eine Familie mit fünf Kindern lieber nicht ernähren, er kam nicht einmal in die Nähe einer solch abstrusen Idee. Dabei war Henrik ein guter Mensch, für den nichts dagegen sprach, dass *Die Unsterblichen* ein ganzes Wochenende lang in seiner kalten Fischhalle probten. Die größte Überraschung jedoch war, dass Tule auch die Instrumente schon organisiert hatte. Schlagzeug, Bass und Gitarre, dazu die passenden Verstärker, auf denen *Orange* oder *Vox* stand. Der Rest der Band war sprachlos, denn es handelte sich um die Musikinstrumente der Gemeindehalle.

Die Musikinstrumente der Gemeindehalle waren so etwas wie Reliquien.

Bespielt wurden sie nur an Volksfesten, von ausgebildeten Orchestermusikern oder solchen, die so aussahen, als könnten sie ausgebildete Orchestermusiker sein oder in Zukunft einmal werden. Das hieß, nur ein kleiner Kreis Auserwählter durfte Hand anlegen, sein Geschick erproben und das Publikum verzücken. Wurden die Instrumente nicht bespielt, lagen sie in der Obhut von Malte, dem Gemeindesaalmeister, der für die Pflege und Instandhaltung zuständig war, der sie hütete wie die Kronjuwelen einer Königin. Mit Öl und Wachs wurden sie behandelt, der kleinste Fleck hinwegpoliert, bis die Sonne auf ihnen reflektierte und tanzende bunte Punkte zurückließ. Und nie hätte Kyell gedacht, dass Malte die Instrumente verleihen würde, und schon gar nicht an Tule, der in Gwynfaer nicht den allerbesten Ruf genoss.

Die Frage nach dem Bandleader stellte sich fortan nicht mehr. Nach kurzer Diskussion stand auch die Aufteilung fest: Lori am Schlagzeug, Kyell an der Gitarre, Tule am Bass und am Gesang. Es gab niemanden in Gwynfaer, der Tule zuvor hatte singen hören. Und was es letzten Endes war, was auch immer er in voller Inbrunst mit dem Mikrofon tat, mussten kommende Generationen beurteilen. Nach der zweiten Probe entschied der Bandleader, dass die Zeit nun reif wäre. Für ihren ersten Auftritt. Ein kühnes Unterfangen, schien doch die Kunst noch nicht ganz ausgereift. Kyell hatte nach wie vor Probleme bei dem Übergang von F-Dur auf g-Moll, und auch wenn es die einzigen Akkorde waren, die er in dieser kurzen Zeit zu spielen vermochte, so lag ihm doch viel daran, sie möglichst formvollendet zu intonieren. Auch die Rhythmussektion schien nach Kyells Dafürhalten Perfektion wie einen Feind zu behandeln. Loris Taktgefühl war einzigartig, kaum zu verstehen und von zeitloser Verlorenheit. Er hatte eine Zählweise entwickelt, der zu folgen nur ein mathematisches Genie imstande war, was Tule wiederum nicht im Geringsten zu interessieren schien, Hauptsache, sie waren laut. Und authentisch.

Am Tag des Auftritts lag ein Dunstschleier aus Nervosität über ganz Gwynfaer. Die Band wusste, es konnte der ganz große Durchbruch werden oder aber ein furioses Fiasko. Tule hatte einhundert Plakate drucken lassen, in Hagwars Internationalem Kolonialwarenladen, im Siebdruck, in superschönen Farben. Das Plakat zeigte ein Monster, das eine Frau aß, oder so ähnlich. Auf jeden Fall war sehr viel Blut dabei. Tule sagte, Blut sei wichtig, da wären die Fans konservativ. Wie auch in der politischen Botschaft. Tule wählte das subtile Bonmot: Das System fickt euch alle und wir ficken euch.

Sie rechneten mit 3000 Zuschauern. Vorsichtig geschätzt. Es war schwer auszumachen, wie berüchtigt *Die Unsterblichen* auch außerhalb Gwynfaers schon waren. Der Bandleader meinte, es hänge alles von der Mundpropaganda ab. Die *Community* sei extrem treu und reise auch schon mal tausende Kilometer weit, nur um ihre Helden live spielen zu sehen. Da sie sich Sorgen um die sanitären Einrichtungen machten, beantragten sie bei Arne eine eigene Künstlertoilette. Ihr Anliegen aber wurde abgewiesen, mit der Begründung, dass separierte Künstlertoiletten für Unruhen in der Bevölkerung sorgen könnten. Wie sich aber herausstellen sollte, war diese Sorge völlig unbegründet, da die 47 zahlenden Gäste gar nicht mussten.

Die Setlist mit wichtigen Anweisungen des Bandleaders:
Intro
Improvisation
Finale
Takt: 4/4
Dynamik: Fortissimo forte

Sie hatten nicht an die Zugabe gedacht, dafür aber Glück im Unglück, denn eine musikalische Zugabe war gar nicht nötig. Als Tule mitten in der Improvisation anfing, die Bassgitarre auf der Bühne zu zertrümmern, indem er sie in den Verstärker schlug, mit Benzin übergoss und anzündete, da stürmten Malte, der Gemeindesaalmeister, und seine Bühnenhelfer Erik und Torben auf die Bühne und prügelten mit einer solchen Leidenschaft auf Tule ein, dass der Rest der Band in eine Art Schockstarre verfiel und sich für Tannenbäume hielt. Das Publikum fühlte sich angemessen unterhalten und verlangte wohlgelaunt nach einer Zugabe. Tule trug noch Tage später den fehlenden Zahn und das blaugelbe Auge mit dem Stolz eines raubeinigen Kriegers vor sich her und behauptete, dass Shane MacGowan gegen ihn wie ein Model für Feuchtigkeitscreme aussehen würde. Der Rest der Band hatte keine Ahnung, wer Shane MacGowan war.

11

Im Gerichtsflur roch es nach Äpfeln und feuchter Farbe. Der Boden war frisch gewienert, es stand ihm gut, er strahlte gar. Kinder übten rutschen, bis ihre Mutter sie zur Ordnung rief. Für einen Ort, in dem jeden Tag aufs Neue Hunderte Schicksale eine neue Wendung erfuhren, war die Stimmung seltsam entspannt. Dabei wirkte das Gerichtsgebäude in seiner gotischen Anmut schon von außen recht einschüchternd. Auch die große Halle mit den Mosaikböden und Buntglasfenstern mahnte den Besucher zur Demut, denn nie sollte vergessen werden, dass das Leben eines jeden in den Händen der Gerechtigkeit lag, und Gerechtigkeit war nun einmal das mächtigste Wort, das der Mensch jemals erfunden hat.

In einem Seitenflügel, etwas im Abseits, standen Gretchen Morgenthau, Fine und Henry Wallaby, der Anwalt. Sie unterhielten sich mehr gelangweilt als angeregt über pfirsichfarbene Vorhänge in Zeiten rabulistischer Plusterei, als Gretchen Morgenthau aus dem Augenwinkel bemerkte, wie ein rüstiger Mann in grüner Lodenjacke auf sie zustolzierte. Voller Mut und Entschlossenheit und mit zorniger Farbe im Gesicht hielt er eisern den Blick nach vorne gerichtet, die brüchigen Lippen zitterten leicht, und wäre er ein Vulkan gewesen, so hätte ein tiefes Grollen im Innern seinen Ausbruch angekündigt. Als er sein Ziel erreichte, baute er sich auf, wie kleine Männer es immer taten, wenn sie der Frau Intendantin im Angesicht gegenüberstanden.

»Jetzt also ist der Augenblick gekommen«, sprach er mit leiser Stimme, um dann umso lauter fortzufahren, »jetzt also! Das wollte ich Ihnen schon immer mal sagen, extra bin ich aus Österreich angereist, um Ihnen das mal zu sagen, dass Ihre Aufführungen eine Farce sind. Was Sie aus Kleist gemacht haben, das war eine Frechheit, ach, was sage ich, eine Unverschämtheit! Sie sind eine Dilettantin, Sie verstehen nichts vom Theater, gar nichts, und wie Sie dann noch unser Wien und uns Wiener in den Dreck gezogen haben, Sie Nestbeschmutzerin, als wären wir alle Nationalsozialisten! Ich bin Lehrer! Für Latein und Geschichte! Pensioniert. Und ich bin durchaus tolerant, wahrhaftig, da können Sie jeden fragen, Kollegen, Schüler, die Familie, jeden, aber wenn etwas zu weit geht, dann geht es zu weit und dann zeige ich Rückgrat und dann stelle ich mich vor Sie und dann sage ich, was ich von Ihnen halte, nichts halte ich von Ihnen, nichts! Wie Sie die Kunigunde interpretiert haben, eine einzige Beleidigung, eine Körperverletzung gar, eine vorsätzliche. Früher hätte man so was wie Sie, aber das darf man ja nicht mehr sagen, nein, nein, das ist ja richtig so, das darf man nicht mehr sagen, das will man ja auch nicht mehr sagen. Mein Name ist Johann Meyerhofer, nur damit Sie wissen, wer vor Ihnen steht, kein anonymer Rüpel aus dem Internet, kein gesichtsloses Buh aus dem Publikum, kein Martin Humer mit einer Schubkarre voll Kuhmist, Johann Meyerhofer ist mein Name, Lehrer für Latein und Geschichte, und Sie, Frau Intendantin, Sie sind eine Schande, jawohl, das sind Sie, eine Schande, für die Burg, für Wien, für ganz Österreich. Die Paula Wessely und die Susi Nicoletti, ja, die waren eine Zierde, selbst der Zadek, in Gottes Namen, war ja zu ertragen, Peymann und Bernhard, das war bisweilen eine Zumutung, aber Sie, Frau Intendantin, Sie waren die größte Tragödie, die jemals am Burgtheater vorstellig wurde. Und auch wenn wir Wiener die schöne Leich lieben, zu Ihrer Beerdigung gehe ich bestimmt nicht, nein, ich gehe gewiss nicht zu Ihrer Beerdigung, da kann die ganze Bagage kommen, ich, der Johann Meyerhofer, komme nicht.«

Gretchen Morgenthau blickte hinunter. In den Abgrund. Und einen Flügelschlag lang glaubte sie, eine
Raupe zu sehen, aber da war er nur wieder, der gute
Mensch, wie er leibte und lebte und tapfer seine Philippi-
ka vortrug. Sie kannte ihn schon, hundertfach, mindestens, und nie wurde er müde, seiner selbst nie überdrüs-
sig, der Gute, wie er immer so dastehen und schimpfen
konnte, keine Spur von Selbstzweifel, kein Hinterfragen,
nur Dasein und brechen. Wo kamen sie nur immer alle
her, diese Menschen, die, sobald ihr Land, ihre Stadt, ihr
Verein oder ihr Berufsstand angetastet wurden, sich sogleich persönlich beleidigt fühlten und den kleinbürgerli-
chen Derwisch jenseits von Nonchalance, Charme und
Souveränität gaben. Das simpel Gestrickte, das nie über
sich selbst zu lachen verstand, war seit jeher das größte
Unglück, wie sie immer sagte. Manchmal, so dachte sie,
würde es doch schon reichen, wenn die Menschen einfach etwas entspannter wären, sich nicht über jeden
Kleinmist aufregen und immerzu ihre preiswerte Pappen-
heimermeinung hinauskrakelen würden. Nichts hatte
Gretchen Morgenthau gegen famos vorgetragene Kritik,
mit Chuzpe, Witz und edler Feder formuliert. Es musste
nicht einmal wie Polgar oder Kraus klingen, solche Meister waren selbst unter den Professionellen kaum mehr zu
finden, wo doch alles nur noch Quark war. Und doch war
ihr der Johann Meyerhofer gar nicht mal so unsympa-
thisch, sie mochte ja Menschen, die ihre Rolle zu spielen
verstanden, die in sich selbst aufgingen, so ganz und gar,
und dazu Lodenjacken trugen. Den gebrochenen Charakter hielt sie immer für überbewertet. Für sie war ein
Buchhalter, der jedes Klischee pedantisch erfüllte, weitaus interessanter als ein Buchhalter, der plötzlich auf
Opernstar machte. Das hieß nicht, dass ein Buchhalter
nicht auch ein Serienmörder sein konnte. Doch morden
würde er wie ein Buchhalter und nicht wie ein Metzger.
Und der Herr Meyerhofer war ganz zweifelsohne ein

ungebrochener Charakter. Er war ganz er selbst. Ehrlich. Durch und durch. Und da Gretchen Morgenthau der Ruf vorauseilte, in brenzligen Situationen sowohl Größe als auch Milde walten zu lassen, und da sie dank ihrer umfassenden Bildung wusste, dass der Disput in einer zivilisierten Gesellschaft nur mit Argumenten und feingeistiger Eloquenz ausgetragen wird, ja, dass physische Gewalt nur von tumber Hilflosigkeit zeugt und es insbesondere auf einem Gerichtsflur nicht an der Zeit war, ein kleines Exempel zu statuieren, eingedenk all dieser unumstößlichen Wahrheiten griff sie Johann Meyerhofer, dem Lehrer für Latein und Geschichte, in den Schritt, drückte gerade so fest zu, dass die Schmerzen nicht zur Ohnmacht führten, beugte sich leicht hinunter und säuselte mit sanfter Stimme: »Mein lieber Herr Meyerhofer, ich hege die Bekanntschaft mit großflächig tätowierten Menschen aus Weißrussland, die mir einen Gefallen schulden, einen großen, und wenn ich sie darum bitte, dann werden diese urwüchsigen wilden Männer voller Freude einen ganzen Tag lang Liebe mit Ihrem Po machen. Und danach schneiden sie Ihnen den Kopf ab. Möchten Sie das?«

Noch bevor Johann Meyerhofer, der Lehrer für Latein und Geschichte, ja zum Abenteuer seines Lebens sagen konnte, ging die Saaltür auf und der Gerichtsdiener bat alle Beteiligten wieder hinein. Es dauerte eine Weile, bis alle ihren alten oder einen neuen Platz gefunden hatten und sich das Gekrausche und Gezwitscher ein wenig legte. Die Spannung aber nahm zu, sie knisterte beinahe, wie in einem Psychofilm, wenn die Musik ins Atonale huscht. Es dauerte keine fünf Minuten, bis auch der ehrenwerte Richter Joseph Parker wieder den Saal betrat, Platz nahm, über den Rand seiner Tom-Ford-Hornbrille in die Menge blickte und sich räusperte.

Richter Joseph Parker war ein großer Freund ungewöhnlicher *Opinions*, insbesondere, was die Strafe anbelangte. So ließ er einen notorischen Zuschnellfahrer eine Woche lang die Autobahnpolizei begleiten und bei Unfällen die menschlichen Überreste aus den Blechschäden kratzen. Ein fremdenhassender Einbrecher wurde zu zwei Jahren Nachtwache inklusive Frühstücksservice verurteilt. In einem Flüchtlingsheim.

Gretchen Morgenthau liebäugelte mit der Todesstrafe, die sie ja nur vom Hörensagen kannte und die sicherlich eine hübsche Erfahrung, mal etwas anderes wäre. Selbst hinter Gitter hatte sie es bisher noch nicht geschafft, eine Schande für eine Gesetzlose ihres Kalibers. Das Gefängnis war ja einer der letzten mythischen Orte überhaupt, auch der Hygiene wegen. Realistisch betrachtet aber rechnete sie mit einer Geldstrafe und einem Tadel, den sie entrüstet zur Kenntnis nehmen würde. Sie wollte auch noch Schuhe kaufen und Fine zum Essen einladen. Vielleicht bei diesem neuen Italiener auf der Portobello Road, ein Geheimtipp von Victor, ihrem Friseur, der sehr schön Spitzen schneiden konnte. Erst als der ehrenwerte Richter Joseph Parker das Strafmaß vorlas, hörte sie etwas genauer hin.

»... für den gesamten Schaden aufkommen. Ferner wird die Angeklagte, Gretchen Morgenthau, zu vier Wochen auf der Insel Gwynfaer verurteilt. In diesen vier Wochen hat die Frau Intendantin mit den Bewohnern Gwynfaers ein Theaterstück ihrer Wahl zu proben und aufzuführen. Das Urteil ist rechtskräftig.« Joseph schlug ein letztes Mal mit seinem Hämmerchen.

Gretchen Morgenthau war überrascht, als sie merkte, dass sie sich nicht verhört hatte. Glauben wollte sie es trotzdem nicht. Der ehrenwerte Richter war anscheinend zu Scherzen aufgelegt. Nicht wirklich lustigen. Sie hob leicht die Augenbrauen und sagte: »Ich bitte, vortreten zu dürfen.« Sie wartete nicht ab, bis ihrer Bitte stattgegeben wurde, sie schritt nach vorne, blickte unterkühlt in des Richters Augen und fragte: »Gwynfaer?«

»Ja, eine kleine Insel in der Nähe von Island.«

»Eine kleine Insel in der Nähe von Island?«

»Ja. Genauer gesagt zwischen Island und den Äußeren Hebriden«

»Wie schön. Leider beherrsche ich keine nordische Sprache.«

»Die offizielle Inselsprache ist Englisch. Die ersten Siedler waren schiffgesunkene Schotten, danach kamen Norweger, Isländer, Finnen, Schweden und sogar ein paar Deutsche. Arne Hamsun, der Bürgermeister, ist eine ganz reizende Person. Ich habe ihn auf einer Tagung in Oslo kennengelernt. Es ging, glaube ich, um Essentials und Haftungsfallen im Erb- und Familienrecht. Arne Hamsun hat auch Jura studiert und besitzt ein erstaunliches Fachwissen.«

»Aha. «

»Die Landschaft jedenfalls soll famos sein«, geriet der ehrenwerte Richter Joseph Parker nahezu ins Schwärmen, »eine Vulkaninsel mit ungewöhnlich üppiger Vegetation. Ich habe Fotos gesehen. Ein Traum.«

»Kommen Sie mir jetzt bitte nicht mit diesem Thoreau-Emerson-Rousseau-Natur-Kitsch. Außerdem möchte ich nicht, dass ständig eine Elfe um mich herum flügelt. Ich bin ein Kind der Stadt, seit jeher gewesen, und ich gedenke nicht, etwas daran zu ändern. Ich besitze auch gar kein Schuhwerk, um durch Morast zu waten und auf Wiesen zu hüpfen.«

»Sie mögen keine Bäume?«

»Natürlich mag ich Bäume. Der Blick aus meinem Salon ermöglicht mir jeden Tag aufs Neue diesem Wunder der Natur beizuwohnen. Und so ein kleiner Park hat etwas sehr Pittoreskes, wenn er entsprechend gepflegt wird.«

»In Gwynfaer soll es noch unberührte Natur geben. Ein Paradies für neugierige und verantwortungsbewusste Menschen.«

»Die Natur kennt kein Gut oder Böse, sie kennt nur Opfer.«

»Ich hoffe, Sie sind keine ängstliche Frau, der das Neue Unbehagen bereitet, die sich vor Veränderungen fürchtet.«

Ängstlich? Es gab Zeiten, in denen sie mit dunklen Halunken in verruchten Wirtshäusern spelunkte, in denen sie professionelle Alkoholiker unter den Tisch trank und Lieder voller Unzucht zum Besten gab. Und als die Blumenkinder die freie Liebe und das bunte Bewusstsein erprobten, da probte sie ehrgeiziger als alle anderen, denn auf ihr Talent alleine wollte sie sich nie verlassen. Sie ließ sich bedingungslos ins Leben fallen, und entweder es fing sie jemand auf oder eben nicht, und dann schüttelte sie den Dreck hinab, spuckte ein bisschen Blut in den Sand und signierte ihre Narben voller Übermut und Trotz. Ihre Jetzterstrechthaberei führte sie an Orte jenseits der Vernunft, in denen es nicht immer gut roch oder fließend Wasser gab, dafür aber Hochmut, Zorn und Wollust, Völlerei, Neid und Trägheit, nur kein Geiz, denn Krämerseelen wurden erschossen, grundsätzlich. Diese Orte aber waren immer voller Menschen, voller Leben, voller Blech und Beton. Die Großstadt war ihr Zuhause, ihre Tragödie und ihr Fatum. Sie mochte Blumen, Bäume und Wiesen, aber sie war nie auf die Idee gekommen, aufs Land zu ziehen, Marmelade einzukochen und den Schmetterlingen zuzuschauen, wie wunderschön sie faltern können. Das Herzallerliebste war ihr stets fremd, sie mochte nicht mal Rosa. Noch nicht einmal bei Givenchy!

»Es ist nicht die Furcht, es ist die Wurst«, sagte Gretchen Morgenthau.

»Bitte?«

»Ich möchte ihr nicht lebend begegnen.«

»Der Wurst?«

»Ja.«

»Welcher Wurst?«

»Der Wurst an sich. Ich möchte meinen Aufschnitt nicht vorab streicheln müssen. Er riecht nicht gut. Und er sieht nicht schön aus. Ein Patchwork-Mantel von Giambattista Valli ist schön, ein Schwein ist nicht schön.«

»Es sollen sehr intelligente Tiere sein.«

»Intelligenz ist Selbstmord.«

»Wie auch immer, Sie werden auf jeden Fall genügend Zeit haben, sich mit der Natur zu arrangieren.«

Gretchen Morgenthau ging das alberne Spiel eindeutig zu weit. Als ruchlose Heilige stand sie selbstverständlich über den Dingen. Außerdem hatte sie noch Termine. »Mein lieber Joseph, jetzt mal unter uns Pastorentöchtern: Ich, Gretchen Morgenthau, werde ganz gewiss nicht auf diese Gwynirgendwasinsel fahren und mit lieben, netten Dorfbewohnern ein Theaterstück aufführen. Man hat mir eine Professur am Salzburger Mozarteum angeboten. Dort hätte ich begabte und von Ehrgeiz betrunkene junge Menschen unterrichten können. Aber ich habe abgelehnt. Zu glauben, ich würde stattdessen inzestuöse und unterbelichtete Insulaner mit der Hochkultur vertraut machen, grenzt an infantile Schwindsucht. Den finanziellen Schaden an dem Polizeiwachtmeisterwagen werde ich selbstverständlich begleichen. Und jetzt bitte ich Sie, mich zu entschuldigen, es warten noch verwegene Abenteuer auf mich, reinste Blutbäder, diese Modewochen.«

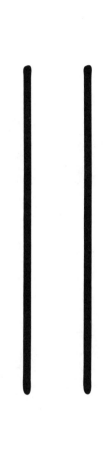

12

Gretchen Morgenthau hatte sich für den Flug in ein oliv-
grünes Kostüm von Filippa K gezwängt. Dazu trug sie
eine blickdichte, schwarze Strumpfhose von Gerbe und
ihre senfgelben Operettas Viardot von John Fluevog. Ein
wenig auffällig, gewiss, zumal für den Hinterwald, und
um nicht als liebliches Rotkäppchen durchzugehen, hatte
sie zur Tarnung einen schwarzen Wollmantel mit Fell-
kragen von Helmut Lang gewählt. Der nette homosexuelle Flugbegleiter zeigte vollstes Verständnis, als sie ihn
bat, den Mantel für sie aufzuhängen.

Sie flog gerne. Seit Kindheit an. Seit sie an einem Ju-
litag im Jahr 1949 mit ihren Eltern von Wien nach London geflogen war. In einer De Havilland, in der das Fliegen noch Bauchsache und frei von würzigem Tomatensaft war. Am Fenster hatte sie gesessen und staunend die
plüschigen Wolken betrachtet, wie sie in Augenhöhe an
ihr vorbeischwebten. Ihr fiel ein Stein vom Herzen, als
sie feststellte, dass der liebe Gott unmöglich im Himmel
leben konnte, es gab dort nicht einmal Möbel. Der schöns-
te Moment jedoch war, als ein blonder Engel in einem
atemberaubenden grauen Kostüm sich leicht zu ihr hi-
nunterbückte und fragte, ob sie eine Coca Cola haben
wolle. Damals ist sie für eine Coca Cola gestorben.

Zuckerwasser trank sie keines mehr, und seit über 30
Jahren flog sie nur noch First Class. Sie schätzte Komfort
und professionelle Dienstleistung über alle Maßen. Neue
Länder bedeuteten immer auch neue Leben, denen ausge-
ruht und wohlgestimmt zu begegnen war. Bedauerlicher-
weise besaß die Fluggesellschaft mit dem Namen Ice-
landair keine First Class, nur eine Economy Comfort

Class, deren *Comfort* sie noch zu ergründen suchte. Sie fühlte sich nicht einmal Business. Auch die Mitfliegenden waren seltsam antihomogen, wie ein Tütchen Buntes aus der Kleinkrambude. Frischluftfanatische Bärenbeißer, fragwürdiges Partygemüse und glückheischende Kräuterhippies in asexueller Strickware. Sogar ein waschechter Bombenleger mit Turban, Kaftan und weiter Hose gehörte zum Frachtgut, nervöse Blicke vielerorten und spontanes Magengrummeln begleiteten ihn. Doch auch nach über einer Stunde Flugzeit zeigte er keinerlei Interesse, den Ungläubigen die Gedärme zu zerbomben. Er las lieber *HELLO!*

Neben Gretchen Morgenthau saß George Clooney. Wie sie es sich beim Einchecken von der netten Dame gewünscht hatte. Immerhin, dachte sie, immerhin. Leider sah George Clooney nicht aus wie George Clooney und er hieß auch anders. Er stellte sich als Walter Ringle vor, Banker mit hoher Dioptrienzahl und Naturbursche in spe.

Angeln.

Angeln war sein Hobby.

Genauer gesagt sollte Angeln sein Hobby erst noch werden. Er hatte alles gelesen, übers Angeln, er besaß ein Abonnement der *Trout and Salmon* und eine CC 995 von Browning, die Göttin unter den Stippruten. Er kannte sich aus mit Rutenfutteral und Brandungsbleie, mit Rubberjigs und Palomarknoten, mit Popper, Wobbler und Wonker, mit Boilies, Spinner und Posen. Er war vorbereitet. Auch äußerlich. In tadelloser Funktionskleidung. Auf seiner taubenblauen Fleece-Jacke prangte eine Tierpfote. Jack Wolfskin, raunte Walter Ringle verschwörerisch, Jack Wolfskin. Gretchen Morgenthau kannte diesen Designer gar nicht, sah aber gleich, dass es sich wohl um praktische Garderobe für den ambitionierten Freizeitaktivisten handeln musste. Um nicht länger als nötig über das Atmungsaktive an sich nachdenken zu dürfen, bestellte sie den dritten Glenfiddich, für Walter Ringle gleich mit.

Derweil Gretchen Morgenthau als geübte Trinkerin nicht den Hauch einer Wesensveränderung durchmachte, schien Walter Ringle, obschon Engländer, ein wenig in den Seilen zu liegen. Nicht, dass er lallte, aber die Augen hingen auf Halbmast und er grinste nahezu nonstop in debiler Sanftheit vor sich hin. Auch wurde er vertrauensseliger, er glaubte gar, seine Lebensgeschichte würde Gretchen Morgenthau interessieren. Und dieser unerschütterliche Glaube ermutigte ihn, ein zweites Mal die Konversation zu suchen.

»Und, schöne Frau, das erste Mal in Island?«

»Mein lieber George ...«

»Walter.«

»Mein lieber George, möchten Sie nicht vielleicht den Film über Pinguine sehen, der im Bordprogramm angepriesen wird? Die Pinguine sollen sogar schwimmen. In dem Film.«

»Oh, danke, aber mir ist nicht nach Fernsehen. Ich schaue eigentlich selten fern. Und außerdem bin ich viel zu aufgeregt, um fernzusehen. Ich fliege erst zum dritten Mal. Und eigentlich immer in der Touristenklasse. Upgrade. Es gab wohl einen Buchungsfehler. Wir sitzen also dank einer glücklichen Fügung nebeneinander. Und wenn ich ehrlich bin, also so ganz unter uns, dann ist dies das erste wirkliche Abenteuer meines Lebens.«

»Angeln?«, fragte Gretchen Morgenthau überrascht nach.

»Nun ja«, sagte Walter Ringle und versuchte mit einem verwegenen Gesichtsausdruck Boden gut zu machen, »meine Reise endet ja nicht in Reykjavik. Ich werde dort von Jón abgeholt und zusammen mit einem Pärchen aus Belgien geht es dann weiter nach Talknafjördur. In Talknafjördur sollen laut Jón mehrere Hunde begraben sein. Wobei sich mir noch nicht erschlossen hat, ob es sich dabei um eine Gedenkstätte oder um eine Sehenswürdigkeit handelt. Nach einer kleinen Mahlzeit im

Hopid, laut Jón dem besten Restaurant am Platz, wird unsere Angelsafari vor Ort durchgesprochen, um gegen alle Eventualitäten gewappnet zu sein. Am nächsten Tag werden wir dann mit einem Motorboot hinausfahren, wir werden Dorsche und Steinbeißer dem Meer entreißen, sofern Poseidon nichts dagegen hat. Es wird ein Kampf Mann gegen Fisch, ein fairer Kampf, wie ihn unsere Urahnen noch gefochten haben. Um Dorsche zu fangen, benötigen Sie übrigens Pilker. Ich habe ein ganzes Sortiment an Pilkern in unterschiedlichen Farben und in allen Gewichtsklassen ...«

Gretchen Morgenthau nippte an ihrem Glenfiddich und hörte nicht weiter zu. Sie hätte Walter Ringle auch einfach das Reden untersagen können, wollte aber die sonore Geräuschkulisse, die in ihrer Eintönigkeit so etwas Beruhigendes hatte, nicht missen. Ab und an stieß sie ein muffiges »Mmh« hervor, derweil sie verträumt in die Wolken blickte. Dass sie diese Reise tatsächlich antreten musste, kreidete sie ihrem unfähigen Anwalt an. Sie hatte gar keine Zeit für solch einen Unfug, es gab unendlich viel Wichtigeres zu tun, Spitzen schneiden, Yoga, junge Balletttänzer anhimmeln und den Glencheck-Mantel von Boss Black in die Änderung geben. Kurz vor ihrer Abreise ließ sie noch, da sie in letzter Zeit so komische Bauchschmerzen hatte, ein Screening machen, bei Dr. Caleb Mandelberg, dem Sohn ihres werten Nachbarn. Und dann war auch noch diese Interviewanfrage hereingeflattert, von einem deutsch-französischen Fernsehsender, der *arte* oder so hieß. Es war nicht die erste Einladung einer Fernsehanstalt, angenommen hatte sie keine einzige. Dabei gab sie durchaus gerne Interviews, nur nicht dem Fernsehen. Ins Fernsehen, sagte sie immer, gehen Menschen, die prominent sind. Berühmte Menschen gehen nicht ins Fernsehen. Berühmte Menschen sind für ihre Werke berühmt und nicht für ihre Namen. Die werden erst nachher zum Mythos. Außerdem sollte es bei dem Interview um die Oper gehen, und da war sie nicht unbedingt die allererste Ansprechperson.

Ein einziges Mal hatte sie es mit der Oper versucht. Eine Affäre, eine Herausforderung, ein Kinderspiel. *Schuster, bleib bei deinem Leisten* war ja nur etwas für Handwerker, da hatte Apelles schon ganz Recht, sagte sie immer. Künstlern aber war es vorbehalten, über den eigenen kleinen Horizont hinauszuschauen und Dinge zu wagen, die eigentlich zu groß waren, aber genau das war ja die Aufgabe eines Künstlers, eben nicht bei seinem Leisten zu bleiben, sondern über sich selbst hinauszuwachsen, um unendlich tief fallen zu können. Das Teatro dell'Opera di Roma hatte ihr angeboten, Meyerbeers »Les Huguenots« zu inszenieren. Zunächst war sie auch voller Flammen. Sie kramte ihre alten Monteverdi- und Mozart-Schallplatten hervor, lauschte beiläufig dem zeitgenössischen Musiktheater eines Sciarrino, plauschte fernmündlich mit Komponistenfreunden über Arvo Pärt, diskutierte mit Opernfreundin Fine, die ihr gut zuriet, und trank dazu ein bis drei Flaschen eines hervorragenden Brunello. Außerdem spielte sie ja leidlich Klavier und das bisschen Libretto und so, das würde sie auch noch hinbekommen. Und wenn Stein, Ritzel, Breth und Konsorten Oper können, dachte sie, dann könne sie das wohl auch. Doch schon nach den ersten Proben merkte sie, dass sie sich übernommen hatte. Die Besetzung der Marguerite de Valois war ein Fiasko, die junge Sopranistin war ein Probenwunder und ein Premierendebakel. Und sie hatte auch keinen Dirigenten wie Harnoncourt, der mit Kontrapunkten und Koloraturen zu spielen verstand, ihr schwedisches »Naturtalent« war einfach nur ein Technokrat. Die Musiker nahmen Gretchen Morgenthau aus Prinzip nicht wahr, als sie merkten, dass ihre musikalische Vorbildung professionellen Ansprüchen nicht gerecht wurde. Das Publikum fegte sie von der Bühne, das einzige Mal, wie sie viele Jahre später zugab, ein klitzekleinwenig zu

Recht. Ansonsten war ihr Verhältnis zum Publikum ähnlich ambivalent wie jenes zu ihren Kritikern. Klatschendes Publikum: gutes Publikum. Nicht klatschendes Publikum: bäh.

Dann fiel ihr ein, dass sie George doch noch etwas fragen wollte, denn sie war irritiert, von dem, was sie gesehen hatte im Lichtspielhaus, in das Fine unbedingt wollte, um etwas von Fellini zu sehen, Notting Hill, oder so ähnlich.

»Wieso machen Sie eigentlich diese Kaffeewerbung?«

»Welche Kaffeewerbung?«

»Na die, in der Ihnen ein Klavier auf den Kopf fällt.«

»Mir fällt ein Klavier auf den Kopf?«

»Beinahe. Und Gott ist dieser Malkovich.«

»Gott ist ein Osteuropäer?«

»Nein, ein amerikanischer Schauspieler.«

»Gott?«

»Ach, Hascherl.«

»Ich verrate Ihnen jetzt mal ein kleines Ge ... Himmel, dieser Glenfiddich ist aber auch ein Lilalaunemacher, ich glaube, ich bin schon ein klein wenig beschwipst. So wie damals. Als mal wieder die Rezession kam. Als wir den Kummer mit billigem Sekt in weißen Plastikbechern ertranken. Weil so viele Kollegen gehen mussten. Wir Banker sind ja nicht sonderlich beliebt in der Bevölkerung. Dabei sind wir gar nicht alle so. Nein, wir sind nicht alle Abschaum. Ich spekuliere nicht, ich arbeite in einer kleinen Filiale in Barnsley, oben im Norden von Sheffield. Ich kümmere mich um Rentenangelegenheiten altgedienter Bergleute. Und trotzdem schert man uns alle über einen Kamm. Viele von uns haben deshalb auch schon mal geweint. Ich nicht. Obwohl ich ehrlich gesagt einmal kurz davor war. Ich bin Rationalist und Romantiker in einem, eine unglückliche Kombination. Ich liebe Zahlen. Zahlen sind schön. Und erotisch. Denken Sie nur mal an die Acht. Schließen Sie einfach mal die Augen und schauen Sie sich die Acht an. Benutzen Sie bitte die Helvetica. Ist sie nicht wunderschön? Eine Hommage an die Zweisamkeit, an das auf ewig Verbundene. Selbst das Nichts, die Null, ist hocherotisch. Finden Sie nicht auch? Meine Lieblingszahl aber ist die Zwei, der Schwan, ein Meisterwerk an Anmut und graziler Melancholie. Sie ist die Heilige, die Unberührbare, die im Nebel Schwimmende. Habe ich Ihnen eigentlich schon von meiner Zeit in der Diaspora in der Hutmanufaktur meiner Mutter erzählt? Wie ich damals ziellos nach Orientierung suchte, wie ich beinahe Hutmacher geworden wäre, wie mich die Mathematik im letzten Moment rettete?«

Hatte er nicht. Konnte George Clooney auch nicht. Schließlich musste er noch sterben. Spontan.

13

Kyell mochte die klirrendklare Luft am frühen Morgen, wenn der Atem kleine Nebelschwaden produzierte und eine schleierhafte Feuchtigkeit die ganze Insel bedeckte. Die Veranda war dann immer rutschig, insbesondere auf den kleinen Moosschichten, die sich allerorten aufs Neue bildeten. Wer darum nicht wusste, konnte sich leicht ein Bein brechen. Oder gar den Hals. Ruhig war es, ein paar Vögel, das Meer und im Wind krauschelnde Bäume waren zu hören, mehr nicht. Pelzige Wald- und Wiesenbewohner schlüpften aus ihren Nachtquartieren, streckten sich und gähnten den Schlaf hinfort. Nur wenige menschliche Einwohner taten es ihnen gleich und rieben sich die müden Augen. Kyell ging wieder zurück in den Schlafraum, öffnete den Kleiderschrank und zog den schwarzen Anzug heraus, den einzigen Anzug, den er besaß. Der Großvater hatte ihn zu Kyells 18. Geburtstag schneidern lassen. Ein Geschenk. Ein letztes. Damals musste er ewig stillstehen. Im Internationalen Salon der Konfektion. Vor Per, einer Legende der Schneiderkunst, der ihn zur Begrüßung finster musterte und sagte: »Ich lernte einst mein Handwerk auf einer rostigen Singer in einer Kellerwerkstatt in London, bei Abbott & Doyle, um genauer zu sein, in der altehrwürdigen Savile Row. Ich studierte an der Ecole de la Chambre Syndicale de la Couture Parisienne. Nun kleide ich Legastheniker.« Der Anzug saß perfekt, und da Kyell nicht mehr wuchs, würde er ihn, so es denn sein musste, auch die nächsten zehn Jahre noch tragen können. Ein einziges Mal war er bisher in den Genuss gekommen. Zum Abschlussfest. In der Internationalen Sophus Lie Schule. Kyell war nie ein besonders guter Schüler gewesen. Die Reifeprüfung bestand er mit Krach und sehr viel Ach, und vielleicht, so wurde gemunkelt, hatte die familiäre Intervention bei Rektor Urs ihr Übriges dazu beigetragen. In Gwynfaer wurde großer Wert auf eine umfassende Bildung gelegt, auf Naturwissenschaften und Philosophie, auf fremde Sprachen und ferne Kulturen. Nicht jeder schaffte gleich im ersten Versuch den Abschluss, manch einer brauchte gar ein halbes Dutzend Anläufe. Selbst Tule benötigte zwei, wenngleich er den ersten Misserfolg als reine Willkür bezeichnete, als strafrechtliche Maßregelung einer bornierten Obrigkeit, die keinerlei Gespür für die Freiheit der Kunst im religiösen Raum habe. Dabei hatten sie die Sekte sogar ordnungsgemäß angemeldet. Tule war der Guru, Kyell sein Stellvertreter. Als stellvertretender Guru oblag es Kyell, Sektenmitglieder zu werben und sie auf ihre vielfältigen Aufgaben vorzubereiten. Der Erfolg beruhte auf der simplen Maxime: Freie Liebe für alle. Die fünf Gebote lauteten: Der Guru hat immer recht. Außer Pan, der zufällig vorbeikam, konnte allerdings kein weiteres Sektenmitglied rekrutiert werden. Und mit Pan wollten weder Guru noch Stellvertreter die Wonnen der freien Liebe erkunden, denn Pan besaß zwar Brüste, die aber waren männlich und alles andere als schön anzuschauen.

Die Liebe, so erschien es Kyell, war ein scheues Wesen. Und sie bereitete ihm immer größere Sorgen. Er war jetzt 18. Und er war immer noch Jungfrau. Wahrscheinlich war er die einzige 18-jährige Jungfrau der ganzen Welt. Tule hatte schon mit 14 Frauen geschlafen. Behauptete er. Namen gab er keine preis, da war er Gentleman, durch und durch. Sex, sagte Tule, sei besser als Angeln, und um Kyell von seiner gewagten These zu überzeugen, hatte er zum Abendessen seinen Computer mitgebracht. Tule war einer der wenigen Einwohner Gwynfaers, der einen privaten Computer besaß. Einen tragbaren. Eigentlich waren Computer gesellschaftlich geächtet. Dabei war man in Gwynfaer alles andere als fortschrittsfeindlich, der Fortschritt musste nur von Nutzen sein. Für den privaten Gebrauch, so hatte die Gemeinschaft entschieden, war ein Computer weniger von Nutzen. Tule aber rebellierte schon aus Prinzip gegen alles Oktroyierte, Gleichgeschaltete, Verlogene und ewig Gestrige. Er sagte, ein Computer sei ein Tor zur Welt. Man fände dort Wissen von ungeheurer Vielfalt, tausend neue Freunde an nur einem einzigen Tag, die weltweit günstigsten Gartenbewässerungsanlagen und Videos. Unzählige. Videos.

Videos, in denen es um Liebe ging.

Um physische Liebe.

Um physische Liebe en détail.

Die ersten Bilder trafen Kyell wie eine Atomrakete. Er hatte ja keine Ahnung, was Frauen in Liebesdingen alles taten. Er war perplex. Zuweilen auch angenehm überrascht. Einiges, was er sah, phantasierte er nicht einmal zurecht, wenn er Sünde an sich selbst beging. Dabei weckten diese Momente der Intimität sein kreatives Potenzial aufs Ungeheuerlichste. Im Video aber, in der Realität also, die sich ihm zu Füßen warf und der er stolpernd neuen Wegen folgte, gab es mehr zu entdecken, mehr als er je zu träumen wagte. Einer Lichtung gleich offenbarten sich ihm visuelle Erweckungsmomente, die sein Leben um Myriaden von Möglichkeiten bereicherte. Auch die Physiognomie war in ihrer gänzlichen Nacktheit von ungeheurer Faszination. Er hätte nie gedacht, dass Frauen so unterschiedliche Brüste haben, in Form, Größe, Farbe und Hängung. Er fand sie alle schön. Nein, wunderschön. Ehrlich überrascht war er, dass Frauen so viel Spaß beim Liebesspiel haben, dass sie voller Hingabe sich selbst verloren und in freigeistigen Sphären weilten, die keinem Mann je zu betreten möglich erschienen. Er war fasziniert von den Geräuschen der Ekstase, wenn

Frauen dem Höhepunkt entgegenstrebten, wenn die Lust ihnen nahezu Schmerzen bereitete, wenn kurze spitze Schreie gefolgt von einer emotionalen Explosion ihre geheimnisvolle Seite, ja, die Aura menschlicher Mystik zum Vorschein brachten. Ein einziges Juhu des Lebens. Er wusste, dass Laienschauspieler zu sehen waren, und genau deshalb musste es echt sein. Diese Leidenschaft konnte ein Laie nicht spielen. Unmöglich.

Doch nicht alles war Gold, das glänzte. Die Sportlichkeit, die alle Beteiligten an den Tag legten, sah er mit kritischem Auge. Auch das Licht war keineswegs immer souverän gesetzt. Dramaturgisch hingegen waren die kurzen Filme recht ansprechend inszeniert. Die Dialoge waren erstaunlich eingängig, eine sehr reduzierte Sprache, die sich im Fokus auf das Wesentliche beschränkte, durchaus gewöhnungsbedürftig hier und da, keine Frage, Prosa indes allemal. Oft ging es um handwerkliche Dinge, um Rohre, die poliert oder verlegt werden sollten. Manchmal äußerten sich die männlichen Darsteller ein wenig despektierlich, wie sie überhaupt in der ein oder anderen Szene einen eher zwiespältigen Eindruck hinterließen, eines Primaten gewiss nicht immer würdig. Die Frauen hingegen waren von entzückender Freiheit und zügelloser Grazie. Kyell mochte Lady Mac Bitch besonders gerne, eine vollbusige Matrone, die halterlose Strümpfe und schwarze Lackschuhe mit hohen Absätzen trug. Ihre blasse Haut harmonierte gar prächtig mit ihren dunkelroten Lippen und den kajalbetonten Augen, die wie Schokolade schimmerten. Ihr Negligé, das sie praktischerweise für den Hausputz immer überzog, bestand aus durchsichtiger Seide und schwarzer Spitze. Sie wischte unheimlich elegant Staub. Mit einem Wedel aus echten Straußenfedern. In purpurrot. Kyell hätte ihr stundenlang dabei zuschauen können. Sie strahlte so eine vornehme Würde aus in ihrer wunderschönen Altbauwohnung mit den barocken Möbeln und den pittoresken Gemälden. Im

Flur stand sogar eine Ritterrüstung. Und wann immer sie putzte, klingelte es an ihrer Haustür. Es waren in der Regel Männer, die etwas brachten oder reparieren wollten. Vom Postboten bis zum Manager war alles dabei, natürlich auch Klempner, die Rohre verlegen wollten. Es gab Schüchterne, wie Lehrer oder Buchhalter, die mussten erst hereingebeten werden, andere, wie Polizisten oder Verbrecher, kannten weder Scheu noch Scham, sie nahmen sich einfach, was sie wollten. Kyell erschrak, wenn Afroamerikaner mitspielten, wenn sie ihre Genitalien auspackten, die sie schwere Geschütze nannten, und wenn Lady Mac Bitch dann die Augen aufriss und sagte: »Oh, mein Gott.« Bei Big Jim, dem extra großen Afroamerikaner aus *Lady Mac Bitch and The Magic Mushrooms*, fiel sie regelmäßig in Ohnmacht, wachte dann aber rechtzeitig wieder auf, um voller Hingabe grenzenlose Freude zu spenden. Und auch wenn Komplexe wuchsen, so überwog doch die Faszination ob der dargebotenen Liebeskünste, die in ihrem Schauspiel die Wahrheit und nichts als die Wahrheit zeigten. Nur bei einer Sache war Kyell unsicher, die wollte er nicht recht glauben, die schien ihm doch ein wenig ungeheuer. Sie beschäftigte ihn mehr, als das Universum es je vermochte. Und so fragte er Tule, ob er glaube, dass Frauen tatsächlich so gerne schlucken, und Tule sagte, die Bilder sprächen für sich, da gäbe es kein Vertun, sie lieben es.

14

Die Fahrt vom Flughafen in die Innenstadt von Reykjavik erfüllte alle Befürchtungen mit Bravour. Es war erst fünf Uhr in der Früh, und doch war es schon hell genug, um die gnadenlose Pracht der Vulkaninsel bewundern zu können. Es sah aus, als habe Hollywood die karge Landschaft als Kulisse für eine Mondlandung bauen lassen. Kilometer für Kilometer zog sich die geröllige Tristesse hin, Wellblechhäuser von infamer Hässlichkeit standen planlos umher, und wütende Winde pfiffen in schrillen Tönen. In Reykjavik angekommen, suchte Gretchen Morgenthau eine Gaststätte mit dem Namen Kaffibarinn auf. Hier sollte sie einen Fischer treffen, der Henrik oder so ähnlich hieß, der sie auf seiner Yacht mit nach Gwynfaer nehmen würde. Sie ließ ihre vier schwarzen Rimowa-Koffer aus der Salsa-Deluxe-Reihe mit einem Volumen von je 120 Litern von dem Taxifahrer hineintragen, beglich ihre Schuld und setzte sich an den freien Tisch rechts neben dem Eingang. Sie war überrascht, dass die Gaststätte schon auf hatte, merkte aber sogleich, dass sie nicht *schon*, sondern *noch* geöffnet war. Alkoholisch derangierte Restgestalten musterten mehr beiläufig als aufdringlich den Neuankömmling. Die Luft war ungesund. Es roch nach Schweiß, Bier und Menstruation, nach Daisy so fresh und Coco Mademoiselle, nach Leben, wie es seit jeher die Entäußerung sucht. Die Jungs trugen enge Jeans, Wollhemden und Vollbärte. Sie sahen aus wie sensible Holzfäller. So, als würden sie weinen, wenn der Baum, ihr Freund, fällt. Aber wahrscheinlich, dachte Gretchen Morgenthau, waren sie nur wieder Teil einer Jugendbewegung, die wie immer und völlig zu Recht für jede Dummheit zu haben war. Die jungen Frauen sahen interessant aus. Nicht die in den kurzen Röcken und billigen Nylonstrumpfhosen, die es in jeder Dorfschänke zu bewundern gab. Auch nicht diese Hipster-Gören, die sie aus Berlin, London und Barcelona kannte, in deren Köpfen nur noch Platz für Klamotten und Partys war, die nur noch in selbstreferenzieller Blasiertheit lustwandelten und dabei selbstverständlich eine große Leere verspürten. Nein, eine kleine Gruppe zwischen Säule und Tresen erregte Gretchen Morgenthaus Aufmerksamkeit. Anfang zwanzig waren sie, höchstens, und sie trugen irrwitzige Kombinationen schwerster Todsünden, die erst in zwei, drei Jahren modern sein würden. Sie gehörten zu diesen seltsamen Wesen, die nie hinterher-, sondern immer nur voranschritten, die nicht wirklich hübsch, sondern interessant aussahen, die eine aufreizende Scheu selbstsicher an den Tag legten und von den anderen Mädchen immer verachtet und vergöttert zugleich wurden. Und Gretchen Morgenthau konnte sehen, wie sehr dieses junge Gemüse nach Erlebnis und Bedeutung gierte, wie sehr es das Experiment suchte, um mehr zu spüren, mehr zu erleben, als es das Dasein für gewöhnlich erlaubte. Sie war selbst einmal so. Nur lauter.

Und sie erinnerte sich an ihre kurze psychotische Zeit in New York, in dieser merkwürdigen WG mit Happy Linda, Pregnant Boy und Kiki The Butcher, in der es immer nur um Bewusstseinserweiterung, Gehirnzellentötung und sexuelle Perversionen ging. Die mittellose Avantgarde ging damals ein und aus in der heruntergekommenen Fabriketage in SoHo, in der alle immer nur Performance machen wollten, Gysin, Fluxus und The Merry Pranksters »dufte« fanden und sich ansonsten in intergalaktische Spermien und ottomuehle Happenings transzendierten. Eine Zeit, an die sich Gretchen Morgenthau mit einem Anflug von Unbehagen zurückerinnerte, zumal es hygienische Missstände zu beklagen gab, die auch eine Frau von Welt keineswegs gutheißen konnte. Selbst dann nicht, wenn sie in Rangun einst mit Kakerlaken duschte oder in Hanoi frittierte Heuschrecken in offenherzigen Garküchen speiste.

»Wow, wow, wow! Abgefahrene Party, was? Wo kommst du her, schöne alte Frau?«

Der junge Holzfäller, der von seinen Freunden Helgi gerufen wurde, hatte etwas im Bart, Bierschaum oder Sabber, schwer zu sagen. Er trug einen neongelben Blouson aus Ballonseide und eine übergroße Armbanduhr, auf der Daffy Duck und Elmer Fudd im Kreis tickten. Seine halblangen Wikingerhaare wurden von einem Björn-Borg-Gedächtnisstirnband gebändigt. Aus Frottee. Sein Gesicht war abseits des Bartes rosig und glatt, ganz unschuldig, wie das eines Babys. Er konnte nicht wissen, dass Babys keinen Welpenschutz genossen, dass auch sie zu bezahlen hatten, wenn die Anrede Anstand und Respekt vermissen ließ.

»Eine Melange. Bitte.«

»Melange?«, fragte Helgi irritiert nach. »Melange? ... Ich dachte immer ... ich spreche perfekt ... Englisch ... Melange? ... Ah! Wien! Wien! Du bist Wienerin! Kaffeehäuser! Und Kutschen! Und Kaiserschmarrn! Und Inzest und Hitler und so! Abgefahren.«

Helgi setzte sich ungebeten auf einen freien Stuhl. Falsch herum. Er umklammerte die Rückenlehne und schaute Gretchen Morgenthau aus großen Kulleraugen an. »Ich bin Helgi. Mein Künstlername ist DieHippieDie. Episode 902. Ich bin DJ und Musiker. Elektronische Musik. Stockhausen. Kraftwerk. Radioaktivität. Maschine. Autobahn. Und so. Ich werde bald berühmt sein. Erzähl mal, was machst du so?«

Gretchen Morgenthau langweilte sich gar sehr. Auch zählte Biergeruch nicht zu ihrem Lieblingsparfum, nicht einmal in der Kombination mit Knoblauch. Sie hob das Kinn ein klein wenig, atmete tief ein, schloss die Augen für einen kurzen Moment und sagte mit ruhiger, sanfter Stimme: »Ich bin von Haus aus Terroristin. Ich töte Menschen. Nur zum Spaß.«

»Abgefahren. Meine allerbasicsten Gefühle des Respekts. Hatte ich auch mal überlegt. War mir dann aber zu mainstream«, sagte Helgi, der urplötzlich und völlig unvorbereitet auf eine romantische Ader stieß: »Ich möchte deine Pusteblume sein. Mach mich nackig.«

»Bitte?«

»Puste.«

Dass Betrunkene mitunter über Grenzen taperten, dass sie die Kontrolle über ihr belangloses Ich verloren und gegen eiserne Laternen knallten, das war nichts Neues. Dass sie es aber wagten, Göttinnen in einer derart plumpen wie auch impertinenten Flauschigkeit anzurufen, das indes zeugte von der seltenen Gabe, schwachsinnig und hirntot zugleich zu sein. Gretchen Morgenthau überlegte, ob es in der Nähe wohl eine Müllverbrennungsanlage oder einen Schrottplatz gebe, denn die Entsorgung war seit jeher ein nicht zu unterschätzendes Problem im Beseitigungsgewerbe.

»Willst du mal einen Song von mir hören«, fragte Helgi, der eine seiner beiden Kopfhörermuscheln feilbot, selig grinste und sagte: »Ich bin nicht sicher, welcher Track dir gefallen könnte. Entweder *Kryptonit, Mademoiselle* oder *Vollporno Tatütata, Baby*. Beides leider geil. Also eine Frage des Geschmacks. Hängt ein bisschen davon ab, ob du mehr auf Beat stehst oder die intellektuelle Herausforderung suchst. Bei Track zwei geht es um Friktion. Und Permanenz. Die Botschaft lautet: Die Wege des Herrn sind unergründlich, also gründe nicht. Es erinnert ein bisschen an *Euphorie und Potpourri*, mein Erstlingswerk, das in gewissen Kreisen krass abgegangen ist. Ich sag nur so viel: Love and peace, ihr alten Hippieschlampen, Finger in den Popo und ab dafür.«

Waren Taten einst größer als Worte, so mussten jene Zeiten vor Glück schier bersten. Die Moderne aber schwafelte in einem fort, und nichts mochte ihr Einhalt gebieten, nicht einmal das Sandmännchen. Dann fiel Gretchen Morgenthau ein, dass sie noch Informationen brauchte.

»Ich warte auf einen Fischer namens Henrik.«

»Ups.«

»Er soll mich nach Gwynfaer fahren.«

»Ups.«

»Auf diese Insel.«

»Ups.«

Warum sagte das betrunkene Baby mit dem Bart immer *Ups*? Was bedeutete *Ups*? Ups, meine Gehirnzelle hat sich jetzt komplett verabschiedet? Ups, da würde ich nicht hinfahren, es sei denn, ich liebe Kannibalen mit multiplen Psychosen? Ups, ich glaube, das letzte Bier war schlecht? Aber Helgi machte nicht den Eindruck, als würde er sein Ups näher erklären wollen. Und für einen kurzen Moment konnte Gretchen Morgenthau in seinen Augen so etwas wie Traurigkeit erkennen, und sie wusste nicht, warum, und es interessierte sie auch nicht weiter, denn die Tür ging auf und ein herbstlich duftender Pfeifentabak waberte hinein. Im Rahmen stand ein hünenhaftes Etwas. In seinem Gesicht buschte ein weißer Vollbart. Es trug einen Norwegerpulli. Und Gummistiefel. Himmelblaue. Mit Elchen. Gott.

15

Auf dem Weg zum Hafen begegneten Kyell und Tule der Euphorie weit seltener als erwartet. Es schien noch nicht einmal etwas in der Luft zu liegen, weder Spannung noch Angst. Es roch wie es immer roch: nach Meer und Erde. Nur wenige Einwohner hatten sich rausgeputzt, um den Neuankömmling willkommen zu heißen. Dabei hatte Arne, der Bürgermeister, in den letzten zwei Wochen kaum ein anderes Thema als den Besuch dieser berühmten Frau.

Aus England sollte sie kommen. Und eigentlich aus Wien. Diese Frau, die in Gwynfaer so gut wie niemand kannte. Vom Theater sollte sie sein, eine Legende gar, im biblischen Alter und gebrechlich wohl. Verurteilt, sagte Arne, habe man sie, und die Strafe hieß: Gwynfaer. Und wenn Arne davon erzählte, dann lachte er immer, als sei es besonders lustig, was komisch war, da sonst niemand lachte.

Kyell plagte wie die meisten Einwohner keine allzu große Neugier. Ganz abgesehen davon, dass er nicht einen einzigen Prominenten zu benennen wusste, fehlte ihm auch die Leidenschaft für Autogrammkarten. Und auch die Zeit für solch aufregendes Tun, war doch seine eigene Welt schon mysteriös genug, um ziellos umherzuirren und sich ständig zu verlaufen. Auch das Theater war ihm stets fremd geblieben. In der Schule schon konnte er weder Strindberg noch Euripides lange folgen, müde wurde er, wenn Geschichten einen Vorhang brauchten, der auf- und wieder zuging. Und dann sprach es noch in fremder Zunge, dieses Theater, dieses Künstliche, dieses ewige Gebärden und Gehabe, dieses groteske

Sagen und Tun und immerzu wurde gedünkt und gedolcht. Kunst. Ja. Aber: warum?

Tule hingegen schien wie ausgewechselt, nahezu aufgedreht, vielleicht sogar ein wenig aufgeregt, auch wenn er das nie zugegeben hätte. Er war ein anderer. Wieder einmal. Wieder einmal hatte er sich komplett gehäutet. Er war jetzt Theater. Nein, er war schon immer Theater. Er war nie etwas anderes. Er trug einen schwarzen, eng anliegenden Anzug, klobige, verwitterte Schnürstiefel, ein weißes, löchriges T-Shirt mit der Aufschrift *Ich fickte Heiner Müller* und, gleichwohl er Augen wie ein Adler hatte, eine übergroße Hornbrille, wie sie sonst auch Anna, die Erdkundelehrerin, gerne trug. Die lockigen Haare strubbelten sorgsam querverlegt, damit sie aussahen, als habe er sie seit drei Wochen nicht mehr gekämmt. Unter seinem rechten Arm klemmte ein dickes Bündel loser Blätter, mit grober Kordel zusammengehalten. Sein Gang hatte sich verändert, er schlurfte nicht mehr, er schritt voran, mit Körperspannung und gleichsam lässig ausholenden Bewegungen, als würde er beobachtet, als wäre jeder Schritt, den er tat, von großer Bedeutung, nicht nur für ihn, nein, für die Menschheit überhaupt.

»Wie stellst du sie dir vor?«, fragte Tule, als sie die Kristiana-Anhöhe passierten und der Hafen schon in Sichtweite lag.

»Keine Ahnung«, sagte Kyell. Er hatte sich keine Gedanken über das Aussehen der Theaterfrau gemacht. Warum auch. »Alt?«

»Ich meine nicht ihr Aussehen. Ich habe Bilder von ihr gesehen. Durchaus ungewöhnlich. Ich meine ihr Wesen, wie sie ist, jenseits von Wasser, Proteinen und Fetten.«

»Weiß nicht.«

»Ich glaube«, sagte Tule und blickte dabei wissend in die Ferne, »dass sie dialektisch ist, von kapriziöser und vulkanischer Natur, dass sie schwarz-weiß ist, dass sie

Gerechtigkeit mag und Trubel und Magerquark, dass sie Wege ungern zweimal geht und nicht leicht zu verbiegen ist. Ich glaube, dass wir gute Freunde werden. Natürlich erst, nachdem es so richtig gekracht hat. Künstlerseelen wie die unseren müssen erst aneinandergeraten, damit Neues entstehen kann, Großes, das in einer Supernova endet und nicht mit einer Gehstütze.«

»Hm.«

»Spotte nicht, mein Güldenstern. Wir werden Geschichte schreiben! Dies werden die letzten Meter unserer Jungfräulichkeit im Kosmos der Hochkultur sein, in Bälde soll Jericho beben oder Theben, ganz gleich, Hauptsache Gewalt, Umsturz, Chaos und ein hübsches Quantum an zügellosem Sex mit willigen Nymphen auf der Besetzungscouch.«

Als sie den kleinen Hafen erreichten, der keine zehn Boote gleichzeitig zu beherbergen vermochte, sahen sie das ganze Ausmaß der feierlichen Vorfreude. Der Steg war mit bunten Gerbera und silbernen Schleifen geschmückt. Zwei einsame Stehtische waren in weißes Tuch gekleidet und standen tapfer umher. Keine 30 Einwohner hatten sich versammelt. Inklusive Chor. Tule hatte tags zuvor noch angeboten, *Die Unsterblichen* für ein Willkommenslied zu reaktivieren, stieß damit aber auf wenig Gegenliebe, in einigen Gesichtern strahlte gar der blanke Hass. Ähnlich begeistert zeigte sich das Begrüßungskomitee. Pius, der Pfarrer, der in Gwynfaer für alle Weltreligionen zuständig war, schnüffelte ein wenig am Weihrauch. Seine Schäfchen beachtete er nicht weiter, er schaute vielmehr seine Hände an, als würde er sie zum ersten Mal in seinem Leben sehen. An vorderster Front stand Jonna, die Matriarchin aus dem Hause Pellberg, eine unangenehme Person, wie allseits bekannt. Sie hielt ein Plakat in ihren Händen, sie hielt es, so hoch sie konnte. Auf dem Plakat stand: »Wir überfremden!« Gleichwohl Bürgermeister Arne die offenkundige Xenophobie missbilligend kommentierte, wich Jonna nicht ein Jota von ihrer Position ab. Kyell zeigte Verständnis für ihr Verhalten, war die Befürchtung vor einer Invasion doch nicht ganz von der Hand zu weisen. Es wurden tatsächlich von Jahr zu Jahr mehr Fremde. Alleine in den letzten sechs Monaten waren es drei. Auf einmal. Und auch wenn die Segler sich verfahren hatten und nur für eine Nacht blieben, so schien die Abgeschiedenheit mit jedem Tag ein Stückchen weiter in die Ferne zu rücken.

Weiter links stand Milla und biss sich gedankenverloren auf die Unterlippe. Wenn es etwas gab, das Kyell völlig verrückt machte, dann, wenn Mädchen so etwas taten. Und Milla war eine Meisterin im Auf-die-Unterlippe-Beißen. Sie trug ein weißes kurzes Strickkleid mit aufgestickten grünen Elefanten am unteren Saum, sie hatte eiinen Blumenkranz aus Margeriten im Haar und am rechten Knie noch Schorf von ihrem Sturz mit dem Skateboard. Sie sah wunderschön aus. Sie sah allerdings nicht aus wie eine Frau, die gerne schluckt. Kyell tat so, als würde er Milla nicht sehen. Und auch Milla tat, als würde sie Kyell nicht sehen, oder aber, was noch viel schlimmer gewesen wäre, sie sah ihn wirklich nicht. Der Tod, dachte Kyell, und er wusste selbst nicht so genau, warum, ist ja eigentlich das faszinierendste Ereignis im Leben. Und gerne hätte er Milla noch ein wenig länger nicht angeschaut, doch Arne schritt eilends auf sie zu, er schien ein wenig erregt zu sein, rote Flecken sprenkelten sein Gesicht, das er hektisch mit einem Stofftaschentuch tupfte.

»Tule, wie schön«, sagte der Bürgermeister in einem nahezu tuschelnden Tonfall, Kyell beachtete er gar nicht weiter, »ich möchte noch mal meinen Dank aussprechen, dass du die Rede geschrieben hast. Großes Talent, wirklich, großes Talent. Ich habe zwei Tage lang geprobt. Ich bin ein wenig unsicher, was die äußerst komplexen Sätze anbelangt. Und findest du den Mittelteil nicht etwas zu lang, und meinst du nicht, dass das Finale etwas zu, wie soll ich sagen, ungewöhnlich ist?«

»Mein lieber Arne«, sagte Tule in einer etwas zu vertrauensseligen Art, »gewiss doch ist das Finale ungewöhnlich, wir haben es hier mit der Hochkultur zu tun, und da wollen wir doch nicht wie tumbe Hinterwäldler erscheinen, oder?«

»Nein, nein, natürlich nicht.«

»Eben, und deshalb habe ich mir erlaubt, die liebe Paraphrasierung die liebe Paraphrasierung sein zu lassen und ordentlich in die Tasten zu hauen. Wir werden die Lady beeindrucken, sie wird an deine Rede noch denken, wenn sie längst den Odem des Vergessens einatmet.«

Arne kniff die Augen leicht zusammen, er wirkte verunsichert. Er blickte Tule einen Moment lang ernst an, dann schaute er verträumt aufs Meer und nickte kaum wahrnehmbar. Ja, es war gut möglich, dass künftige Generationen aus seiner Rede rezitieren würden, dass dieser Tag Geschichte schreiben würde, dass es Momente im Leben eines jeden Menschen gab, die voll der Magie waren, die selbst im Walhall auf ein Echo stießen. Und in dieser Rede, so viel war gewiss, steckte das Potenzial, um Menschenmassen zu begeistern, zu manipulieren und für immer hinter sich zu scharen. Auch das Programm, das er eigens für die Ankunft der Theaterlegende zusammengestellt hatte, konnte sich sehen lassen. Es war in aller Bescheidenheit ein einziger Höhepunkt, ein Kunstwerk, um genauer zu sein. Fast eine Woche lang hatte er daran gebastelt. Der Ablaufplan sah vor, dass zum Einlaufen die Kammermusiker um die Nordveidt-Zwillinge Brahms spielen. Streichquartett Nr. 1 in c-Moll. Gerne hätte er es ein wenig bombastischer gehabt, aber für ein orchestrales Stück fehlte ihm leider das passende Orchester. Sobald die Legende den Steg betrat, sollte Tuvas Internationaler Chor *Oh Happy Day* anstimmen, eines seiner absoluten Lieblingslieder für die Ewigkeit. Er hatte Tuva noch durch die Blume gefragt, ob sie dieses Mal nicht ganz so aufreizend ihre Hüften schwingen könne, schließlich seien 130 Kilo kein Pappenstiel, weder in der Bewegung noch zum Anschauen. Die Bitte wurde nicht nur abschlägig behandelt, sie wäre ihm beinahe um die Ohren geflogen, da Tuva, mit ihrem Obstmesser spielend, erklärte, dass sie es keineswegs gutheiße, wenn ihre Bühnenperformance Anlass zur Kritik gebe, und dass sie fürderhin überhaupt keine Veranlassung erkennen könne, ihre erotische Ausstrahlung von einem kleinkarierten Syndikus mit Oberlippenbart kommentieren zu lassen, der, augenscheinlich mit Blindheit geschlagen, nicht erkennen könne, dass ihr Hinterteil dem einer Kallipygos würdig sei. Da wollte Arne nicht weiter insistieren, er lehnte sich zwar gerne aus dem Fenster, wusste aber auch, wann es besser war, den Kopf wieder einzuziehen. Denn gleichwohl Tuva als herzensgute und immer fröhliche Matrone bekannt war, so wusste doch ein jeder um die Geschichte mit dem Obstmesser, der kleinen Beleidigung und dem fremden Finger.

16

Winde tosten ruhelos hin und her, bildeten kleine Wirbel und stoben wieder auseinander. Mit ihnen zogen mächtige Wolkenberge auf, die den blauen Himmel säumten und der Sonne nur wenige Schlupflöcher gewährten. Waren Götter am Werk, so schienen sie ein wenig ungehalten, denn Wellen schäumten gegen die Reling und spritzten auf die hölzernen Planken. Es knirschte und knarschte recht ungeheuer, das Boot schlonkerte nach links und nach rechts, ganz so, als habe es über den Durst getrunken. »Leichter Seegang«, murmelte Henrik, der Fischer. Leichter Seegang. Was sonst. Gretchen Morgenthau war keine Expertin in Sachen Schiffbau. Im tiefsten Innern aber wusste sie, dass Misstrauen und Sorge recht treue Wegbegleiter sein konnten. Denn mochte dieses Bötchen mit dem verheißungsvollen Namen *Hulahoop* auf einem Wörthersee recht passabel dahinplanschen, so schien es doch im Atlantischen Ozean ganz über Gebühr die Gewalten herauszufordern. Es war das eine, mit der Titanic stilvoll im Eiswasser zu versinken, derweil das Orchester die kleine Unannehmlichkeit piano mit Chopin versüßte. Etwas völlig anderes aber, in einem Fischkutter das Zeitliche zu segnen, derweil niemand dabei zuschaut.

»In ihrem Boot stinkt es nach Fisch«, sagte Gretchen Morgenthau, um das Eis ein wenig zu brechen.

Der Fischer strich mit der rechten Hand durch seinen schlohweißen Vollbart und sagte: »Ja, das ist mir auch schon aufgefallen. Ich kann aber beim besten Willen nicht sagen, woran es liegt.«

Oha, dachte Gretchen Morgenthau, wenn die Insulaner alle so viel Humor haben, dann konnte es ja lustig werden. Eine grausige Vorstellung, denn nach Heiterkeit war ihr nicht zumute.

Sie schaute auf das Meer. Das blaugrün schimmernde Meer. Wie fremd es doch war. Hunderte von Metern mochte es tief sein, und je weiter es hinunterging, desto dunkler wurde diese unheimlichste aller möglichen Welten. Irgendwo dort unten mussten Queequeg und Ahab begraben liegen, wo genau, war nicht auszumachen und auch gar nicht wichtig. Wichtig war, ob sie lebend diesen Kahn verlassen, ob sie je wieder Land sehen würde, ob gelobt oder ungelobt, das wiederum war ihr egal. Die Chancen, so versuchte sie sich einzureden, standen gar nicht mal so schlecht. Denn zur Begrüßung hatte der Fischer einen recht passablen Eindruck hinterlassen, auch wenn er schnödes Zeug über Lee und Luv, 37 Knoten und einen Volvo-Motor, der ihn noch nie im Stich gelassen habe, von sich gab. Auf der Kommandobrücke, wie er den winzigen Verschlag nannte, strahlte er sogar eine gewisse Souveränität aus, ganz der Seebär, der er wohl war, der nie aufgab und auch den stärksten Stürmen trotzte.

Der Seebär zündete erneut seine Pfeife an. Es roch nach Honig, Vanille und schottischem Whisky, nicht unangenehm, selbst der Benzingeruch mischte sich dezent mit ein. Gretchen Morgenthau saß auf einer Holzbank leicht versetzt neben ihm, den Rettungsring immer im Blick, einfach so, irgendjemand musste ja auf ihn aufpassen. Seit über einer Stunde waren sie schon unterwegs. Zu sehen gab es nichts. Nur dieses Wasser. Immer nur dieses Wasser. »Schauen Sie mal, Delfine«, sagte der Fischer und zeigte mit seiner Pfeife in Richtung Backbord, wo eine Schule Tümmler ihr übermütiges Unwesen trieb. Gretchen Morgenthau blickte unbeeindruckt nach vorn und sagte: »Wie schön.« Delfine konnte sie auch im Zoo sehen, ein weiterer Grund, warum sie nie in den Zoo ging. Fische, selbst wenn sie Säugetiere genannt wurden, mochte sie nur auf dem Teller. Frischen Thunfisch auch gerne blutig.

Sie langweilte sich.

Sehr.

Sie sehnte sich nach Unterhaltung. Nach richtiger Unterhaltung. Reden, sie wollte reden. Aber über was? Über den Einfluss von Otto Dix auf Lucian Freud, über die Körpertherapie von Moshé Feldenkrais oder die Bioenergetik bei Boyesen? Wohl kaum. Dabei redete sie mit jedem, sie besaß keine Berührungsängste. Ihre Gesprächspartner mussten nur ihre Art akzeptieren, sie mussten akzeptieren, herausgefordert und angegriffen zu werden, sie mussten kämpfen und parieren, sie durften gerne ihre Contenance verlieren und sich selbst vergessen. Wer sich aber beleidigt fühlte, hatte schon verloren, denn sie beleidigte nicht, sie spielte höchstens. Zerstörung war nie ihr primäres Ziel. Sie besaß nur keine sozialpädagogische Redekultur. Sie verachtete Sozialpädagogik. Das Leben, sagte sie immer, sei zu kurz für verlogene Nettigkeiten. Mochten die Heuchler in ihrer Belanglosigkeit ertrinken, sie wollte lieber mit Drachen kämpfen, als Ponys streicheln. Um wie viel wunderbarer waren doch Gespräche, in denen es zischte, wisperte, grollte und donnerte, das Blut in die Köpfe schoss und in fanfarender Begeisterung oder säuselnder Bosheit pariert wurde. Wie schön waren doch Finten, die geschlagen, und Minen, die gelegt wurden, wie schön waren in engelsgleicher Stimme liebkoste Wörter, die kleine Wunden schlugen, die blieben und Narben hinterließen, wie schön war es doch, wenn Menschen sich begeistern konnten, so oder so. Das Delirium kam noch früh genug. Sie unterhielt sich gerne. Egal mit wem, ob reich oder arm, berühmt oder berüchtigt, dick oder dünn, schön oder hässlich. Sie hatte keinen Standesdünkel. Nur einen Bildungsdünkel. Und auch dieser hatte nichts mit Zeugnissen oder Urkunden zu tun. Nur mit der Fähigkeit, denken zu können, denken zu wollen, und sich seiner eigenen Nichtigkeit immer bewusst zu sein. Sie mochte einfach keine dummen Menschen. Aus Prinzip nicht.

Der Fischer hinterließ keinen dummen Eindruck. Auch hatte er schöne Hände, wohl geformt und ungewöhnlich schlank für einen Mann seiner Statur. Und doch fanden sie keine gemeinsame Basis, kein Thema, um diese unerträglich langweilige Fahrt mit ein wenig Geist und Geschwätz zu überbrücken. Selbst gegen famos vorgetragenes Seemansgarn hätte sie nichts einzuwenden gehabt, sie fühlte sich gerade so kolonial, in nachsichtiger Großmut gar. Über die Insel und die Einwohner wollte sie ihn nichts fragen, sie würde schon noch früh genug erfahren, wie unsagbar trostlos so ein Eingeborenendasein war. Sie erwartete nichts. Außer Inzest, Pest und Cholera. Sie kannte Kleinstädte und Dörfer als muffige, kulturlose, xenophobe, selbstgerechte Gemeinschaften. Auf einer abgelegenen Insel musste sich das alles noch um ein Vielfaches potenzieren. Gwynfaer. Schon dieser Name. Wer lebte denn freiwillig auf einer Insel, die kaum jemand kannte, auf der keine 3000 Menschen ihr verwittertes Dasein fristeten, verlorene Seelen, die von einem besseren Leben träumten, die ihr karges Ich für eine bunte Perlenkette eintauschen würden. Wahrscheinlich konnten sie nicht einmal lesen. Wozu auch, wenn sie nur ans Penetrieren dachten. Und jetzt musste ausgerechnet sie, die Großmeisterin der Kultur, die selbst noch im Olymp Begeisterungsstürme entfachte, Entwicklungshilfe leisten. Dabei war sie doch durch mit dem Theater. Das Schauspiel, das sie liebte, das gab es nicht mehr. Die Revolution war nur noch Attitüde, das Spiel nur noch Gepländel, ein Haus voll mit Zinnober und Krachmeierei. Und das Schlimmste war ihr immer das sozialkritische Theater, das sie regelrecht verachtete. Für ein Kinder- oder Jugendtheater, geschenkt, kein Problem, gut so. Aber erwachsenen Menschen auf der Bühne ein Stück zu präsentieren, in dem es um sexuelle Übergriffe, häusliche Gewalt, Magersucht, Homophobie, Migrantenprobleme oder Schmickschmock ging, da hörte bei ihr der Spaß auf. Als wären Theatermenschen die Erziehungsberechtigten ihres Publikums. Und wen wollte man denn da *wachrütteln*? Den linksalternativen Gartenlandschaftsbauer, den kulturkonservativen Oberstudienrat, die rebellische Anglistikstudentin oder den libertären Anthroposophen? Wohl kaum. Es gab bei solchen Themen einen gemeinsamen Konsens, den konnte man jeden Tag in einer Zeitung nachlesen, dafür brauchte es kein Theater. Es waren nur kleinbürgerliche Themen für kleinbürgerliche Menschen. Auch das große Thema war ihr völlig fremd. Krieg, Klimawandel, Terrorismus, Herrgott, schlimm, klar. Nur nicht auf einer Bühne, und wenn doch, dann nur als Rahmenhandlung. Es konnte immer nur um die kleinen Dinge gehen, die kleinen privaten Fehden und Schicksale, denn erst dadurch kam man zu den wirklich großen Themen wie Liebe, Hass, Triebe, Neid, Vernunft, Moral undsoweiterundsofort, auf die alles andere aufbaut, die alles andere begründet, die Magersucht, den Krieg, den Klimawandel, alles.

In England, ihrer Wahlheimat, ging sie gar nicht mehr ins Theater. Es war ihr dort immer zu rüschig, zu viel Kostüm, zu viel Humor, zu viel Schauspiel und zu wenig Regie. Egal wo sie war, ob im Royal National oder im Royal Court Theatre, ob Hampstead oder Donmar, nie war die Begeisterung mit ihr durchgegangen für dieses nur spärlich subventionierte Theater, das sich nur selten ein festes Ensemble leisten konnte. Und versuchte es sich experimentell, so ging es nicht selten in die Hose.

Das letzte Mal hatte sie es in Berlin besucht, das Theater. In dieser Hauptstadt. Der Deutschen. An gleich zwei Abenden. Wilma hatte sie genötigt, eine alte Freundin, eine Kostümbildnerin aus bald vergessenen Zeiten. Zuerst gingen sie ins Off-Theater, in einer ehemaligen

Spinnerei. Das Stück hieß: *wenn mr. dctp noch einmal ja sagt, schieße ich mir in den kopf.* Theater von jungen ambitionierten Menschen, die, o Überraschung, eine Videokamera besaßen. Es war, wie Gretchen Morgenthau urteilte, jung und ambitioniert. Und gewagt und radikal und total aufregend. Natürlich. Schade nur, dass naturalistisches Theater nicht das Ihre war, dass sie unangenehm berührt war, wenn erwachsene Menschen daumenlutschend in Windeln gesteckt wurden und *Popo* brüllten. Und wenn dann auch noch in völliger Hilflosigkeit Fäkalien zum Einsatz kamen, dann hörte für sie der Spaß auf, dann hatte sie nie viel mehr als Mitleid übrig, und Mitleid war seit jeher die ekligste Erfindung der Menschen. Sie hätte an diesem Abend am liebsten alle erschossen, Schauspieler, Zuschauer, Taxifahrer, Kellner, Bürger, nur die Blockflöte des Todes nicht, die an einer *Mädchenhaarallergie* litt und im Radio komische Lieder sang. Und dann war sie noch in diesem alten Krawallladen zu Besuch. Castorf, *Der Spieler*, auch mit Video. Knapp fünf Stunden waren es. Wieder mal. Eine Unverschämtheit. So ein langer Kindergeburtstag. Die 50-jährige Rotzgöre mit der fulminanten Stimme gefiel ihr, und dieser Alexej Iwanowitsch, herrje, da hätte sie sich beinahe verliebt, ersteblickmäßig, sie hatte schon immer eine Schwäche für diese dürren Revoluzzerjungs, die so niedlich spielten, aber er war ihr ein bisschen zu alt. Beinahe 40. Und auch wenn es ein netter Abend war, so konnte die Inszenierung bei ihr weder Glut noch Wehmut entfachen, Hunger auf Kartoffelsalat, ja, partiell dezentes Wohlwollen, ja, aber das war ihr nie genug, das war wie Kautabak. Sie hatte einfach keine Lust mehr aufs Theater. Anfangs, als sie das erste Mal diese Unlust verspürte, vor fünf Jahren, als sie in Wien auf Godot wartete, da war sie noch ein wenig erschrocken, keine Lust, was sollte das denn heißen, fragte sie sich, keine Lust. Sie mochte es doch trotz aller Widrigkeiten, sie liebte doch die Reibung und den Kampf, wenn es dorstet, dornt und müllert, hackst, schillert und jandlt. Theater war ihr Leben. Hatte sie keine Lust mehr auf ihr Leben? Doch, hatte sie. Es musste etwas anderes sein, etwas, das ihr den Zauber stahl, das sie betäubte. Sie wusste nur nicht, was, sie wusste nur, dass es sich komisch anfühlte, als säße sie alleine in einem leeren Raum auf einem hölzernen Stuhl und als müsste sie nur aufstehen und weggehen, aber immer nur fragte sie: Warum? Und manchmal zerbrach sie sich den Kopf darüber, und dann klebte sie ihn mit Alkohol wieder zusammen, und dann war es wieder gut, für eine Weile.

»Es ist mir ein Rätsel«, unterbrach der Fischer die trüben Gedanken.

»Ein Rätsel?«, fragte Gretchen Morgenthau nach.

»Ja. Mir ist es unbegreiflich, warum Sie mit vier Überseekoffern reisen. Für vier Wochen. Was haben Sie da nur alles mitgenommen?«

»Sie möchten wissen, was ich alles eingepackt habe?«

»Hm«, murmelte der Fischer ein wenig unentschlossen, als wäre er auf der Hut, als fürchtete er, in eine Falle tapsen zu können.

Gretchen Morgenthau interpretierte das *Hm* als überbordendes Interesse. Sie schien entzückt und begrüßte ihre gute alte Freundin, die Euphorie, mit Wonne und Wohlgefallen. »Nun, dann soll es mir eine Freude sein, die notdürftige Garderobe anzuführen, mit der zu reisen ich genötigt wurde. Vielleicht können Sie ja die Tragik nachempfinden, die eine Frau ereilt, wenn sie zu wählen hat, wenn sie lieb gewonnene Kleinode zurücklassen muss, die ihr so sehr ans Herz gewachsen sind, dass es sie schier in Stücke reißt. Ich muss Sie allerdings warnen, ich bin keinem Label wirklich treu, nur dem Stil. Und ich hoffe, Sie sehen es mir nach, wenn ich nicht alles aufzuzählen in der Lage bin, mein Gedächtnis ist im Laufe der Jahre leider durch dies und das ein wenig perforiert, aber ich werde mein Bestes geben. Da wären also ein rotes Samtkleid von Fendi, fliederfarbene High-Heels von Nicholas Kirkwood, ein braunes Wollkleid mit Wasserfall-Ausschnitt von Vandeforst, eine karierte Stoffhose von Anna Molinari, ein rotes Jerseykleid von Lanvin, eine schwarze, ein wenig durchsichtige und durchaus gewagte Seidenhose von Ann Demeulemeester, ein Hosenrock von Yohji Yamamoto, Velourslederboots mit Fransen von Isabel Marant, eine écrufarbene Seidenbluse von Boss Black, zwei schlichte schwarze Hosen von einem meiner Lieblingsdesigner Helmut Lang, drei helle Blusen von Dior, ein Vintage-Mantel in einem wunderschönen Schnitt von Yves Saint Laurent, ein karierter Hosenrock von Comme des Garçons, eine Wendetasche von Longchamp, rotes Lammfell auf der einen Seite, Leder in Krokooptik auf der anderen, ein futuristisches, cremefarbenes Kleid von Iris van Herpen, ein Gouvernanten-Kleid von Thom Browne, ein schwarzer Wollrock von Stine Goya, ein Trenchcoat aus Buckingham-Kaschmir von Burberry, Handschuhe aus Peccaryleder von Roeckl, eine klassische, weiße Smokingbluse von Herr von Eden, dazu ein bodenlanger, schwarzer, geschlitzter Rock von Haider Ackermann, ein farbenfroher Strickwintermantel von Escada, eine champagnerfarbene Handtasche von Jimmy Choo, eine schlichte nachtblaue von Céline, die Pistol Boots von Acne, schwarze Sandalen von Tabitha Simmons, dunkelbraune Booties von Vionnet, drei Gürtel von Paul Smith, von grau bis schwarz, ich kaufe Gürtel nur von Paul Smith, ein Tick, Sie glauben nicht, was ich mir deswegen schon alles habe anhören müssen, zwei Bleistift- und zwei Wickelröcke von Marni, zwei Schluppenblusen von Escada und ein Trenchcoat aus Mohair von Watanabe, ein schwarzer Hosenanzug von Benjamin Cho, eine zartrosa Clutch Bag und schwarze Lederballerinas von Prada, ein schwarzes Seidenkleid von dem sehr interessanten Designerpaar Augustin Teboul, schokoladenbraune Wedges von Bennett, himmelblaue von Christian Louboutin, ein Wollstrick-Kleid von Azzedine Alaïa, ein Wollfilzhut von Emilio Pucci, ein Lederkleid mit Strickärmeln und die graue Birkin Bag von Hermès, diverse Strümpfe und Strumpfhosen von Christian Dior und Wolford, eine hochtaillierte, schwarze Hose von Antonio Marras, ein bodenlanger Fake-Fur-Mantel und ein Paar Two-Tone-Schuhe von Chanel, ein doppelreihiger Blazer aus Wollcrêpe von Gaultier, ein cremefarbener Leinenblazer und die Falabella Bag von Stella McCartney, ein knielanger und ein wadenlanger Rock von Dries van Noten, Strandsandalen von Emma Hope und ein schwarzer Regenschirm von Alexander McQueen. Gott, mir fallen bestimmt noch ganz viele Sachen ein, die ich jetzt vergessen habe aufzuzählen. Wussten Sie eigentlich, dass der viel zu früh von uns gegangene Alexander McQueen bei Anderson & Sheppard in die Lehre gegangen ist, dem Schneider des Prince of Wales? Und wussten Sie, dass die bezaubernde Vivienne Westwood 1996 als Kostümbildnerin für die Dreigroschenoper am Burgtheater gearbeitet hat? Aber wem sage ich das.«

Sie setzte ihre Grace-Kelly-Gedächtnissonnenbrille von Miu Miu auf und blickte in des Fischers Antlitz. So, dachte sie, sehen Menschen aus, die aus dem zwanzigsten Stock springen und dann sagen: Oh, ich habe mir das anders überlegt.

Henrik schüttelte kaum wahrnehmbar den Kopf, blickte in die Ferne, nicht stark genug, seine Enttäuschung verbergen zu können, denn nie hatte er ähnlich Erschütterndes vernommen, und so sagte er mit tiefer, trauriger Stimme: »Ich kann nicht glauben, dass Sie nichts von Marc Jacobs mitgenommen haben. Ein Fauxpas.«

17

Oh happy day. Oh happy day entsprach nicht ganz der Gemütsverfassung einer Dame von Welt im Angesicht der Hölle. Auch dann nicht, wenn dicke Frauen hüftschwingend über den Heiland gospelten und ungelenke Männer verquer in die Hände klatschten. Gretchen Morgenthau fühlte sich schon in den ersten Sekunden ihrer Ankunft unleidlich, so, als hätte man sie geweckt, aus einem wunderschönen Traum voller Unzucht und Verdorbenheit. Sie blinzelte. Zweimal. Konnte es wirklich so schlimm sein? Diese Insel war ganz anders als Island. Sie war das Gegenteil von karg, voll grüner Hügel und Bäume und niedlicher Häuser, sie sah so fürchterlich kitschig aus, als habe irgendein Caspar Kichermilch getrunken und beim Malen immer Holladiewaldfee ausgerufen. Gegen diese Insel sah selbst das Auenland wie ein Ghetto aus, und wenn dem so sei, dachte Gretchen Morgenthau, dann sollte es kein Morgen mehr geben, dann war alles nur noch Zuckerwatte.

Große Begeisterung ob ihres Ankommens schien es auf Seiten der Bevölkerung allerdings auch nicht zu geben. Lose standen ein paar Gestalten herum, die sich weit mehr für ihre eigenen Füße oder den Himmel zu interessieren schienen als für den ehrenwerten Gast. Als der Gesang mit einem letzten glücklichen Tag erstarb, schoben sich die Wolken dichter zusammen und drohten mit Sturm. Doch wüten sollte es nicht. Bürgermeister Arne, der sich als Bürgermeister Arne vorstellte, faltete Zettel zurecht, räusperte die Aufregung hinfort, schloss kurz die Augen und ging ein letztes Mal tief in sich hinein, um den Lauf in die Geschichtsbücher nicht zu verstolpern.

»Heute ist ein glücklicher Tag«, setzte er mit fester Stimme an, »ein Tag, der uns eine Legende bringt. Von weit her gekommen, uns zu ehren, uns zu beschämen, einer Erscheinung gleich, die wir willkommen heißen, mit Worten, die nicht gerecht werden können, die nicht mehr sind als ein Brabbeln, kaum den Atem wert dessen, der spricht. Ihnen, der mit Ambrosia gestillten und zur Unsterblichkeit Verdammten, trachten wir mit Brosamen zu schmeicheln, ganz so, als könne das Zeugnis unserer Armut einen letzten Rest Mitleid erheischen. Doch wollen wir nicht der Scham erliegen, noch den Naiven mimen, wollen wir nicht Egmont, nicht Philotas sein, umso mehr doch all den Wohlklang preisen, den Ihre Ankunft in holder Glorie mit sich bringt.«

Für einen kurzen Moment hielt Arne inne, um die Bedeutung seiner Worte wirken zu lassen, um seinem Publikum Zeit zum Luftholen zu geben. Das Feuer, so viel konnte er aus den Gesichtern aller ablesen, war noch nicht entfacht, nicht einmal gelegt, und so zündelte er hinfort:

»Im Hier und Jetzt, im Sturm wie im Drang, stehen Sie vor uns, leibhaftig, elisabethanisch-jakobäisch, stolz und voller Tatendurst, verführerisch in Gänze all der Sinnlichkeit verschrieben, die das Theater, die Kultur uns Toren vor die Füße wirft. Sie, die mit Erzengeln gefochten und mit Zentauren gespeist, haben Gefahren gesucht und Schrecken gefunden, sind nie zurückgewichen, an vorderster Front gestanden, einem Mädchen aus Domrémy gleich, eine Heldin wohl, die niemals ruht. Und wehe dem, der Übel bringt, anziehen soll er sich, so warm er eben kann, denn Rache ist ihr lieb wie recht, Elektra, Medea und Antigone mögen erste Boten sein, danach, so will uns ahnen, ist Zappendusterheit.«

Arne geriet in einen kleinen Rausch, die Worte bemächtigten sich seiner, er ging in ihnen auf, war eins mit ihnen, er war, was er immer war: brillant.

Vereinzeltes Husten war zu hören.

Er meinte gar ein paar böse Blicke aus schottischer Richtung zu entdecken.

Aber das konnte nur Einbildung sein. Er durfte sich nicht irritieren lassen, dies war sein Moment. Er tupfte seine Stirn mit einem Seidentaschentuch ab und holte noch einmal tief Luft.

»Eure Könnerschaft möge Epochen überdauern und selbst hier brillieren. Wie Sie das Authentische erleiden, wie Sie das Unbewusste bewusst machen, aus einer Position der Verletzung und des Verletzens heraus, wie Sie die Poesie entfesseln und sie wieder einfangen, ihr einen Körper geben und sie auf die Bühne stellen, das, so wollen wir meinen, zeugt in der öffentlichen Verhandlung über das Gebotene und Verbliebene von einer ungeheuren, wenn nicht ungeheuerlichen Vermessenheit. Und so ist das Entlassen, ich möchte beinahe sagen, das Selbstentlassen aus der Matrix des Nichtankommens ein Hinweggleiten, ein Über-sich-selbst-Hinauswachsen aus der Hemisphäre des Möglichen, durch das Sie uns, und dies sei unbenommen, eine völlig neue Sichtweise auf die losgelöste Radikalität allen Seins ermöglichen. In der Suche nach der existenziellen Befreiung vom Faktischen erlauben Sie es uns nicht, Sie auf die Reise zu begleiten, Sie reißen uns einfach mit, in einer Brutalität, die ihresgleichen nur in den Dante'schen Höllen zu finden vermag. Doch die Iden des März sind noch nicht gekommen, und so wollen wir der Neugier freien Lauf lassen: Sind wir die Werkzeuge eines Herrn oder die Sklaven unseres Ichs? Sind Götter zum Verlieben da? Wird Ewigkeit überschätzt? Das sind die Fragen, die in uns allen brennen, die uns im Schlaf heimsuchen und hinterrücks anfallen. Das für das Auge Endliche ist letzten Endes doch immer nur unendlich, und so möchte ich beinahe sagen: Sehet, ihr Narren, sehet das Namenlose, wie es ausbricht, das sophistische Stakkato des Sich-Entfremdens, wie es unser habhaft wird und es schreit, ja, es schreit, schreit hinaus: Pingpong o Halleluja Pingpong!«

»Bravo!«

Tule war begeistert und klatschte freimütig in die schlanken Dichterhände. Sonst klatschte niemand. Selbst Kyell nicht, nicht einmal aus Freundschaft. Augenbrauen wurden hochgezogen, wahllos Bäume angestarrt und stoisch in die Luft geprustet. Arne tupfte sich die kleinen Schweißperlen von der Stirn, die Zurückhaltung, sie war ihm ein Rätsel, nicht recht zu erklären. Hatte er einen Fehler gemacht, eine falsche Betonung gesetzt, war er zu leise, zu laut, zu exaltiert gewesen? Nein, er war Perfektionist, und diese Laune der Natur, die sich Bürger nannte, war wohl wieder einmal nur mit dem falschen Fuß aufgestanden. Allzu lange ließ er sich von der kleinen Niederlage jedoch nicht beirren. Seine große Stärke war dieses Über-den-Dingen-Stehen, dieses Selbstverständnis, das Zweifel nicht kannte. Und wenn doch einmal die Unsicherheit ihn kleidete, so dauerte es kaum mehr als nur wenige Sekunden, bis er wieder Arne, der Bürgermeister, war, ein Maître de Plaisir für den gehobenen Anspruch.

Fünf Schritte waren es nur, die er in tänzelnder Bewegung auf Gretchen Morgenthau zuging, fünf Schritte nur vom Abgrund entfernt.

Er wollte ihre Wangen küssen. Er hatte sich in Künstler-Begrüßung eingelesen und er glaubte, ein gewisses Talent für derlei Chichi zu haben. Er stellte sich auf die Zehenspitzen, feuchtete kurz noch seine Lippen an, berührte Gretchen Morgenthau mit beiden Händen an den Armen und beugte sich leicht vor. Er stoppte das Himmelsfahrtkommando erst in dem Moment, als er merkte, dass sowohl Körperspannung als auch Blick der Legende ihm signalisierten, keinen Millimeter weiter in die private Zone vorzudringen, es sei denn, er liebe und kultiviere die lebensmüde Attitüde. Da ihm dieses Ansinnen stets fremd war, beließ er es bei der unvollkommenen Geste und sagte nur: »Ich grüße Sie, liebes Gretchen.«

Gretchen Morgenthau blickte ihn an, als wolle man ihr ein gebrauchtes Taschentuch verkaufen und sagte: »Ich darf doch bitten.«

Arne verstand nicht gleich. Dann überlegte er und gab zu bedenken: »Wir sprechen uns hier alle mit Vornamen an.«

»So nennen Sie mich, wie es auch meine Freunde tun.«

»Gretchen?«

»Meine besten.«

»Gretel?«

»Frau Intendantin.«

Noch bevor Arne tief Luft holen konnte, klopfte Milla ihm auf die Schulter und flüsterte im Geheimen. Der Bürgermeister fasste sich an die Stirn und sagte: »Wie konnte ich das nur vergessen. Liebe Frau Intendantin, auf Hawaii ist es Brauch, die Gäste mit Blumenkränzen willkommen zu heißen, auf Gwynfaer jedoch wollen wir unseren Besuchern mehr anheim geben.« Und dann drehte er sich um und zauberte einen mit Helium gefüllten Luftballon hervor. »Hiermit überreiche ich Ihnen den Mond. Er möge Sie umkreisen, Ihre Rotation zügeln und für regelmäßige Gezeiten sorgen. In dunklen Nächten möge er Ihr Licht sein, er soll Sie von nun an begleiten, auf all Ihren Wegen, wo auch immer Sie weilen. Der Mond ist unser aller Leben Manna, er symbolisiert die Jungfrau, die Mutter und die Greisin. Und welcher Trabant könnte Ihnen wohl mehr gerecht werden als der Mond?«

Was redete der Eingeborene? Gretchen Morgenthau war keins von alledem. Sie war eine Frau in den besten Jahren, weder Jungfrau noch Mutter und beileibe keine Greisin. Und dann übergab ihr dieses kümmerliche Häufchen Mensch den Heliumballon, den Mond, die alte Dame. Gretchen Morgenthau schaute auf die Kordel in ihrer Hand, hinauf auf den Mond und schließlich in des Bürgermeisters Augen. Sie war keineswegs amüsiert. Sie war die Ruhe selbst. Kein gutes Zeichen. Und dann öffnete sie den Spalt zwischen Zeigefinger und Daumen und der wunderschöne Mond schwebte gen Himmel empor, weit hinfort, und Gretchen Morgenthau sagte: »Ups.«

18

Die Insel war ein Fremdkörper. In Gretchen Morgenthaus
Welt. Ein Geschwür, das mit jedem Schritt, den sie tat,
wuchs. Das Liebliche war ihr keine Freude, es war ihr ein
Gräuel. Sie teilte das alttestamentarische Faible ihrer
Generation für Buttercreme nicht, und nun stand sie
knietief in der Glucose. Dabei wollte sie nie an einer
Überdosis Zucker sterben, nicht einmal intravenös. Gewiss, der gemeine Weltreisende hätte längst seine Entdeckung in Ton und Bild dokumentiert, er hätte gurrend
vor Wonne ein Hosianna ausgerufen und sich keusch wie
auch keuchend auf die Schulter geklopft. Gretchen Morgenthau indes hätte sich gerne übergeben, denn der ge-
sunde Menschenverstand machte sie krank. Sie war nur
überrascht, dass die Insel sich keineswegs dem Fortschritt
verweigerte, dass sie ganz im Gegenteil in Siebenmeilen-
stiefeln voranschritt. Aber das machte die Sache auch
nicht besser. Es gab keine Autos und keinen Fluglärm, es
pulsierten erneuerbare Energien und die Luft war von
solcher Reinheit, dass ihre Atmungsorgane ständig zu
kollabieren drohten. Die Vernunft schien im Siegestau-
mel zu hyperventilieren, kein schöner Anblick, dachte
sie, wenn die Natur ihr wahres Gesicht zeigt.

Man hatte ihr ein kleines Gasthaus für die Zeit ihres
Aufenthalts zur Verfügung gestellt. Das rote Gestein mit
dem schuppigen Schieferdach lag direkt am Meer und
war von knuspernder Lieblichkeit befallen. Wein und
Efeu rankten empor und boten multikulturelle Nistplätze
für ganze Völker von Ungeziefer. Im Innern dominierten
herbstliche Farben von Grün über Gelb bis Rot und
Braun, die im Sonnenlicht voller Wärme schimmerten

und das landlustige Ambiente schamlos inszenierten. Die Entzückung war allenthalben greifbar, sie schrieb sich fort, mit jedem Detail, das sichtbar wurde. Klobige Lederelemente und spartanische Kunst zierten den Wohnraum, in dem die Gemütlichkeit sich tapfer erbrach. In einem hölzernen Bücherregal standen und lagen die Klassiker der Weltliteratur, aufgereiht wie Mahnmale an eine fast vergessene Zeit. Auf einem Sekretär aus jungfräulicher Epoche thronte eine alte Underwood-Schreibmaschine, in die ein leeres Blatt eingelegt war. Bildungsbürgerliche Insignien, so weit das Auge reichte, kein Erbarmen, nirgends. Die zentrale Wohnküche war gusseisern eingerichtet, Töpfe und Pfannen hingen kupfern und messingbeschlagen von der Decke und es roch nach Wehmut und Fisch.

Um die Menschen näher beobachten zu können, musste sie in die freie Wildbahn, dort, wo Zecken, Mücken und Enten ihr schändliches Unwesen trieben. Insulaner, so wusste sie aus leidvoller Erfahrung, waren eine ganz eigene Spezies, nicht leicht zu durchschauen, schwer zu manipulieren. Der erste, den sie sah, war ein alter Mann auf einem Hügelkamm, der in weiter Ferne einen Bollerwagen hinter sich herzog, in dem nur eine Decke lag. Dem alten, gebeugten Mann musste Schreckliches widerfahren sein, er sah aus wie der traurigste Mensch der Welt. Der Großteil der Einwohner aber schien aus biologischem Anbau zu sein, so gesundsichtig wandelten sie umher, als wären Karotten und Ingwer ihr täglich Brot. Ihr Benehmen war von höflicher Distanz. Sie nickten ihr offen und freundlich zu, bis sie ihren Rücken zeigte, und wenn sie sich dann plötzlich umdrehte und das Tuscheln sofort erstarb, und wenn die Einwohner sie dann mit einem breiten und rosigen Lächeln anschauten, dann wussten die Einwohner, dass Gretchen Morgenthau wusste, dass sie wussten, dass sie weiß, dass man sie hier als Fremdkörper betrachtete, und es schien ihnen regelrecht Freude zu bereiten, dieses Spiel. Nur ein kleines Mädchen mit blonden Zöpfen und weißem Kleidchen, das sagte, es sei eine Elfe, spazierte selbstbewusst und ohne jede Scheu auf sie zu, legte ihr fünf Glasperlen in die Hand und sagte, dass sie für jede Perle einen Wunsch frei habe und gut darauf aufpassen solle. Gretchen Morgenthau war gerührt und hielt nach einem Mülleimer Ausschau. Auch schien ihr angeborener Charme und ihre einnehmende Art auf dieser Insel nicht recht wirken zu wollen. In einer Krämerei, die sich Internationaler Kolonialwarenladen nannte, stöberte sie gelangweilt in der Auslage herum, bis sie plötzlich einen ockerfarbenen Vikunja-Schal entdeckte, die teuerste Wolle der Welt. Es stand kein Preis dran. Er lag in der Nähe der 99-Cent-Abtropfsiebe. Da sie ihre Geldbörse vergessen hatte, fragte sie den Ladenbesitzer, einen untersetzten alten Mann, ob sie das schnöde Tuch mit einem Lächeln bezahlen könne. Der Ladenbesitzer lächelte und sagte nein. Als sie ihm fünf Glasperlen zum Tausch anbot und auf das Blingbling der Murmeln aufmerksam machte, mit denen er bei seinen Stammesbrüdern und -schwestern großen Eindruck hinterlassen könne, da blieb nicht nur die erwartete Begeisterung aus, nein, sie wurde kurzerhand mit allerlei Nettigkeiten hinauskomplimentiert.

Ihre ersten Gespräche mit den Einheimischen entpuppten sich als ebenso kompliziert. Am Morgen auf dem Weg zum Hafen hatte sie Tykwer getroffen, den Tierarzt. Er saß ein wenig desorientiert auf einem Schemel und nestelte mit fiebrigen Fingern imaginäre Flugwesen hinfort. Dazu summte er eine schrägschaurige Heimatmelodie für Zurückgebliebene vor sich hin.

»Guten Tag«, sagte Gretchen Morgenthau der Form halber.

Tykwer schaute irritiert hinauf. Er brauchte einige Sekunden, um die Information zu verarbeiten und mit der, wie er annahm, natürlichen Replik zu erwidern: »Haben

Sie meinen Penis gesehen? Ich kann ihn nicht mehr finden.«

»Nein, habe ich nicht.«

»Dann muss der rote Tornister ihn haben. Dieses Schwein. Polenta! Hinfort, fort, fort, ihr grausamen Kidneybohnen. Eine Runde Kammerflimmern. Umsonst natürlich. Nennt mich Benway. Nennt mich Benway!«

Gretchen Morgenthau war gesättigt an Konversation und sagte: »Lebt wohl, Mr. Benway.«

»Wartet! Wartet! Wir wollen doch noch Campher inhalieren. Oder habt Ihr zufällig Morphium dabei?«

»Nein.«

»Warum nicht?«

»Ich bevorzuge Tee.«

»Sind Sie krank?«

»Sind Sie drogensüchtig?«

Tykwer schaute verwirrt nach links und nach rechts, die Frage kam ihm spanisch vor, einem weißen Schimmel gleich. »Ja, natürlich. Ich bin Arzt.«

»Dann muss ich mir also keine Sorgen um Sie machen?«

»Nein, selbstverständlich nicht! Oder?«

»Das war nur eine rhetorische Frage. Einen schönen Tag noch.«

Sie war unschlüssig, ob sie sich darüber freuen sollte, dass auf dieser Insel nicht nur herzallerliebste Ponyhofbewohner, sondern auch Versehrte und Verrückte von seltener Qualität anzutreffen waren. Sie entschied sich dafür, dass Freude keine angemessene Emotion für ihr exilantes Dilemma war. Zum ersten Mal in ihrem Leben konnte sie fühlen, wie Ovid und Dante sich gefühlt haben mussten, ein Martyrium des reinen Schreckens, so eine Verbannung. Und vier Wochen konnten eine sehr lange Zeit werden. Sie hatte Beziehungen geführt, die weitaus kürzer waren. Insbesondere solche, in denen sie ewige Liebe versprach, die in der Regel selten länger als drei

Tage dauerte. Es lag nie an ihr. Männer konnten so fürchterlich anhänglich sein. So grenzenlos naiv. So dumm. Ihre längste Beziehung hielt genau ein Jahr und einen Tag lang. Sie war 19 und hatte sich James Dean geangelt. James Dean hieß zwar Wolfgang und war ein Mechaniker mit zweifelhaftem Ruf und legasthenischer Aura, aber das war nebensächlich, denn alle Mädchen nannten ihn nur James Dean, und das war alles, was zählte. Sie verliebte sich in seine Augen, seine Hände und seine Haare. Die inneren Werte konnte sie ja nicht sehen. Seine Anziehungskraft aber wuchs noch mit der Drohung ihres Vater, dass er sie enterben werde, so sie mit dem Schrauber durchzubrennen gedenke. Sie hatte eine Schwäche für Rebellion. Schon immer. Es gab kaum etwas in ihrem Leben, das ihr mehr Spaß bereitete. Und sie war damals eine reine Provokation, für die Familie und für die Bürgerwehr. Die Männer lagen ihr zu Füßen, selbst James Dean. Näher kennengelernt hatten sie sich auf der Wiese vor der Werkstatt, umgeben von Margeriten und doldigen Milchsternen, alten Reifen und rostigen Bremsen. Sie hatte ein zartgrünes Sommerkleid an, ein selbst geschneidertes mit Spaghettiträgern. Ihre Füße steckten in klobigen Arbeiterschuhen und in ihren Händen hielt sie eine Flasche Bier. Eine selbst gedrehte Zigarette hing in ihrem Mundwinkel, der Rauch kringelte sich zu Nebelschwaden und Hormone irrten zwischen Schweiß und Sonnencreme besinnungslos hin und her. Sie wusste schon früh, wie einfach es war, das schwache Geschlecht gefügig zu machen. Und es gefiel ihr durchaus, wie seine linke Hand durch ihre langen Haare streifte, wie er den Nacken kaum berührte, wie er fester zugriff und ihren Kopf leicht nach hinten zog, wie er sie anschaute, mit diesen kalten blauen Augen, in denen sie die Leere des tumben Verlangens erblickte. Ihr gefiel die Macht. Der Augenblick. Die Wahl. Das Sich-fallen-Lassen. Für einen Augenblick.

Als sie sich von James Dean trennte, tat sie es mit einer Träne in den Augen und dem lieb gemeinten Ratschlag, er möge sich erhängen. Vorzugsweise Eigenköpfung, für den unwahrscheinlichen Fall, dass er mit Stil abzutreten gedachte. Dabei war sein Vergehen nur ein Lächeln gewesen, eine kleine Unachtsamkeit, ein Reflex, er hatte es nicht einmal böse gemeint, dieses Lächeln, eine spontane Reaktion, als sie in einem romantischen Moment der Zweisamkeit sagte, dass sie eines Tages eine Weltberühmtheit werde.

Als die Sonne langsam schwächer wurde, ging Gretchen Morgenthau zurück in ihr fremdes Heim. Sie wollte sich noch umziehen, für das Essen, das der Bürgermeister sich nicht nehmen ließ, das er ihr zu Ehren geben wollte. Im ganz kleinen Kreis, verstand sich. Seine Frau, sagte er, koche, dass Bocuse vor Neid erblasse. Er jedenfalls schlecke sich immer die Finger nach jeder Mahlzeit ab. Dieser Bürgermeister, dachte sie, war ein Klischee. Ein glaubwürdiges. Natürlich. Denn unglaubwürdige Figuren gab es gar nicht, es gab nur dumme Konsumenten. So jedenfalls hatte es ihr Alexander Nikolaj Koroljow beigebracht, ihr erster Lehrer in der freien Wildbahn, ein russischer Regieberserker und hemdsärmeliger Schwerstintellektueller, der in Sankt Petersburg ein dissidentes, antiproletarisches Antitheater leitete. Sie war Mitte zwanzig und hatte es gewagt, Strindbergs Figur der Fräulein Julie als klischeebeladen und unglaubwürdig zu bezeichnen. Keine gute Idee. »Jede reale wie auch erfundene Figur«, hatte er sie angebrüllt, »ist glaubwürdig, egal, was sie macht, sagt oder tut! Hätte man Stalin, Hitler oder Mao erfunden, wäre das Urteil schnell gefällt: unglaubwürdig! Und genau deshalb ist Glaubwürdigkeit völlig irrelevant. Niemand ist authentisch im wahren Sinne. Authentizität ist ein rein künstlicher Begriff. Authentizität ist die Sehnsucht nach ein bisschen Heimat, das Aufwärmbecken des kleinen Mannes, der, geschunden von den Brutalitäten der Welt, nach Hause kommt, und an etwas glauben möchte, das echt ist. Wenn irgend möglich mit Zertifikat. Authentisch ist genau derjenige, der alle Klischees erfüllt. Der ehrliche Samariter, der korrupte Politiker, die Göre mit der frechen Schnauze, das puckelnde Mütterchen und so weiter und so fort. Authentizität ist Kunst. Die Kunst authentisch zu sein. Also künstlich. Heißt: Der Mensch ist ein Klischee. Merk dir das, du dummes Küken.« Hatte sie. Und sie wusste, dass es nur auf die kleinen Brüche ankam, egal wie winzig sie waren.

Dieses Wissen aber half ihr nicht, sich auf das bevorstehende Abendessen mit dem Klischee zu freuen. Ganz im Gegenteil. Wie, fragte sie sich, wie nur konnte Gott so grausam sein und ihr solch qualvolle Prüfungen auferlegen?

19

Kyell war nicht sicher, wie er die nächsten vier Wochen
überleben sollte. Persönlicher Assistent. Wie das schon
klang. Es war Arnes Idee. Nicht seine. Er wäre nie auf so
eine Idee gekommen. Auch wenn er einsehen musste,
dass die Berufung zum Tierarzt nicht im Geringsten mit
seinen Fähigkeiten harmonierte. Er musste etwas Neues
ausprobieren. Sicher. Aber war es wirklich nötig, gleich
zweimal hintereinander in eiskaltes Wasser gestoßen zu
werden? Persönlicher Assistent. Bürgermeister Arne
hatte ihn berufen, da Kyell ein so umgänglicher und ruhiger Mensch sei, der sich mit schwierigen Zeitgenossen
bestens auskenne. Und Tule kürte er kurzerhand zum
Regieassistenten und Dramaturgen in einer Person, wo er
doch pausenlos von seiner künstlerischen Ader sprach,
die immer wieder nach neuem Stoff gierte, die er nur
intravenös zu befriedigen wusste. In den letzten Wochen
war Tule kaum ansprechbar gewesen, er las alles, was er
übers Theater finden konnte, Biografien, Sachbücher,
Romane, alles. Dabei war er schon längst ein Experte.
Qua Erfahrung. Allein in den letzten drei Jahren ging er
bei der Weihnachtsaufführung stets federführend zu
Werke. Endlose künstlerische Diskussionen und wütende
Fehden mit Englisch- und Theaterlehrer Magnus waren
die Folge. Er war also prädestiniert für diese Aufgabe.
Kyell für die seine nicht. In trüben Momenten hatte er an
so etwas wie Bühnenbau gedacht. Auch wenn er keine
handwerklichen Fähigkeiten besaß, so mochte er doch
diesen Werkzeuggürtel immer sehr gerne. Und einen
Tisch oder einen Stuhl bauen, das hatte er sich vorstellen
können, mit ein wenig Hilfe. Aber persönlicher Assis-

tent? Das klang nicht gut. Auch hinterließ diese Frau keinen umgänglichen oder gar sympathischen Eindruck. Sie sah zwar mit ihren langen grauen Haaren und der grazilen Figur wie eine weise, alte Heilige aus, benahm sich aber nicht so. Kyell sollte sie begleiten, wann immer sie wollte, ihr alles zeigen und erklären und all ihre Wünsche von den Augen ablesen. Bisher war das mit dem Lesen eine heikle Angelegenheit. Für den Bruchteil einer Sekunde wagte er den direkten Blick. Aber er konnte in ihren Augen keinerlei Wünsche erkennen. Vielleicht Feindseligkeit. Ja. Aber Wünsche? Nein. Und so blickte er weiterhin auf seinen Teller, auf dem die zu trockene Scholle und der zu pampige Kartoffelstampf seinen Appetit zügelten.

Kyell saß direkt neben Gretchen Morgenthau, die auch neben Arne saß, der am Kopfende das Diner dirigierte. Neben ihm seine Frau Frauke, daneben des Bürgermeisters Tochter Milla, die zu ihrer Rechten Tule sitzen hatte. Lehrer Magnus saß gegenüber Arne, nebst Gattin Pernille Matilde, die Einzige auf ganz Gwynfaer, die einen Doppelvornamen ihr Eigen nannte und auch noch stolz darauf war. Die Gespräche verliefen mühsam, mau und fern von jeglicher Inspiration. Die Themen fanden schnell ein Ende, kaum, dass sie angeschnitten wurden.

»Und, wie schmeckt Ihnen der Fisch?«, fragte Arne.

»Ausgezeichnet«, sagte Gretchen Morgenthau. »Ich stelle ihn mir einfach als zartes Rindersteak vor. Kobe. Selbstverständlich.«

»Wir essen hier eigentlich nur sehr selten Tiere«, gab Arne zu bedenken, »abgesehen von Fischen. Bei großen Festen werden schon mal ein paar Hühner geköpft. Rinder gibt es auf der ganzen Insel keine, und Schweine sind bei uns nur Kompostmaschinen. Die schlachtet keiner.«

»Doch«, sagte Tule, »die Schotten, die stechen alles ab. Was mich, werte Intendantin, unweigerlich zu folgender Frage führt: Welches Stück werden wir eigentlich inszenieren?«

Wir? Gretchen Morgenthau war überrascht. Sie nippte an ihrem zu kalten Sauvignon Blanc, schaute den mutig vorpreschenden Regieassistenten etwas genauer an und gähnte, während sie ihren Kopf seitlich nach rechts drehte. Sie hatte den Grund für ihren Besuch schon beinahe vergessen. Es war ihr unangenehm, daran erinnert zu werden. Es war wie Aufstoßen beim Liebesspiel. Ein denkbar ungünstiger Start für ihren Regieassistenten.

»Ich würde ja meinen«, sagte Lehrer Magnus, »ohne mich groß einmischen zu wollen, denn Vorschläge zu unterbreiten steht mir selbstverständlich nicht zu, aber fragte man mich, so würde ich Tschechow oder Ibsen für eine gute Wahl halten und letzten Endes zu Peer Gynt tendieren. Der Kirschgarten wäre aber sicherlich auch eine wunderbare Alternative. Verzeiht bitte die Vorwitzigkeit eines alten Narren, er kann nicht anders.«

»Eine interessante Wahl, mein Lieber«, sagte Tule, »eine interessante Wahl, bürgerlich und gut abgehangen. Nichts wagen und immer schön anständig bleiben. Dafür sind wir dir ewig zu Dank verpflichtet, für deine Vorbildfunktion, für deine bodenständige Aufrichtigkeit. Du bist uns allen ein Licht. Immer. Nur dieses Mal ist die Kunst zu Gast, nicht die schöne, sondern die böse, und da wollen wir doch nicht ganz so verklemmt danebenstehen, nicht wahr?«

»Ach, Ibsen und Tschechow stehen verklemmt daneben? Neben wem denn?«, fragte Magnus, der sich steif zurücklehnte, die Arme vor seinem Bauch verschränkte und gespannt wie ein Flitzebogen war.

»Ich bin nicht gegen Klassiker, ich bin nur dagegen, Klassiker klassisch zu inszenieren. Nur wer die Formen misshandelt und zerstört, sichert auch gleichzeitig ihr Fortleben, wie Artaud schon sagte. Ich denke an ein Theater, das respektlos und progressiv ist, das sich selbst erfindet, sich selbst herausfordert, im ständigen Passieren scheitert und wieder aufersteht. Ich denke in erster Linie an Mut. Ich denke an Needcompany, Forced Entertainment und Wooster Group, ich denke an Rimini Protokoll, Bikini Schrott und Complicite, ich denke an Wirrwarr, an Ereignis und an Holterdiepolter, ich denke an weit mehr, als uns geweissagt wird.«

»Das hatten wir doch schon alles in der Theater-AG. Aber ich verstehe. Aus dir spricht die Jugend, du willst verständlicherweise zerstören, denn Testosteron und Adrenalin sind deine Ratgeber, aber glaube mir, Neumodernes bürgt nicht für Qualität, es gaukelt sie in der Regel nur vor.«

»Ich glaube nicht, dass Fantasie eine Frage des Alters ist, mein Lieber.«

»Natürlich nicht, die Gabe zur Vernunft indes schon. Und nenn mich bitte nicht immer *Mein Lieber*. Ich bin nicht dein Lieber. Und außerdem wird, so weit mir bekannt, die Frau Intendantin und nicht der Herr Regieassistent entscheiden, welches Stück gespielt wird.«

»Selbstverständlich wird das die Frau Intendantin entscheiden, selbstverständlich«, sagte Tule und fügte noch hinzu: »Mein Lieber.« Dann drehte er sich zu Gretchen Morgenthau um, die dem kleinen Disput nur mäßiges Interesse zollte und fragte: »Nun, Frau Intendantin, was meinen Sie? Wohin wird die Reise gehen? Zugespitzt: Ibsen oder Wooster? Sie kennen doch die Wooster Group, oder?«

Das war frech. Sie überlegte, seinen Kopf in einen Trog voll Salzsäure zu tunken, um zu sehen, was passiert. Es konnte ja nur klüger werden, das dumme Ding. Sie war ganz und gar nicht amüsiert, dass sie nachdenken musste, nachdenken, welches Stück sie hier inszenieren sollte. Sie hatte es nicht verdrängt, sie hatte es ganz bewusst ignoriert. Ihre Zeit war einfach zu kostbar, um sie mit Nichtigkeiten zu vertrödeln. Und nun fragte sie ein vorlauter Wald- und Wiesenkasper auch noch, welcher Schule sie sich zugehörig fühlte. Wie despektierlich. Ihrer eigenen natürlich. Und was war das überhaupt für ein kruder Vergleich? Ibsen oder Wooster. Nichts schließt sich aus. Sie tänzelte auf allen Ebenen zwischen Klassik und Moderne hin und her, nahm von hier und dort, wie es eben passte, für das Stück, für die Idee, für die Welt. Sie mochte Ibsen. Zumindest hatte sie nichts groß gegen ihn. Warum also nicht Peer Gynt? Sie hatte ihn vor über zehn Jahren am Royal Court Theatre inszeniert. Sehr reduziert, viel gestrichen. Damals war es ein Erfolg, mindestens sieben oder acht Vorhänge. Es hatte alles gepasst, das reduzierte Bühnenbild voller Zwiebeln, die Monk'sche Komposition und die großartigen Schauspieler. Sie würde es noch ein wenig vereinfachen, damit sie die Barbaren halbwegs durchbringen konnte. Ihr schauderte bei der Vorstellung von Laienschauspielern. So sehr, dass sie kurz an *Stifters Dinge* dachte, an ein Theater ohne Menschen. Vielleicht war es auch einfach an der Zeit für die Übermarionette.

»Ich denke, Peer Gynt ist eine gute Wahl.«

Magnus lächelte und schämte sich sogleich für seinen Triumphausbruch. Er mochte es nicht, wenn er so emotional war, so unbeherrscht, wenn er die Kontrolle über sich verlor, das war er einfach nicht.

»Peer Gynt?«, fragte Tule. »Ich dachte, Sie wären eine Partisanin und eine Visionärin. Ich bin ehrlich gesagt ein wenig enttäuscht.«

Gretchen Morgenthau interessierte sich nicht für die Enttäuschungen eines Regieassistenten, sie hörte nicht mehr zu, sie schaltete um. Sie ließ sich vom wieselnden Bürgermeister ein viertes Glas des mäßigen Weins einschenken und tagträumte von einem kleinen Einkaufsbummel, von Dover Street Market, Jermyn Street und Selfridges. Außerdem hatte sie ganz andere Sorgen, existenzielle Sorgen. Zum einen große Bauchschmerzen und zum anderen den katastrophalen Empfang. Für das Handtelefon. Wenn es überhaupt etwas gab, das Gretchen Morgenthau stolz auf die Menschheit machte, dann war es die Erfindung des Telefons. Nie wurde Größeres vollbracht. Sie benutzte es in der Regel mehrere Stunden täglich, sie nahm es immer und überallhin mit, es war heilig, ohne Wenn und Aber. Sie liebte telefonieren. Und wenn das wichtigste Grundrecht überhaupt mit Füßen getreten wurde, dann wurde sie unleidlich. Keine fünf Minuten hatte sie mit Fine telefonieren können, bevor die Verbindung abbrach. Sie musste unbedingt mit ihrer besten Freundin reden und mit Elonore und mit Daisy, ihrer Managerin, das nichtsnutzige Ding, mit der sich so trefflich lästern ließ. Sie musste wissen, wie es der Welt ohne sie erging, sie sehnte sich nach Klatsch und Tratsch, nach Gosse und Glamour, nach pulsierendem Leben jenseits von Haferflocken. Doch gerade als ihre Stimmung in den Keller ging und sie in eine tiefe Depression zu driften drohte, fiel ihr Blick auf den jungen Mann zu ihrer Linken, auf ihren persönlichen Assistenten, der noch kein einziges Wort gesagt hatte, der sich verhielt, als sei er eine Pflanze. Sie betrachtete ihn genauer. Schlank war er, von zarter Natur, mit femininen Zügen, zerbrechlich sah er aus und melancholisch und naiv und vielleicht sogar verloren. Ihre Neugier wuchs und sie überlegte, wie sie das scheue Wesen aufschrecken konnte. Dann kam ihr eine Idee.

»Erzähl mir von dem traurigsten Tag in deinem Leben.«

Kyell erschrak. Er blickte von seiner Scholle auf. Irritiert. War er gemeint? Das konnte nur ein Missverständnis sein, er betete, es möge ein Missverständnis sein. Und so fragte er zaghaft nach: »Bitte?«

Alle anderen Gespräche starben.

»Erzähl mir von dem Tag, den du nie wieder vergessen wirst, der Tag, der erste Narben hinterließ, weil etwas ganz Schlimmes passiert ist. Da muss es doch eine Geschichte geben. Gerne auch etwas mit Mord und Totschlag. Aber bitte, ich möchte nicht vorgreifen.«

Kyell schluckte. Die Stille wurde immer lauter.

»Vielleicht ...«, mischte Tule sich ein ...

»Nein, nein, jetzt nicht wieder der Pausenclown, ich würde gerne die Stimme des jungen Mannes neben mir hier hören, der mich die nächsten Wochen auf Schritt und Tritt begleiten wird. Ich möchte ihn vorher gerne näher kennenlernen. Der schlimmste Tag?«

Kyell schaute Gretchen Morgenthau mit unruhigen Augen an. Wie sollte er diese Frage beantworten, die er nicht beantworten wollte, ohne zu lügen, und wie sollte er lügen, wo er doch immerzu die Wahrheit sagte? Er stand kurz vor seiner ersten Panikattacke, von der er sich nicht zu viel versprochen hatte, ganz im Gegenteil, sie schien sogar alle Befürchtungen meilenweit zu übertreffen.

»Persönlicher Assistent?«

Er biss sich auf die Unterlippe, zwischen seinen Augen bildete sich eine kleine senkrechte Falte, dabei war er noch viel zu jung für Falten. Er verlagerte das Gewicht auf dem Stuhl von links nach rechts und umgekehrt. Er atmete tief durch. Zweimal. Dann wurde er ruhig. Ganz plötzlich. Der Puls ging zurück und das Herz pochte nicht mehr wie ein höhlender Specht. Selbst die schweißnassen Hände waren plötzlich trocken. Wunder, so stand geschrieben, geschähen aus heiterem Himmel, einfach so. Er starrte auf die Scholle. Aber er sah sie nicht mehr. Und dann fing er, zur Überraschung aller, an zu erzählen.

»Es war ein Donnerstag. Vor zwei Monaten und vier Tagen. Vormittags. Es war ein schöner Tag, voller Sonne. Und kalt war es. Unter Null Grad. Ich mag kalte und sonnige Tage. Sie sind so direkt, so nah. Ich war mit Tule angeln. Unten in der Heimdall-Bucht. Ich hatte meinen ersten Silberbarren gefangen. Eine Meerforelle. Ein schöner Fisch. Zwanzig Kilogramm war er schwer. Ich konnte ihn kaum tragen. Ich wusste, Großvater würde beeindruckt sein. Wenn er beeindruckt war, hob er immer die rechte Augenbraue ein wenig. Nur für einen kurzen Moment. Man musste genau hinschauen, um es nicht zu verpassen. Er war immer sehr sparsam mit Begeisterung. Und ich war aufgeregt. Auf dem Weg nach Hause bin ich einer Elfe begegnet. Hanna, sie ist schon vier und glaubt immer noch, dass sie fliegen kann. Ich glaube das nicht. Ich glaube, niemand kann fliegen. Die Haustür war auf. Das war sie oft. Das war nicht ungewöhnlich. Jeder war willkommen. Jeder, der sich traute. Es roch nach Basilikum und Zitrone. Und nach noch etwas. Das ich nicht kannte. Es lief *Solveig's Song*. Großvater liebte Grieg. Ich mag klassische Musik nicht so gerne. Aber sie stört mich auch nicht. Nur wenn Trompeten mitspielen, dann schon, dann stört mich klassische Musik. Als ich um die Ecke in den Wohnraum ging, lag Großvater auf dem Sofa. Es sah aus, als schliefe er. Auf dem Rücken. Wie immer. Wenn er seinen Mittagsschlaf hielt. Das rote Kissen bedeckte seinen Kopf zur Hälfte. Dabei war das Kissen eigentlich weiß. Die grauen Haare zauselten kreuz und quer. Eine Fliege schwirrte im Kreis und landete in Großvaters Bart. Auf seinem Bauch lag Dante. Die *Göttliche Komödie*. Ich kann sie beinahe auswendig, so oft hat er aus ihr vorgelesen. Ich mag die Terrassen des Läuterungsberges. Ich mag Hoffnung. Auch wenn Großvater immer lachte, bei einem Wort wie Hoffnung, so laut, dass die Wände zitterten, vor Angst. Großvater besaß ein Schrotgewehr. Für alle Fälle, sagte er immer. Falls der Russe kommt. Oder der Deutsche. Ich weiß nicht, was er damit meinte. Ich weiß nur, dass ich es nie mochte, wenn Großvater aus dem Fenster schaute, wenn er sagte, dass niemand das Verlieren mag, weil Bleiben dann nur noch Erinnern ist. Ich mochte seine Sehnsucht nicht. Tule sagt immer, Großvater sei der Kurt Cobain von Gwynfaer. Ich weiß nicht, wer Kurt Cobain ist, und es ist mir auch egal. Ich weiß nur, dass meine Beine plötzlich schwer wurden und dass ich das Kissen weggenommen habe, und dass ich mich umdrehen musste, und dass ich auf den Boden gebrochen habe, auf die alten Holzdielen, die immer sauber und poliert sein mussten, und dann bin ich raus, und dann habe ich die Bilder aus meinem Kopf geschnitten und sie weggeworfen, und dann habe ich mich auf die Veranda gesetzt und gewartet, und ich weiß nicht, auf was ich gewartet habe, ich weiß nur, dass ich keine Gedanken mehr hatte, sie waren alle weg, nur ein leerer Raum, wie von einem Radiergummi bereinigt, und dann habe ich in die Sonne geschaut, und dann konnte ich nichts mehr sehen, nur noch diese bunten Punkte, und dann wollte ich Worte finden, für mich, und das machte mich dann wütend, weil ich keine finden konnte, weil nur dieses Gefühl da war, das keinen Namen hat, und das mich völlig eingenommen hat, und dann bin ich müde geworden und dann weiß ich nicht mehr. Vielleicht habe ich das nie gesagt, aber ich mochte meinen Großvater sehr, er war mein bester Freund. Ich glaube, das war der traurigste Tag in meinem Leben.«

Und dann stand Kyell auf, drehte sich um und ging.

Gretchen Morgenthau blickte alle Übriggebliebenen mit zufriedener Miene an, die Stimmung war dahin, sie lächelte zart, sie war noch in Form, ohne jeden Zweifel, und so fragte sie: »Was gibt es denn Leckeres zum Nachtisch?«

20

Der Himmel strahlte in seinem schönsten Blau, ganz so, als wolle er noch ausgehen. Eine kleine Wolke schleierte träge von links nach rechts. Sie schien sich verflogen zu haben, und es sah nicht so aus, als würde sie jemals groß und stark werden. Es war des Bürgermeisters Idee, einen weiteren Tag lang die Insel zu erkunden, zu akklimatisieren und »heimisch zu werden.« Warum nicht, dachte Gretchen Morgenthau, was sollte sie auch sonst tun. Das Telefon funktionierte nach wie vor nur, wenn der Wind günstig stand, und selbst dann nur für einige wenige Sekunden, und einen Golfplatz gab es auch nicht, was ein Drama war, denn zum ersten Mal in ihrem Leben verspürte sie das dringende Bedürfnis, Golf zu spielen. So blieb nur die nackte Natur. Sie hatte für die Wanderung ein schlichtes grünes Kleid von Lanvin übergezogen. Dazu trug sie schwarze Sandalen von Valentino, die sich dank eines zehn Zentimeter hohen Keilabsatzes hervorragend für ein raues und unwegsames Gelände eigneten. Der schwarze Hut mit breiter Krempe von Philip Treacy war als Schutzschild gegen die tödlichen Strahlen der Sonne gedacht. In ihrer Falabella Bag hatte sie alle notwenigen Utensilien verstaut, um in der Wildnis auch unter widrigsten Umständen mehrere Wochen überleben zu können: Lippenstift, Eyeliner, Puder, Spiegel, Bürste, Mundspray, Taschentücher, Kreditkarten, Hustenbonbons, Schmerztabletten und fünf Zentiliter Wodka, Russian Imperia, ihre Lieblingsmarke. Sie fühlte sich bestens vorbereitet für einen kleinen Gewaltmarsch, wohin und wie weit auch immer. Der Gefahr wollte sie nicht aus dem Wege gehen, ganz im Gegenteil, so dachte sie, ein

Rudel Wölfe käme ihr gerade recht. Ihr persönlicher Assistent war an ihrer Seite, um sie zu begleiten, um ihr bei Interesse Tradition und Geschichte der Insel näherzubringen. Die Katharsis, so schien es, hatte er gut überstanden, nichts deutete auf Vergeltung hin, kein Messer, keine Axt, kein Maschinengewehr, nichts. Besondere Freude war allerdings auch nicht auszumachen. Seine Aufgabe nahm er mit stoischer Gleichmut hin, seine Körperhaltung signalisierte in aller Deutlichkeit, dass von Hingabe nie die Rede war. Es war ein Arrangement. Mehr nicht.

Die Wege, die sie gingen, waren sorgsam angelegt und der regelmäßigen Pflege unterworfen. Doch keine zwei Meter abseits des Weges wucherte die Wildnis in unkontrollierter Ekstase kreuz und quer. Ungeziefer zirpelte und krauschelte durchs Unterholz, dass es eine wahre Freude war. Für Entomologen. Schade nur, dachte Gretchen Morgenthau, dass ihr die Insektenforschung jetzt nicht so viel gab. Den Vorschlag, Beeren und Kräuter zu sammeln, kommentierte sie nur mit einem kläglichen Seufzen. Viel zu entdecken gab es nicht, weder ein verwegen geheimes Sternerestaurant noch einen Prada-Flagship-Store. Als sie an einer kleinen Bucht vorbeikamen, in der ein rotes Ruderboot an einem Holzpflock angeleint war, erzählte Kyell, dass es auf Gwynfaer keinen Friedhof gäbe, dass die Toten auf einem Boot aufgebahrt und dann aufs offene Meer hinausgezogen werden. Und manchmal, so sagte er, gäbe es auch Menschen, die selbst hinausrudern, wenn sie wissen, dass ihre Zeit gekommen ist. Ein hübscher Brauch, dachte Gretchen Morgenthau, kitschig, gewiss, aber hübsch. Sie hatte selbst einmal gerudert. Als sie noch studierte. Mit ihren Freundinnen hatte sie einen Frauenachter gegründet. Mehr aus Langeweile denn aus sportlichem Ehrgeiz, und eigentlich auch nur, weil man es ihnen verboten hatte. Damals. Doch gerade als sie in vergangenen Zeiten zu ertrinken drohte, spürte sie einen kalten Lufthauch in ihrem Nacken. Sie drehte sich um, und da stand plötzlich ein Greis in einem schwarzen Cape vor ihr, der, auf einen knorrigen Gehstock gestützt, schlechten Atem versprühte. Seine Augen funkelten smaragdgrün und seine fahle Haut leuchtete für einen kurzen Moment ganz rosig, als er sagte: »Ich habe die Sehnsucht in den Augen der Menschen gesehen. Die Atlanten eurer Gesellschaft werden bald einbrechen. Eure Welt wird untergehen! Und bringen Sie das nächste Mal gefälligst den Obolus mit!« Dann drehte sich die Finsterheit um und ging wieder ihres Weges. Der persönliche Assistent schien nicht im Geringsten überrascht. Gretchen Morgenthau indes war überzeugt, dass etwas mit dem Trinkwasser nicht stimmen konnte. Irgendjemand musste es verseucht haben, es gab keine andere Erklärung.

»Wer war das?«, fragte sie.

»Norahc. Er baut die roten Boote. Seit ich denken kann. Tule nennt ihn immer Gollum. Ich weiß auch nicht, warum.«

»Gibt es hier eigentlich keine normalen Menschen?«

»Normale Menschen?«

»Ja, so wie mich.«

Kyell starrte sie mehrere Sekunden lang an und sagte: »Ich glaube nicht.«

Gretchen Morgenthau glaubte, eine versteckte Spitze in der Antwort heraushören zu können, doch noch bevor sie sich rechtschaffen echauffieren konnte, flogen ihre Gedanken schon wieder in eine neue Gegend.

»Wie heißt noch mal der andere Fauxpas, der morgen das Vorsprechen organisieren wird?«

»Tule?«

»Wie auch immer. Ich habe das Theater noch gar nicht gesehen.«

»Nun ja, Theater. Es ist unsere Gemeindehalle.«

»Gemeindehalle? Das klingt klein.«

»Oh, nein, sie ist nicht klein. Manche sagen, sie sei das Werk eines Größenwahnsinnigen. Sie bietet Platz für 300 Zuschauer.«

»300? Doch so viele.«

»Ja. Proportional gesehen, sagt Tule, haben wir die größte Gemeindehalle der Welt. Hätte Tokyo eine vergleichbare Gemeindehalle, müssten dort 1,2 Millionen Menschen Platz finden.«

»Mit Fotoapparaten.«

»Bitte?«

»Klick. Führ mich dort hin.«

Die Gemeindehalle lag etwas außerhalb. Einen fast zehnminütigen Gewaltmarsch mussten sie auf sich nehmen, gegen Trolle sich wehren und Wegelagerer erschlagen. Als sie den zweiten Hügelkamm überquerten, konnte Gretchen Morgenthau sie aus der Ferne schon sehen. Sie lag leicht versteckt, von Bäumen umgarnt am Ende eines kleinen Hanges, der steil ins Meer hinabfiel. Überraschenderweise sah der runde hölzerne Bau keineswegs wie eine Gemeindehalle aus. Er erinnerte sie an das Globe Theatre. Kleiner war er. Und auch kein Fachwerk. Er war schwarz. Ungewöhnlich schwarz für diese sonst so farbenfrohe Insel. Das Schockierende war: Er hatte nahezu Stil. Von außen. Im Innern sah es aus wie Zeitreise. Es gab zwei überdachte Stockwerke und einen offenen Innenraum. Auch die Bühne war überdacht, eine statische Holzkonstruktion, die bis in den Zuschauerraum hineinreichte und die eigentlich viel zu groß für das kleine Theater war. Die umlaufenden Galerien waren in kleine Boxen aufgeteilt, in denen bis zu acht Zuschauer Platz fanden. Es waren die besseren Plätze der besseren Gesellschaft. Selbst hier also schien es keinen ausreichenden Nährboden für die sozialistische Gleichmacherei zu geben, dachte sie. Der Rundbau schaffte Nähe, eine intime Atmosphäre, notgedrungen, ob er/sie/es wollte oder nicht. Die Zuschauer waren tuchfühlend dabei, ganz nah am

Bühnengeschehen, am richtigen Leben im falschen. In den ersten Reihen konnten sie die Schauspieler beinahe berühren, sie konnten ihren Atem spüren und ihren Schweiß riechen, sie konnten sehen, ob sie unsicher waren oder in Spiellust ertranken. In der Mitte der Bühne war eine Falltür angebracht, die ins Untergeschoss führte, dort, wo es auch nicht besser war, nur feuchter.

Gretchen Morgenthau nahm einen Stuhl von der Empore, stellte ihn in die Mitte des Rondells, setzte sich, schlug die Beine übereinander, verschränkte die Arme und atmete tief ein. Es roch nach Holz und Leim, nach Farbe und Metall. Komisch, dachte sie. Es roch nicht nach Shakespeare. Es roch nach Brecht. Den sie nie mochte. Bernhard mochte sie, aber Brecht, nein, Brecht nie. Sie hatte auch nie ein Stück von ihm inszeniert. Unzählige Diskussionen waren die Folge ihrer Weigerung, immer und immer wieder. Aber sie mochte keine Kleinbürgerhochzeit, da blieb sie stur. Seine Frisur mochte sie auch nicht. Sie nannte ihn immer nur den epischen Hurenbock. Die Weigel dafür mochte sie umso mehr. Dabei war sie ihr nur ein einziges Mal 1968 am Berliner Ensemble begegnet. Eine wunderbare Frau, sagte sie immer, eine wunderbare Frau, und das sagte sie nicht oft. Wie nur, fragte sie sich, wie nur konnte man eine solch wunderbare Frau betrügen? Was für ein schlechter Mensch musste man sein, um so etwas zu tun? Sie selbst war Zeit ihres Lebens immer monogam in Beziehungen. Wenn es sich einrichten ließ. Wenn es sich nicht einrichten ließ, war sie selbstverständlich nicht monogam. Wie hätte das auch gehen sollen? Wahrhaft treu war sie immer nur dem Theater, selbst dann, wenn sie es verließ. Sie erinnerte sich noch an den Tag, als ihr Vater sie zum ersten Mal mit ins Theater nahm, an ihre erste Begegnung mit dieser wundersamen Welt. Es war der 16. Oktober 1955. Es war die erste Vorstellung im wieder aufgebauten Burgtheater. Ottokar hatte sich gegen Egmont durchgesetzt, die Reak-

tionären bekamen wie verlangt ihren geschändeten Grill-
parzer. Skandal gehörte praktisch zum guten Ruf. Völlig
normal. Das Volk war entzückt, es musste nicht mehr ins
Ronacher, es ging wieder in die Burg, eine ganz andere
Qualität, gar nicht zu vergleichen. Es war ein frischer
Herbsttag, sie stiegen vorher aus, um noch ein wenig
durch die Stadt zu schlendern. Der Vater hatte ihr an
einem Straßenstand gebrannte Mandeln gekauft, die noch
warm waren und im Mund klebrige Süße hinterließen.
Sie konnte sich noch an den Verkäufer erinnern, an die
schmutzigen Hände, die fettigen Haare und auch daran,
dass er nur noch ein Auge hatte. Als sie ihn fragte, wo
sein anderes Auge sei, sagte er, dass er es herausschnei-
den musste, da es mehr als genug gesehen habe. Ihrem
Vater war das unangenehm, ihr nicht. Aufgeregt war sie,
das erste Mal durfte sie zu einer Erwachsenenveranstal-
tung mit, spät abends, es war schon dunkel, und die Laternen tauchten Wien in ein geheimnisvolles Licht. Als
sie den Vorplatz erreichten, stieg ihre Neugier in schwin-
delerregende Höhen. Die Burg sah aus wie Stolz. Und je
näher sie kam, desto zaghafter wurde sie. Als sie das
Eingangsfoyer betrat, musste sie erst einmal tief durch-
atmen, bevor sie weitergehen konnte. Sie war beeindruckt, und sie war überrascht, wie sehr sie es war. Weniger von Tand und Prunk, von goldenen Leuchtern, roten Läufern, Säulen, Putten, Feststiegen und Decken voll
mit Matsch und Klimt, als vielmehr all der Menschen
wegen, die gekommen waren, die unendlich viel Zeit
damit verbracht hatten, schön zu sein, für diesen Abend,
der ein besonderer war, ein Kleinod für die Schublade
mit den Erinnerungen. Sie musste alles erkunden, wollte
alles sehen, und als sie die ersten Stufen emporstieg, fiel
ihr auf, dass auch sie gesehen werden wollte. Und den
Gefallen tat man ihr, es fiel niemandem besonders
schwer, denn sie zu übersehen war nur den Blinden möglich. Sie trug ihre langen blonden Haare streng nach hin-

ten gekämmt, aber offen. Sie hatte ein schlichtes schwarzes Kleid an. Wilma, eine Freundin der Familie, die später von allen nur die zweite Coco Chanel genannt wurde, hatte es extra für diesen Abend angefertigt. Klassischer Schnitt, einen Hauch zu kurz, elegant und unverschämt zugleich. Dazu trug sie schwarze Pumps ohne Namen und die weiße Perlenkette ihrer Mutter. Die Männer hatten gerade erst angefangen ihr hinterherzuschauen, die jungen und die alten, und sie riefen auch nicht mehr Bohnenstange oder Lulatschki, ganz im Gegenteil, man begegnete ihr mit ausgesuchter Höflichkeit und merkwürdig interessierten Blicken. Sie genoss diese Aufmerksamkeit. Sie war in den letzten Zügen ihrer Pubertät, groß gewachsen, dünn und von androgyner Seltsamkeit. Lolita war gegen sie nur Pumpernickel. Zum ersten Mal in ihrem Leben fühlte sie sich dramatisch. Ein merkwürdiges Gefühl, es kribbelte überall, sie war unsicher, und es kostete all ihre Kraft, das nicht zu zeigen. Sie war fasziniert von der Atmosphäre, dem Lärm, dem Gedränge, den flüchtigen Berührungen, den fremden Gerüchen und merkwürdigen Stimmen. Sie beobachtete, wie Frauen sich verhielten, wie sie mit dem Körper sprachen, wie und warum sie lachten, wann sie devot und wann sie überlegen waren, sie speicherte alles, jede Handbewegung, jedes Kopfnicken, jedes kleinste Detail. Wer weiß, dachte sie damals, wofür man es eines Tages gebrauchen konnte. Parkett Rechts, Reihe 10, Sitz 7 war ihr Platz. Der einzige, den sie sich merken konnte, für immer. Das Stück interessierte sie nicht groß, zu altehrwürdig, zu viel Pathos. Als König Ottokar auf dem Schlachtfeld monologte, da musste sie ständig kichern, dabei war es ernst, es war ja ein Trauerspiel. Für Gretchen aber war es nur Beiwerk, sie schaute hin, sie hörte zu, aber sie verstand nicht viel, ihre Gedanken wüteten, manisch, epileptisch, taumelnd. Wochen brauchte sie, um alles zu verarbeiten, um zu realisieren, dass sie nie wieder ein Kind sein würde oder vielleicht auch für immer. Es war alles so verwirrend. Erst nach dem vierten oder fünften Theaterbesuch begann ihr Interesse für das Theater selbst. Sie hörte den Stimmen zu, die so künstlich klangen, und schaute die Körper an, die so gelenkig wirbelten, und sie fing an zu begreifen, warum diese Menschen all das taten. Und mit jedem Besuch tauchte sie mehr hinein, in jede neue Welt, die man ihr zu Füßen warf, sie fing an, zu unterscheiden, zu beurteilen, heftig zu kritisieren und enthusiastisch zu loben. Die Realität war ruiniert, für immer.

Und dann fasste sie einen Entschluss, einen unwiederbringlichen, ein Wahnsinn war das, sicher, aber warum sollte sie nicht noch einmal etwas Verrücktes machen, noch einmal den Pöbel begeistern, noch einmal Gott spielen?

»Trommle bitte alle zusammen.«

Kyell erschrak. Es war so wunderschön, so wunderschön ruhig, er war eingedöst, und jetzt hatte er etwas verpasst, und er wusste nicht, was.

»Persönlicher Assistent? Aufwachen. Trommle alle zusammen!«

»Wen?«

»Na, die Masken- und Kostümbildner, Tonmeister, Beleuchter, Dramaturgen, Souffleure und auch die ganzen Handwerker, also Schneider, Schreiner, Schlosser, einfach alle, husch, husch. Ich möchte eine Begrüßungsrede halten.«

Kyell überlegte kurz und sagte: »Ich könnte Malte Bescheid sagen.«

»Malte?«

»Dem Hausmeister.«

»Was soll das heißen?«

»Dass ich Malte Bescheid sagen könnte. Und seinen Bühnenhelfern Erik und Torben.«

Malte.

Er konnte Malte Bescheid sagen.

Und seinen Bühnenhelfern Erik und Torben.

Natürlich.

Gretchen Morgenthau ärgerte sich über ihren flüchtigen Anflug von Euphorie, sie ärgerte sich, dass sie für einen kurzen Moment angenommen hatte, diese Reise könnte einen romantischen Moment haben, dass sie schwach geworden war. Malte, der Hausmeister. Wer auch sonst. Sie winkte mit einer Handbewegung ab, stand auf und ließ den leeren Stuhl einfach stehen. Sie brauchte jetzt etwas Starkes. Alkohol. Ab vierzig Prozent aufwärts.

21

Schlecht geschlafen. Ganz schlecht geschlafen. Obgleich die Matratze hart und die Daunenkissen weich waren. Aber diese fürchterliche Ruhe, die in ihrem Kopf so aufdringlich lärmte, raubte ihr jeglichen Frieden. Nicht einmal der mittelmäßige Rotwein hatte ihr helfen können. Im Bad fiel sie wie jeden Morgen kurzzeitig in Ohnmacht, als sie ihr Abbild im Spiegel betrachtete. Eine knappe Stunde würde sie benötigen, um die gröbsten Schäden wieder auszugleichen. Es wurde nicht leichter. Nein, wahrlich nicht. Aber sie dachte nicht mehr so oft über das Altern nach. Das physische. Sie hatte sich damit mehr oder minder abgefunden. Als sie mit Anfang 40 bemerkte, dass sie tatsächlich älter wurde, dass ihr Körper ermüdete, dass ihre Züge sich änderten, da war sie irritiert. Sie war eigentlich davon ausgegangen, dass sie ewig jung bleiben würde. Auch im Alter. Zwei, drei Falten, das war's. Es war eine große Enttäuschung, als sie feststellen musste, dass die freien Radikale in ihrem Fall nicht willens waren, eine Ausnahme zu machen. Sie fühlte sich persönlich beleidigt und nahm ihnen das richtiggehend übel, den Radikalen. Mit Sechzig noch färbte sie ihre Haare kastanienbraun, bis sie erkannte, dass Silbergrau eine Eleganz hatte, die durch keine Färbung der Welt je zu erreichen gewesen wäre. Fortan trug sie ihr Alter mit Würde und mit Sensai Cellular Performance und Diamant de Beauté und Perles de Jeunesse. Hauptsache, sie wurde im Kopf nicht alt, sagte sie immer. Sie hatte doch Zwanzigjährige kennengelernt, die sehr viel älter als sie waren, die eigentlich schon tot waren in ihrem Leben als Excel-Tabelle, und die fälschlicherweise annahmen, Jungsein sei ein Zeugnis für Dummheit. Manchmal war sie traurig, alt zu sein, aber nie lange, es reichte nicht einmal für eine richtige Depression, dabei wollte sie immer einen eigenen Psychiater haben, den sie einmal die Woche verrückt machen konnte. Das war ja nicht nur ein Statement, ein eigener Psychiater, das war ein Statussymbol. Aber obgleich das Alter in ihrem Leben eine Rolle spielte, eine recht große Rolle, so war es doch nur eine unter vielen Rollen. Manchmal gab es sogar Momente, auch heute noch, in denen sie für einen kurzen Augenblick aussah wie ein Mädchen, ein klein wenig scheu, verlegen und fast schon verloren, immer dann, wenn etwas völlig Unvorhersehbares passierte, wenn sie um eine Ecke bog, plötzlich das Rasierwasser ihres Vaters roch und es aus heiterem Himmel platzregnete, immer dann also, wenn ein Vanilleeis wie Freibad 1959 schmeckte.

Sie wählte schlichte Garderobe für das Vorsprechen aus. Pistol Boots, blickdichte schwarze Strumpfhose, dunkelgrauer Rock und hellgraues Top von Christian Lacroix, dazu eine weinrote Strickjacke von Sonia Rykiel. Als Accessoire trug sie ein Buch von Tennessee Williams. *Endstation Sehnsucht*. Es passte farblich einfach sehr schön. Waldgrüner Leineneinband. Très chic.

Als sie die Haustür öffnete, schlug ihr die Sonne rechts und links ins Gesicht. Das hätte sie nicht machen sollen, das dumme Ding. Sie zog ihre Oversized-Sonnenbrille von Nina Ricci an und ignorierte den Feuerball bis zu seinem verdienten Untergang.

Ihr persönlicher Assistent wollte sie eigentlich abholen, aber sie verzichtete auf den Service. Es wäre unnötig gewesen. Sie vergaß nie einen Weg, den sie einmal gegangen war. Sie besaß einen Orientierungssinn, der sie bisweilen selbst erschreckte. Sie konnte sich sogar noch an die Berberitze erinnern, die sie kratzen wollte, und an den Wacholderbusch, der einfach so im Weg stand. Die frische Luft war wunderbar, ein großes Glück, sie einatmen zu dürfen, redete Gretchen Morgenthau sich ein, glaubte aber keine einzige Sekunde selbst daran. Frischluft war für Heidis.

Im Theater wartete man schon auf sie. Auf die Frau Intendantin. Sie grüßte mit einer flüchtigen Handbewegung, Zeit gab es keine zu verlieren, Zeit war ein Monster. An der Bühnenrampe standen drei Tische und drei Stühle. Mit Namenszetteln. Sie setzte sich in die Mitte. Rechts ihr Regieassistent, links ihr persönlicher Sklave. Sie ließ sich ein Glas stilles Wasser einschenken, machte sich auf das Schlimmste gefasst und verdreifachte ihre Befürchtung, als der erste Peer Gynt das Vorsprechen eröffnete. Er sah blass aus. Verwahrlost. Nicht gut. Eine Kombination aus Fledermaus und Vogelscheuche. Lori nannte er sich. Er war komplett schwarz gekleidet, Jeans, T-Shirt, Schuhe, alles schwarz. Auch seine Fingernägel, die nachlässig lackiert waren, schimmerten schwarz. Seine schwarzen Haare hingen strähnig vor seinem Gesicht. Unmöglich, das genaue Alter auszumachen. Seine Stimme klang wie Kermit der Frosch auf Valium. Obgleich jung, rasselte sie schwerfällig und monoton dahin, als trügen ihre Worte alles Leid der Welt zutage. Auf die Frage, wie er sich selbst beschreiben würde, antwortete er mit einem schwermütigen Seufzen und dem Wort: Optimist. Er erzählte, dass er nicht wisse, weshalb man ihn auf diesem Planeten vergessen habe, dass er sich nicht wohl fühle unter all den Außerirdischen und er gerne heimgehen würde.

Daraufhin lehnte Gretchen Morgenthau sich zurück, übergab die Redehoheit ihrem Regieassistenten und betete, die Welt möge bald untergehen. Das alles war so unfassbar weit unter ihrer Würde, dass sie nicht einmal laut werden wollte, sie wollte einfach gar nichts sagen, und das war krank, gar nichts sagen zu wollen, das war unfassbar krank. Sie blätterte ein wenig in ihren Erinnerungen zurück, zu dem Tag, als sie bei einem Lagerverkauf in Antwerpen zwei Valentino-Abendkleider zum Preis einer Weltreise ergatterte und ihr Glück kaum fassen konnte. Solche Momente der Freude waren rar gesät in einem Leben voller Entbehrungen.

Ihre Laune besserte sich, das Vorsprechen indes nicht.

Tule ließ alle spüren, dass nun er das Zepter der Macht in Händen hielt. Er benahm sich wie ein Viech. Aus Rind. Jedem gegenüber, der es wagte, vorstellig zu werden, der ein Leben auf weltlichen Brettern erträumte, von einem Schluck Ruhm, von dem er ewig würde zehren können. Die meisten gingen erschlagen von wüsten Komplimenten wieder heim. Tule zeigte sich unerbittlich, er wusste, dass die Frau Intendantin sein Verhalten goutieren, dass sie mit ebenso strenger Hand verfahren würde, wie er es tat. Er war nur der verlängerte Arm, ein Werkzeug, mehr nicht. Da waren hohe Maßstäbe eine Selbstverständlichkeit, da konnte er gar nicht anders. Das Problem nur war, es gab kaum genügend Bewerber für die vielen Rollen. Von dem guten Dutzend Einwohner, das vorstellig wurde, hätte man keinen einzigen wieder wegschicken dürfen.

Und dann betrat zu allem Übel auch noch Magnus die Bühne. Der Lehrer. Tule deutete sein Erscheinen als Affront. Was wollte er hier? Vorspielen? Für welche Rolle denn? Wen wollte er mimen? Haegstad, Begriffenfeldt oder Huhu? Er war kein Schauspieler, er war Lehrer, nicht einmal ein besonders guter. Um sein Können unter Beweis zu stellen, hatte Magnus sich für Dantons Tod entschieden. Genauer gesagt, für die Rolle des Robespierre. Als er mit den Worten »Ich weiß nicht, was in mir das Andere belügt« endete, blickte er Tule mit funkelnden Augen und voller Angriffslust an.

Tule verschränkte die Arme, streichelte mit Zeigefinger und Daumen sein Kinn entlang und sagte: »Ich weiß nicht.«

»Bitte?«

»Am liebsten wäre es mir, du kämst noch mal rein und alle, die wir hier sind, vergessen einfach, was wir gerade eben zu sehen und zu hören bekommen haben.«

»Was soll das heißen?«

»Dass ich dir anbiete, dein Gesicht zu wahren.«

»Nicht nötig. Ich bin kritikfähig. Nur raus mit der Sprache.«

»Du möchtest ernsthaft, dass ich dir jetzt und hier vor allen anderen und der Frau Intendantin erkläre, was genau mein Missfallen erregte?«

»Selbstverständlich. Nur keine Scheu.«

»Herrje«, seufzte Tule, »ich weiß gar nicht, wo ich da anfangen soll, mein Lieber. Also, deine Modulationen sind ein Witz, leider kein guter, und du verhackstückst den Text. Du musst mehr auf den Punkt sprechen, mehr auf die Stimme drücken und insgesamt präsenter sein. Wenn ich dir einen Rat geben darf: Arbeite doch mal mit Zäsuren, Pausen und Tempostauungen. Du solltest in keinem Fall eine Kiste aufmachen. Vielleicht musst du mehr in dich hineinhorchen, mehr verdichten, um uns etwas anbieten zu können, das uns wegbläst. Mir fehlt da nicht ein Mehr an Emotionalität, als vielmehr deine Antwort auf die Frage, was du mit deiner Figur ausdrücken möchtest, wie du sie situativ begreifbar machen willst. Ach, und noch etwas: Unterlasse doch bitte dieses manierierte Beiseitesprechen und melodramatische Stampfen, das ist selbst deiner unwürdig. Komm doch einfach noch mal durch die Tür. Mein Lieber.«

»Unwürdig?« Magnus versuchte seinen Zorn, so gut es eben ging, hinter der Andeutung eines Lächelns zu verbergen. Dieser Junge war 18 Jahre alt, bis vor kurzem noch sein Schüler und nun benahm er sich, als habe er tausend Jahre in Genialität geruht, während die Welt um ihn herum immer dümmer wurde, als habe er sich mit Theater betrunken und müsste nun alles wieder auskotzen.

Als wäre er von Bedeutung. Dieser Junge war nicht von Bedeutung. Er war ein Kretin! Von der Frau Intendantin hätte er sich alles sagen lassen. Aber von Tule? Nichts!

»Ein Schauspieler, mein junger Freund, fragt sich, was er von dem Menschen, in dessen Rolle er schlüpft, weiß. Er fragt sich, wer dieser Mensch ist, was er morgens frühstückt, welche Kleidung er bevorzugt, was er denkt, wenn er auf der Toilette sitzt oder sich den Bart rasiert. Als Schauspieler musst du dich der Rolle hingeben, deine Persönlichkeit vergessen, ja, dich selbst vergessen und ganz die Maske sein, die du trägst. Und natürlich müssen wir uns fragen, ob wir wahren Schauspieler nicht alle Kinder Stanislawskis sind, die in bedingungsloser Selbstaufgabe in eine Rolle hineingebären. Nur die Dimension der Angleichung sollte uns Kopfschmerzen bereiten. Die Mimikry oder die Mimesis? Möchten wir nur vortäuschen oder uns gar selbst aufgeben? Sind wir alle nur Kopisten? Oder sind wir mehr als das? Ich sage ja! Ja zum Opfer! Als Schauspieler musst du sterben, um leben zu können!«

»Äh, ich glaube, dieses ästhetisch-idealisierte Geschauspiele ist überholt. Es ist nicht mehr nötig, dass ein Schauspieler in einer Rolle aufgeht und sich selbst verleugnet, noch dass er ironisch darauf hinweist, dass er als Schauspieler weiß, dass er spielt, und der Zuschauer ebenfalls weiß, dass er weiß, dass alle wissen, dass alles nur Spiel ist. Lass es mich mit den Worten meiner Helden sagen: Wir wollen keine Nähe, wir wollen Distanz.«

Und dabei drehte sich Tule auffällig zu Gretchen Morgenthau hin, als wäre sie seine Verbündete, als würden sie gemeinsam die Postmoderne überwinden und in eine neue Gedanklichkeit reisen.

Doch Gretchen Morgenthau war nie gerne Verbündete. Außerdem hasste sie solche Diskussionen. Zumal von Laien geführt. Es war doch immer das gleiche Schema, die ewige stümperhafte Frage, ob Platon oder Aristoteles,

Stanislawski oder Brecht, Bugs oder Bunny. Und sie hörte wieder all die Stimmen, die hitzig das Performative, das Basische an sich verteidigen oder eben all den selbstreferenziellen Murks der Neoavantgardisten und Antirealisten zutiefst verachten. Ein ermüdendes Geplänkel, insbesondere wenn es hieß: verständnisvolles Repräsentationstheater versus diskurspoppige Tralalainszenierung. Wie satt sie das alles hatte.

Als Tule merkte, dass von der Frau Intendantin kein Kommentar zu erwarten war, drehte er sich wieder zu Magnus um und sagte: »An welche Rolle hast du eigentlich gedacht? Das ist mir ja auch noch völlig schleierhaft.«

Magnus war dankbar, keine Lokomotive zu sein, denn sonst würde er aus allen Schloten dampfen, dachte er. »Ich könnte mir in aller Bescheidenheit Monsieur Ballon vorstellen.«

»Oh, das ist schlecht. In die Rolle des Monsieur Ballon habe ich in Gedanken schon einen kleinen Gesangspart reingeschrieben.«

»Das macht zwar keinen Sinn, aber bitte schön, kein Problem. Ich habe, falls du dich erinnern magst, in unserer Laienspielgruppe den Orpheus in *Orpheus und Eurydike* gesungen.«

»Den Kastraten?«

»Den Countertenor! Den Eunuchen habe ich als Truffaldino in Gozzis *Turandot* gegeben!«

»Ah. Um mal Klartext zu reden: Ich bin einfach nicht sicher, ob du für *irgendeine* Rolle geeignet bist. Aber das möchte ich natürlich nicht selbst entscheiden. Da bin ich ja gar nicht befugt.« Und dann drehte Tule sich um, zu seiner Linken, zu Gretchen Morgenthau, und fragte: »Was meinen Sie, Frau Intendantin?«

Gretchen Morgenthaus einzige Empfindung war grenzenlose Gleichgültigkeit mit einem Hauch von Entsetzen. Es wurde alles nur schlimmer und schlimmer. Aber dieser lächerliche Disput hatte auch etwas Gutes. Sie wusste nun endgültig, dass sie mit dieser ganzen Farce nichts zu tun haben wollte. Das war nicht ihre Angelegenheit. Das war gar nichts. Nichts. Und dann kam ihr eine wunderbare Idee. Eine so wunderbare Idee, dass sie beinahe gelächelt hätte. Sie stand auf und gab ihrem Regieassistenten ein Zeichen ihr zu folgen. Sie ging vor, bis Tule sie einholte, bis sie außer Hörweite für die anderen waren. Sie schritten nebeneinander den unbestuhlten Innenhof ab.

»Mein lieber Kule ...«

»Tule.«

»Bitte?«

»Tule.«

»Ach ja, mein lieber Tule, mir ist aufgefallen, dass du dir ein breites theoretisches Wissen rund ums Theater angeeignet hast ...«

»Theater ist mein Leben.«

»Ja, natürlich, das merkt man sofort. Und ich glaube, dass du trotz deiner jungen Jahre schon zu Großem fähig bist. Wenn mich nicht alles täuscht, ruht, ach was, wütet eine gottgewollte Begabung in dir. Ich spüre da eine Genialität, ganz selten, so etwas, ganz selten. Um das Ganze etwas abzukürzen: Was hältst du davon, selbst zu inszenieren? Das kommt jetzt natürlich etwas plötzlich, aber jemand wie du hat doch keine Angst, jemand wie du ist von Mut beseelt. Ich würde einmal die Woche einer Probe beiwohnen und die ein oder andere kleine Korrektur vornehmen. Falls ich Zeit habe.«

»Wirklich?«

»Ja, wirklich.«

Tule war begeistert. Er liebte Herausforderungen. Er liebte Sprünge ins kalte Wasser. Das war sein Element, kaltes Wasser. Er überlegte kurz, ob es sich um eine Falle handeln könnte, schob die dummen Gedanken aber beiseite, es gab überhaupt keinen Grund dafür, und er fühlte sich geschmeichelt, auch wenn er das nie zugegeben hätte, und so sagte er in lässigem Ton: »Es wäre mir eine Ehre.«

»Wunderbar. Dann wäre das auch geklärt. Offiziell bleibst du natürlich Regieassistent, das hat aber nur formelle Gründe, Bewährungsauflagen, du verstehst.«

»Selbstverständlich, nur eine Bitte hätte ich noch.«

»Ja?«

»Ibsen, ich bitte Sie, der alte Frauenversteher mit seinem Bauernburschen Peer und seiner Märtyrerin Solveig, und dann auch noch die Zwiebel, jetzt mal ganz unter uns, diese olle Kamelle geht doch gar nicht, das ist alles so gestrig und fürchterlich kitschig, damit lockt man doch selbst hier keinen mehr hinter dem Ofen hervor. Ich weiß nicht, ob Sie Zombie Pauls *Audio Spasti: Tapete in Systemstruktur geht gar nicht* kennen.«

»Zombie Paul?«

»Ja. Ein Neuerer. Mit einer sehr interessanten Bio. Vom Preisboxer zum Poeten, vom Fensterputzer zum Doktor der Physik, ein wirkliches, ein hartes Leben, ohne Schutzfolie, nackt. Und ein sehr existenzialistisches Stück. Es geht in Richtung Ravenhill und Sarah Kane, Sie wissen schon, psychotische Obsession gepaart mit Dystopie. Nur wesentlich gewagter. Und richtig schick. Ein Mann rennt im Repeatmodus gegen eine Wand und liest dabei von seinem Einkaufszettel ab. Sein bester Freund ist ein bisexueller Mehlwurm auf Opium. Dazu Tänzer, die in Föten-Kostümen zu Death Metal von den Cannibal Corpse im Viervierteltakt Hühner köpfen. Echte natürlich. Bei der Choreografie dachte ich an eine Mischung aus Davies, Forsyth und Bausch. Aber für eine perfekte Inszenierung wären natürlich professionelle Mitstreiter nötig ...«

»Bausch?«

»Ja, ich weiß, tot, aber genial.«

»Ich ...«

»Grüße.«

»Bitte?«

»Wenn Sie sie sehen.«

»Das reicht, danke. Es bleibt bei Peer Gynt.«

»Sicher?«

»Ganz sicher.«

Gretchen Morgenthau entließ Tule aus der Gefolgschaft und winkte ihren persönlichen Assistenten herbei. Sie zeigte auf ihre Falabella Bag, die noch an ihrem Stuhl hing, die er mitbringen sollte, die sie auf keinen Fall vergessen durfte, ihr ganzes Leben war darin verstaut.

Als sich Tules und Kyells Wege kreuzten, blickten sie aneinander vorbei, als wären sie Fremde, nie gesehen, nie gekannt. Gretchen Morgenthau interessierte sich nicht für die atmosphärischen Spannungen zweier Freunde. Frohgemut ob ihrer brillanten Idee stürmte sie voran, sie wollte noch ein wenig über die Insel flanieren, sich langweilen, gut essen, lesen und gegen Abend das Nachtleben erkunden. Das heißt, einen Ausschank finden, der Hochprozentiges feilbot. Ihr persönlicher Assistent sollte sie zu den entsprechenden Etablissements führen, zu irgendetwas musste er ja gut sein. Sie öffnete das Tor, und die Freiheit umarmte sie wie eine lang verschollene Schwester. Sie schloss die Augen für einen kurzen Moment, und dieses längst vergessene Gefühl jenseits von Verantwortung für irgendetwas oder irgendwen fiel hemmungslos über sie her. Ihre Künstlerseele hyperventilierte. Vielleicht, so konnte doch sein, gab es auf dieser Insel ja mehr zu entdecken, als es den Anschein hatte. Hurra, eine Reise ins Ungewisse, Abenteuer, dachte sie, Abenteuer wir kommen.

Weit kamen sie nicht.

Das Leben schlug mit äußerster Brutalität ein.

Ein Papagei fiel vor ihre Füße.

Er fiel einfach vom Himmel. Ungebremst. Als wäre er ein Stein. Aber er war kein Stein. Er lebte. Und das war nicht die einzige Ungereimtheit. Denn ein richtiger Papagei war er auch nicht. Er hatte die Augen einer Comicfigur, schwarzes Gefieder, einen weißen Brustkorb und rote Schwimmflossen an den Füßen. Die bemitleidenswerte Attraktion war der überdimensionierte Schnabel, der in grauviolett und gelborange leuchtete. Er sah aus wie ein Hab-mich-lieb-Spielzeug für kleine japanische Mangamädchen, die immer in die Hände kichern, wenn sie unsicher sind. Gretchen Morgenthau fragte sich, ob man es essen kann.

»Das ist Ihr Puffin«, sagte Kyell.

»Bitte?«

»Sie müssen jetzt für ihn sorgen, bis er wieder bei Kräften ist. Das ist Brauch.«

Gretchen Morgenthau lächelte nachgiebig. »Nun, meiner ist es gewiss nicht.«

»Sie müssen.«

Sie müssen? Die Frau von Welt war überrascht. Kyells Augen wirkten plötzlich eiskalt und selbst seine spärliche Mimik schien wie eingefroren. Er meinte das anscheinend furchtbar ernst. Sie war ganz entzückt von seiner Naivität. Das war irgendwie süß. Er glaubte tatsächlich, sie würde ein von Parasiten befallenes und schlimmste Krankheiten übertragendes Federvieh auf Händen nach Hause tragen und es dort mit Würmern oder Weißdergeierwas füttern, damit es wieder fliegen und jemand anderem vor die Füße plumpsen konnte. Unfassbar naiv. Sie wusste aber auch aus eigener Erfahrung, dass Urvölker mit ihren Heiligtümern keinen Spaß verstanden, seit sie einmal in Mumbai einer Kuh über die Straße geholfen hatte. Mit einem freundschaftlichen Klaps auf den Hintern. Mit einer Metallstange. Und sie wusste nicht, wie fanatisch die Eingeborenen dieser Insel so waren. Um die Situation nicht eskalieren zu lassen und als Zeichen ihres guten Willens, überlegte sie, einfach draufzutreten und weiterzugehen, als wäre nichts geschehen. Da hätte jeder sein Gesicht wahren können, bis auf das Federdings natürlich. Das Problem waren nicht die Absätze. Zehn Zentimeter würden reichen. Das Problem war, dass es sich um Schuhe von Valentino handelte. Jeder halbwegs normale Mensch bei klarem Verstand wusste, dass Papageiengedärm und Schuhe von Valentino eine mehr als nur unglückliche Kombination darstellten. Sie zog ihre grünen Lederhandschuhe von Louis Vuitton an, die sie danach zweifelsohne entsorgen konnte, und hob das defekte Flugobjekt vorsichtig vom Boden hoch. Es roch nach Lebendigem. Nach Biologie. Es sagte *Orrk*. Und es war nicht schön, denn es stank nach Fisch, das *Orrk*. Sie plante, es zuhause mit einem Bindfaden zu erwürgen und auf Nachfrage dem persönlichen Assistenten zu erzählen, es habe sich beim Seilchenspringen selbst stranguliert. Bei so einem Tölpel gewiss nichts Ungewöhnliches, das passierte sicher alle Nase lang.

»Ich glaube, es ist eine Sie«, sagte Kyell.

»Es ist ein Er.«

»Aber ...«

»Er.«

»Und wie heißt Ihr Puffin?«

»Bitte?«

»Sie müssen ihm einen Namen geben.«

»Muss ich das?«

»Ja.«

»Ach.«

Die Angelegenheit wurde immer abstruser. Sie nahm Ausmaße an, die das Ertragbare in kritische Gefilde führte. Gretchen Morgenthau überlegte kurz, schaute noch einmal auf das Häufchen Elend in ihren Händen und sagte: »Charles Manson.«

»Das ist aber ein schöner Name, Charles Manson. Wo kommt der her? Von einer Berühmtheit? Ist er ein Präsident oder ein Musiker oder ein Maler?«

Was stimmte nicht mit diesem Jungen, dachte Gretchen Morgenthau, war er ein Alien?

22

Pilze sammeln gehörte in Gretchen Morgenthaus Leben
zu den noch unbekannten Leidenschaften. Sie wusste
auch nicht zu entscheiden, ob es auf der Welt noch gla-
mourösere Dinge zu entdecken gab. Leichtsinn hatte sie
in diese Situation manövriert. Purer Leichtsinn. Zwei
Tage war sie kaum aus dem Haus gekommen. Sie hatte in
dieser Zeit versucht zu telefonieren und Charles Manson
das Seilchenspringen beizubringen. Beides ohne Erfolg.
Der Empfang war eine einzige Katastrophe und der
dumme Vogel wollte immer nur essen. In ihrer spärlichen
Freizeit las sie in einem der Bücher aus der Bibliothek
oder sie war damit beschäftigt, den Bürgermeister abzu-
wimmeln, der ihr ständig aufwarten wollte und mit flot-
ten Sprüchen begeisterte wie: »Theater ist ja eigentlich
nicht so ganz mein Revier. Ich bin mehr so cinématogra-
phe. Witz gemacht. Ha. Witz. Das war ein Witz. Sie haben das verstanden, oder?« Nein. Abends kochte ihr persönlicher Assistent für sie, und sie war überrascht, wie
gut er das machte. Gestern, als es schnell gehen musste,
gab es eine Humus-Suppe mit Feta, grüner Minze, Koriander und Guajillo-Chilis, die nach Jerusalem duftete,
dazu wurde ein selbst gebackenes Sesam-Bananen-Brot
gereicht. Als Nachspeise gab es eine Variation aus Sni-
ckerdoodles mit Safran und Vanille und Erdbeer-Rha-
baber-Crumbles mit Pinienkernen und schwarzem Pfeffer. Wenn es nur nach ihr gegangen wäre, hätte es noch
hundert Jahre so weitergehen können. Aber ihr fiel die
Decke auf den Kopf, und so fragte sie am dritten Tag
ihren persönlichen Assistenten, zu welchem Abenteuer
sie ihn begleiten könne. Da Pilzragout auf dem Speise-

plan stand, ging es in den Wald. Und dort stand sie nun, mittendrin, und sammelte Pilze mit ihrem Knappen. Der Knappe sprach in kryptischen Lauten von Goldröhrling, Rothäubchen und Frauentäubling, von Schmerling, Ziegenlippe und Hainbuchenröhrling. Und er sprach davon, dass sie nichts Rotes sammeln solle. Es klang alles total krank. Dabei hatte sie in ihrer unendlichen Weisheit an praktische Kleidung gedacht, mit der sich formidabel auf vermoosten Hängen kraxeln oder im struppigen Unterholz kraucheln ließ. Sie trug ein kobaltblaues Leinenkleid von Acne, dazu einen jagdgrünen Poncho von Stefanel und graue Mid Heels von Tabitha Simmons. An ihrem linken Unterarm hing ein geflochtenes Körbchen von Ludger, dem örtlichen Korbmacher. Schiefgehen konnte rein gar nichts mehr. Sie blickte in eine kleine Schneise links vom Trampelpfad, die noch unberührt, ganz jungfräulich erschien. Ein leichter Nebel bedeckte den Boden, es roch nach Klosterfrau Melissengeist, nach betrunkener Natur. Sie fragte sich, ob wohl noch der Böse Wolf auftauchen würde und ob sie ihn mit einer Ziegenlippe oder einem Rothäubchen zu erschlagen habe. Krank, dachte sie. Krank. Das Bücken gefiel ihr auch nicht. Es war unglaublich, wie schmutzig Erde war. Und wie bösartig. Wer sie persönlich anfasste, mit den Händen, der war kontaminiert, verloren, für immer. Der fremde Organismus wurde einfach überrannt. Selektion, dachte sie. Um zu überleben, musste gesiebt werden. Sie sammelte nur sporadisch, nur dann, wenn ihr ein Pilz ganz besonders interessant erschien. Zehn Stück waren es, die Gnade in ihren Augen fanden, die zu köpfen sie für würdig erachtete. Die Farben variierten von Safrangelb über Schlohweiß und Moosgrün bis hin zu Hellviolett und Dunkelbraun. Manche Pilze rochen nach Anis, andere nach Dung. Um das Aussortieren musste sich der junge Waldschrat kümmern, sie hatte schon wieder vergessen, welche giftig waren und welche nicht, das war nur etwas für

Freaks, das Kundige, für Naturfreaks, das sollte ihr Problem nicht sein.

Ihr Problem war, dass sie den Waldschrat nicht mehr sah. Sie war vom Weg abgekommen, ganz unbemerkt, sie wusste auch nicht, wo sie hätte sein können, es war alles so voller Wald. Sie überlegte, ob sie ihren persönlichen Assistenten rufen sollte. Doch noch bevor ihr ungemütlich wurde, nahm sie eine gänzlich neue Witterung auf, eine, der sie seit Zeiten an verfallen war, eine, die nach frisch gebackenem Apfelkuchen mit Schlagobers roch. Sie folgte dem Duft. Durch störrisches Geäst, auf nassem Gewiese, über ruppiges Gestein, nichts vermochte sie aufzuhalten, nicht einmal der hässliche Borkenkäfer, der sich ihr mutig in den Weg stellte und der mit seinem Leben dafür bezahlte. Sie fühlte sich wie hypnotisiert. Sie ging einfach immer weiter. Sie stockte erst, als sie am Rand des Waldes auf einer Lichtung ein kleines, weinberanktes Haus sah. Das Haus war zu dreiviertel vom Wald umschlossen, im Norden aber reichte der Blick bis hinunter in ein kleines Tal, das schmatzig grünte, in dem träge eine Herde Kühe graste. Vor dem Haus, auf einer Art Terrasse, werkelte ein mächtiges Wesen von ungewohnter Üppigkeit.

Als Gretchen Morgenthau näherkam, stockte sie. Erinnerung keimte, unheilvolle, sie kniff die Augen zusammen, die Umrisse wurden schärfer und dann erkannte sie das wuchtbrummende Etwas. Es war das dicke Monster, das ihr zur Begrüßung *Oh Happy Day* entgegengeschmettert hatte. Sie war unsicher, ob sie weitergehen konnte, ob sie noch nicht gesehen wurde, aber da winkte das Honigkuchenpferd sie schon herbei.

»Willkommen. Gretchen, richtig?«, fragte Tuva, als sie sich auf Augenhöhe genüberstanden, beide fast gleich groß.

»Frau Intendantin.«

»Wir duzen uns hier alle, Mädchen. Ich bin Tuva. Setz dich, es gibt frisch gebackenen Apfelkuchen.«

»Mit Rosinen?«

»Selbstverständlich ohne.«

Sie merkte am Tonfall, am Blick und an der Körpersprache, dass sie ein anderes Alphaweibchen vor sich hatte. Das Resolute war ihnen angeboren und es war in der Regel nicht gut, wenn zwei Alphaweibchen aufeinandertrafen. Denn meistens blieb dabei eines auf der Strecke. Blutend und in Stücke gerissen.

Gretchen Morgenthau schaute sich um, derweil Tuva den Kuchen anschnitt und dampfenden Kaffee in türkisfarbene Becher goss. Auf der Terrasse müllte die Gemütlichkeit. Alles war voller Schnickschnack, voller Topfpflanzen, Windräder, Kerzenleuchter und Tongefäße, die Tiere darstellten, überwiegend Schweine. In einem Kräutergarten pflanzten Minze, Zitronengras, Salbei, Thymian und allerhand merkwürdig riechendes Gestrüpp vor sich hin. Sie war wohl die Kräuterhexe vor Ort und das Lilalaunebärchen in einem, dachte Gretchen Morgenthau. In einer Ecke im hinteren Teil der Terrasse lagen zwei Katzen, die sie gelangweilt musterten.

»Darf ich vorstellen«, sagte Tuva, »meine beiden Skogkatts, Pjotr Alexejewitsch Kropotkin und Josef Wissarionowitsch Dschugaschwili«

»Ein Anarchist und ein Diktator? Die vertragen sich?«

»Seit Stalin keine Eier mehr hat, schon.«

»Ah.«

Gretchen Morgenthau piekte mit der Gabel in den Apfelkuchen, der leicht dampfte, der noch einen letzten Rest Wärme ausatmete. Der Mürbeteig war mit einer dünnen Glasur versiegelt, was ungewöhnlich war. Es knackte zart beim ersten Biss. Eine Spur Marzipan, mehr eine Andeutung als eine Gewissheit, setzte sich am Gaumen fest. Die Apfelstücke waren noch bissfest, doch sobald die Zähne die erste Schicht durchdrangen, zergingen sie auf der Zunge. Kleine Mandelsplitter mischten sich ein und der Speichel mengte alle Zutaten zu einem

Mus von irritierender Vielfalt. Es schmeckte nach Bratapfel, Zimt und Vanille, nach Koriander und Kardamom und nach tausend weiteren Kleinigkeiten, die sie gar nicht kannte, die ihr noch nie in den Sinn gekommen waren. Es schmeckte nicht wie *ein* Apfelkuchen, es schmeckte wie *der* Apfelkuchen, so wie Gott ihn dereinst erschuf, bevor der Mensch ihn vernichtete. Mit seinen Rosinen.

»Und, schmeckt's?«

»Eine Begabung, würde ich sagen. Unverkennbar. Eine Schande, dass ein solches Talent hier versauert.«

»Warum denn versauert?«

»Nun ja, mir kommt diese Insel so ein klein wenig, wie soll ich sagen, krank vor.«

»Krank? Interessant«, sagte Tuva und lehnte ihren mächtigen Oberkörper tief in die Rückenlehne des knirschenden Holzstuhls.

»Ja, die Menschen hier sind irgendwie, nun ja, merkwürdig.«

»Ich dachte immer, es wäre andersherum.«

»Andersherum?«, fragte Gretchen Morgenthau ernsthaft überrascht.

»Ja. Andersherum. Ihr lasst die komischsten Menschen über euer Leben bestimmen. Ich habe mich immer gefragt, wie es so weit kommen konnte, dass bei euch jene, die nichts produzieren, so viel Macht haben. Ich habe es gesehen. Ich habe gesehen, wie eure Verwalter, Beamten, Politiker und Manager den Handwerkern, Bauern und Arbeitern, den Wissenschaftlern, Künstlern und Denkern das Leben zur Hölle machen, mit ihren Rechenschiebern, mit ihrer Kleingeisterei, mit ihrer Nichtigkeit. Mich hat das immer sehr amüsiert, dass bei euch die größten Trottel die wichtigsten Entscheidungen treffen.«

»Ah«, sagte Gretchen Morgenthau leicht angewidert. Das dicke Ding klang wie eine schlecht riechende Soziologin. Sie versteifte sich etwas. Natürlich wusste sie, dass Menschen, die es in wichtige Positionen schafften, in der Regel nur solche waren, die zufällig zur richtigen Zeit auf dem richtigen Platz saßen und bis zu ihrer Beförderung nicht unangenehm aufgefallen waren. Menschen, denen nicht daran gelegen war, etwas Großes zu vollbringen, sondern wichtig zu sein. Und entweder sie waren gut in Seilschaften oder gut mit dem Ellenbogen und am allerbesten gut in beidem. Und sie wusste auch, dass das Zeitalter dieser Menschen vorbeigehen musste, dass sie wieder in die zweite und dritte Reihe gehörten, wollten sie alle überleben. Aber das war Allgemeingut, sie musste sich nicht von einer übergewichtigen Trullala aus Wolkenkuckucksheim belehren lassen. Gleichzeitig wollte sie die Gastfreundschaft nicht überstrapazieren, sie spekulierte auf ein zweites Stück von diesem unfassbaren Apfelkuchen und so hielt sie sich zurück.

»Interessant, wie man das von hier aus beurteilen kann.«

»Ich habe meinen Beruf in eurer Welt erlernt.«

»Bäckerin?«

»Bäckerin in Prag, Pâtissière in Paris. Fünf Jahre habe ich dort gelebt und gearbeitet.«

»In Paris? Und dann wieder an diesen Ort zurück? Freiwillig?«

»Ja, warum auch nicht?«

»Es gibt hier keinen Prada-Store? Hallo?«

»Ach ja«, winkte Tuva mit gestelzter Geste ab, »die oberen Zehntausend und das Äußere.«

Das war's.

Gretchen Morgenthau hörte den Gongschlag zur ersten Runde. Bäckerin hin, Bäckerin her, da konnte der Apfelkuchen noch so göttlich sein, wer den Fehdehandschuh warf, der sollte auch Veilchen mögen. Und was sollte das überhaupt mit den oberen Zehntausend? Sie verkehrte in gebildeten Kreisen, nicht unter dummen Parvenüs. Für die Welt der Vorstände und Industriellen brauchte man einen Pelz, um nicht zu erfrieren, ein Pelz aber war selbst für Gretchen Morgenthau undenkbar, da hörte bei ihr die Tierliebe auf. Sie gehörte nie dazu, sie verachtete die oberen Zehntausend. Sie wurde dort auch nicht gerne gesehen und schon gar nicht mehr eingeladen, seit sie auf einem Bankett zugunsten hungernder Kinder in Schwarzafrika eine Kunstmäzenin und Milchprodukteerbin als in Lederhaut eingenähte Cracknutte mit dem Verstand eines Kleiderbügels bezeichnet hatte. Mit gebotenem Respekt selbstverständlich. Da hatte man ihr nachtragend zu verstehen gegeben, dass sie fürderhin als Persona non grata betrachtet werde. Dabei hatte die Cracknutte angefangen und sie mit *Bedienung* angesprochen. Interessierte aber keinen. Sie wusste, wie solche Menschen dachten, wie sie lebten, sie wusste um die großen Gemeinsamkeiten zwischen den oberen und unteren Zehntausend, um die brachiale Asozialität und die hemmungslose Besserwisserei, sie wollte nie mit ihnen in einen Topf geworfen werden, das war eine Beleidigung allerersten Grades, eigentlich Todesstrafe.

Gretchen Morgenthau nahm noch einen Schluck von dem dunklen, nach Nelke und Haselnuss duftenden Kaffee und blickte durch den dampfenden Nebel freundlich lächelnd Tuva an, die ihrerseits freundlich zurücklächelte, die rosigen Wangen im Leuchtmodus, in den Augen die Güte einer ganzen Heilsarmee.

»Ich verkehre nicht in den Kreisen der oberen Zehntausend«, sagte Gretchen Morgenthau mit sanfter Stimme, »aber ich verstehe, dass nicht jede dahergeplumpste Backmarie in der Lage ist, zu differenzieren. Ich mag schöne Kleidung. Sie ist ein Teil von mir, von meiner Persönlichkeit, meinem Wesen, meinem Ich. Und hätte ich nicht zufälligerweise genügend Geld, um sie mir leisten zu können, so müsste ich in Ketten stöbern oder selbst schneidern, aber gewiss wäre ich immer wunderschön angezogen, immer. Ich bin ein Mädchen. Ich wurde als Mädchen geboren und ich werde als Mädchen sterben.

Ein Kleid, eine Bluse, ein Rock, das ist nicht nur ein Stück Stoff, um uns vor der Natur zu schützen, meine Liebe, es ist Ausdruck, es bringt hervor, es versteckt, nicht nur Physisches, nicht nur Unzulängliches, auch das Empfindsame, das Gute und das Böse. Vor einem Spiegel zu stehen und zu sehen, sich selbst zu sehen, zu richten, meckern und zetern, sich mal fremd, mal unsterblich, mal nackt und mal vertraut zu fühlen, in Illusionen verlieben und Existenzen zerstören, frieren und kämpfen, verlieren und aufzustehen, all das ist der Grund, warum wir uns umdrehen, uns ablenken und für einen Moment lang ernsthaft glauben, das Leben sei voller Aufregung. Wer lieber in einem gelb angemalten Kartoffelsack rumlaufen und mit einem Pfannkuchen verwechselt werden möchte, der soll das tun, aber er möge nicht richten, er möge in Walnussöl brutzeln. Mit Verlaub.«

Tuva lächelte milde und schenkte Kaffee nach. »Ach Kleines, immer noch nicht gelernt zu entspannen, wo dieser Ort doch zu kaum weniger einlädt.«

»Die debile Lieblichkeit hier hindert mich daran, ich glaube, sie ängstigt mich sogar ein wenig.«

»Zu Recht. Wie hatten hier sogar schon einen Mord.«

»Mord? Hier? Wohl eher einen Unfall.«

»Nein, ein richtiger Mord, heimtückisch und geplant, na ja, wohl eher im Affekt, aber mit allem Drum und Dran, ganz großes Kino.«

»Wann und warum?«

»1951. Aus Eifersucht. «

»Nicht wahr.«

»Doch, doch, der Legende nach war es eine Ménage-à-trois, die nach einem wilden Zechgelage völlig aus dem Ruder lief. Filippa, Eskil und Olav hießen die drei Unglücklichen. Dabei ging es über viele Jahre hinweg gut. Bis Olav eine Psychose entwickelte, von der die anderen nichts ahnten. Er glaubte, Liebe sei nicht durch drei teilbar. Mathematisch gesehen. Und dann erschien ihm Vektor, der Gott der Mathematik, und befahl ihm, das Problem auf traditionelle Art zu lösen. Eine Axt war zufällig auch zugegen. Und so wurde der dritte im Bunde, der gute Eskil, kurzerhand ins Paradies geschickt. Um Eskil identifizieren zu können, mussten die Körperteile gepuzzelt werden, was gar nicht so einfach war, da es sehr viele Kleinteile gab, unheimlich schwer zu legen. Noch ein Stück Kuchen?«

Gretchen Morgenthau überlegte. Die Versuchung war nahezu unmenschlich. Aber Charles Manson wartete. Zwei Stunden konnte er alleine bleiben, dann musste sie zurück. Füttern. Er konnte einen Heidenlärm veranstalten, wenn die Zeiten nicht eingehalten wurden. Da verstand er keinen Spaß. Und die zwei Stunden waren beinahe um. »Ich könnte noch tagelang Geschichten von früher hören, und für den Apfelkuchen würde ich sterben, aber Verpflichtungen rufen, leider.«

»Verstehe«, sagte Tuva, »ich packe noch zwei Stücke ein, falls es recht ist, für Kyell auch eins. Wie macht sich der Junge?«

»Großartig«, log sie. Der Kasper mochte bestimmt gar keinen Apfelkuchen, alles meins, dachte sie, hurra. »Ich bin nicht ganz sicher, wo ich bin. Wie komme ich von hier aus zu meinem Gasthaus?«

»Ganz einfach: Hinter dem Gestrüpp dort vorne geht rechts ein Weg ab, immer den Raben folgen, keine zehn Minuten von hier, nicht zu verfehlen.«

Sie bedankte sich mit einem angedeuteten Kopfnicken, nahm den Kuchen und den Korb mit all den Pilzen und machte sich auf den Weg. Ihre Begeisterung, dass sie immer mehr einem Wandervogel glich, hielt sich in sehr engen Grenzen. Sie rechnete die zurückgelegten Kilometer aus, einschließlich derer, die sie noch für den Heimweg benötigen würde. In Kopfrechnen war sie schon immer gut. In zehn Minuten ging sie schätzungsweise dreißig Kilometer, plus die zwanzig Kilometer am

Morgen zum Briefkasten und die siebzig Kilometer im Wald, da war sie heute schon wieder über 250 Kilometer weit gegangen. Ein Wahnsinn. Bei den Kalorien, die sie verbrauchte, müsste sie eigentlich Size Zero tragen.

Es ging leicht abwärts, aber der Wind drehte. Er schlug ihr jetzt ins Gesicht und ihre Haare wehten hinterher und das Atmen wurde schwer, doch stolz hob sie den Kopf, sie trotzte der Natur, da war sie stärker, keine Frage. Sie war keine alte Frau, die spazieren ging, sie war eine Kriegerin auf der Suche nach einem neuen Schlachtfeld. Sie sah aus wie jemand, der postum in Geschichtsbüchern stand. Dabei interessierte es sie nie, was nach ihrem Tod aus ihrem Namen wurde. Das war ihr immer suspekt, dieser Wunsch, nachhallen zu wollen, apokalyptischen Weltenruhm zu erträumen. Das war nur etwas für kleine Jungs. Obwohl doch jeder wusste, dass selbst die großen Namen des Theaters außerhalb des kleinen Biotops der Eingeweihten kaum jemandem geläufig waren. Nein, Gretchen Morgenthau trachtete es nie nach postmortaler Ehre, im Diesseits wollte sie unsterblich sein, das Jenseits war ihr schnuppe. Sie mochte auch diese Unsitte der Legenden nie, sich in der Öffentlichkeit selbst klein zu machen, gemein mit dem gemeinen Volk, mit der anbiedernden Floskel versehen, den Bezug zur Normalität nicht verlieren zu wollen. Für Gretchen Morgenthau gab es kaum etwas Wichtigeres, als den Bezug zur Normalität zu verlieren. Normalität bedeutete in ihren Augen Apathie und Gleichschaltung, aber ganz gewiss nicht Kunst. Sie war groß. Punkt. Sie sah sich in einer Liga mit Bond, Brook und Chéreau, mit Stein, Zadek und Wilson. Es gab vereinzelte Stimmen, die das nicht so sahen. Die eine Breth oder eine Mnouchkine vorzogen. Unkluge Stimmen. Kleingeister, die gehässig krächzten. Sie hatte mittlerweile einen Status erreicht, der ihr Nachsicht erlaubte, auch wenn es schwer fiel. Und eigentlich hieß sie gar nicht mehr Frau Intendantin. Sie besaß auch keinen Vornamen mehr, sie besaß einen Artikel, einen bestimmten. Sie war: Die Morgenthau.

Als die Morgenthau ihr Gasthaus erreichte, war sie besserer Stimmung. Sie öffnete die kleine Gartentür, die immer so psychologisch quietschte, und schwebte in ihr temporäres Heim. Sie ging in die Küche, legte voller Liebe den Kuchen auf die Ablage, drehte sich um und verharrte für einen Moment in regungsloser Stille.

Charles Manson lag in seinem Lazarettnest neben dem gußeisernen Holzofen. Sie schauten sich an. Aber etwas stimmte nicht. Er sagte nicht wie sonst *Orrk* zur Begrüßung. Er schnappatmete und kippte ständig merkwürdig zur Seite. Wie in Zeitlupe. Ein sehr abstraktes Schauspiel. Verwirrend. Sie hätte stundenlang zuschauen können. Doch dann erwachte sie aus der tumben Katatonie. Sie packte Charles Manson am Nacken, schmiss ihn in den Korb mit den Pilzen und stürmte in Richtung Tierarzt davon.

Sie sah nicht nach links und nicht nach rechts. Nur geradeaus. Immer geradeaus. Für die hundert Kilometer brauchte sie keine vier Minuten. Size Zero, dachte sie, Size Zero wir kommen! Sie schlug die Praxistür auf, keine Menschenseele, nur der Herr Doktor selbst. »Reparieren Sie den Vogel, sofort!«

Tykwer saß auf seinem Behandlungsstuhl. Mit notdürftig zugeknotetem Morgenmantel in zeitlos fleckigem Grau, einer Trompete in der linken Hand, einer runtergebrannten Zigarette im Mundwinkel und pinkfarbener Sonnenbrille auf der Nase. Sein linker Fuß steckte in einer Tennissocke, der rechte lag nackt auf dem Behandlungstisch. Tykwer starrte gen Decke, als habe diese ihn hypnotisiert und sagte: »Oh, das ist jetzt schlecht, legen Sie ihn doch auf den Tisch, ich kümmere mich später um ihn, versprochen.«

Merkwürdig, dachte Gretchen Morgenthau, dass sich ihr tadelnswerter Mangel an Duldsamkeit noch nicht herumgesprochen hatte und dass es Menschen gab, die keinerlei Gespür für Gefahren hatten, nicht einmal dann, wenn sie 300 Stundenkilometer schnell waren und fünfhunderttausend Tonnen wogen.

»Sie glauben, das ist ein Spiel?«

»Ein Spiel?«, fragte Tykwer verwirrt.

»Jaaa?«

»Ein Spiel? Warum nicht. Wir könnten *Verliebt, verlobt, verheiratet* spielen.«

»Bitte?«

»Oder *Fischer, wie tief ist das Wasser.*«

»Bitte?«

»*Himmel und Hölle?*«

Sie beugte sich hinunter, zog Tykwer die Sonnenbrille von der Nase, blickte in seine rotgeäderten Augen, nahm das Skalpell aus der Schale, hielt es an seine Halsschlagader und fragte: »Mögen Sie Mafiafilme?«

Tykwer war plötzlich ein wenig wacher, etwas stimmte nicht, er blinzelte Medusa hinfort, aber es klappte nicht recht. Das Wesen starrte ihn aus blauen, eiskalten Augen an. »Ja, ich glaube ja, oder nein, ist nein die richtige Antwort, nein oder ja? Das ist jetzt irgendwie angespannt. Albtraum, würde ich sagen, Albtraum, ah, Albtraum, aufwachen. So ein Skalpell ist sehr, sehr scharf? Damit könnten Sie mir den Kopf abtrennen. Das wissen Sie, oder? Sie sind klug! Sind Sie doch? Oder? Klug?«

»In einem Mafiafilm würde ich jetzt sagen: Retten Sie sein Leben, retten Sie Ihres. Aber das ist selbstverständlich profan, völlig aus der Zeit gefallen, indiskutabel, ohne Charme, käme mir nie über die Lippen. Sollte der scheiß Vogel allerdings sterben, dann werden die Folgen meiner emotionalen Instabilität das Massaker von 1951 wie einen Kindergeburtstag aussehen lassen.«

Tykwer schob die Hand mit dem Skalpell vorsichtig beiseite, erhob sich müsam von seinem Stuhl und schaute sich Charles Manson etwas genauer an. »Was stimmt denn nicht mit ihm?«

»Er ist kaputt.«

»Ach so.« Tykwer tastete Bauch, Brust und Hals des Vogels ab. Er trank einen Schluck aus einer undefinierbaren Flasche, die neben dem Arzeneischrank stand und machte ein kleines Bäuerchen. Er entschuldigte sein ungebührliches Benehmen, kratzte sich am Ohr und schaute den Vogel ausgiebig an. Dann packte er den Hals des Vogels, nahm eine Zange und zog einen halb verdauten Hering aus Charlies Schlund heraus. Er zog eine Spritze auf, stammelte etwas von Abschwellen, Charles Manson macht *Orrk* und alles schien wieder gut. »Allergische Reaktion«, sagte Tykwer voller Zweifel, »eigentlich dürfte es das nicht geben, aber es könnte sein, dass er Heringe nicht verträgt.«

»Heringe? Das ist die Hauptspeise dieses Clowns.«

»Jetzt besser nicht mehr.«

»Was bin ich Ihnen schuldig?«, fragte Gretchen Morgenthau, während sie in ihrer Falabella Bag kramte, suchte und suchte und sich wie ohnmächtig an die Stirn fasste. »Ich habe mein Portemonnaie vergessen, fällt mir gerade auf. Könnte ich mit Pilzen bezahlen. Das funktioniert doch hier bestimmt, Tauschhandel, oder?«

Tykwer schaute in den Korb voller Pilze, ihm wurde flau, und dann fragte er leicht angeekelt: »Sind das genießbare Pilze?«

»Ja, selbstverständlich.«

»Tut mir leid, ich esse grundsätzlich nur giftige. Womit können Sie sonst noch bezahlen? Und bitte sagen Sie jetzt nicht, mit Ihrem Körper. Ich liebe Analgetika. Da ist kein Platz für andere Frauen.«

»Schreiben Sie's an.« Sie packte Charles Manson, legte ihn in den Korb zurück und ging.

23

Es roch streng. Aus dem Eimer mit den Eingeweiden. Auch die seinen würden dort landen, so viel war gewiss. Vielleicht hatte er Angst. Jeder hätte dafür Verständnis gehabt. Jeder. Es war nicht auszumachen, ob er noch lebte. Aber es war egal, es spielte keine Rolle mehr. Das Beil sauste nieder und der Kopf hüpfte kurz hoch und blieb dann seitlich auf dem Brett liegen. Schön war er nicht, der Kopf, weder dran noch ab, ausgesprochen unheimlich gar und nichts für zarte Seelen. Grüne Augen glupschten lüstern hervor, das Maul scheusalend aufgerissen, ein rosiger Schlund voll spitzer Zähne, eine Ausgeburt, ganz ohne Zweifel, von wo immer her. Der gute Teil, der fast nur aus Schwanz bestand, wurde gewogen, in Zeitungspapier gewickelt und in eine hölzerne Kiste gelegt.

Seeteufel war der mit Abstand hässlichste Fisch, den Henrik im Angebot hatte. Und der mit Abstand teuerste. Gretchen Morgenthau zahlte für zwei Kilogramm vier Milliarden Euro. Da sie ihre Geldbörse vergessen hatte, riss sie ein Stück Zeitungspapier ab und schrieb mit einem dicken Filzstift Schuldschein über das Wort Feuilleton.

Seit Charles Manson keine Heringe mehr vertrug, stand sie kurz vor dem Armenhaus. Er hatte ausgerechnet eine Vorliebe für Seeteufel entwickelt. Die Vorliebe ging so weit, dass er jeden anderen Fisch verweigerte und ohne Umwege in den Hungerstreik trat, wenn sie es mit Kabeljau oder einer ähnlichen Frechheit versuchte. Seeteufel oder gar nichts. Und bei *gar nichts* riss er vorwurfsvoll seine großen Comicaugen auf, als wollte er

sagen: Es würde mich nicht wundern, wenn mein qual-
voller Hungertod für große Unruhen in der Bevölkerung
sorgen sollte.

Sie hatte also keine andere Wahl, wollte sie nicht von
einem durchgeknallten Mob gelyncht werden. Ihr persönlicher Assistent trug die Kiste mit der sündhaft teuren
Nahrung heimwärts. Doch obwohl ihm diese Gunst zuteil
wurde, zeigte er nur wenig Dankbarkeit, vielmehr ver-
sank er in Gedanken und stierte vor sich hin. Sie schwie-
gen sich fast drei Minuten lang an. Und die Zeit verging
nicht wie im Flug, sie schien fast einzuschlafen. Dieser
Junge war ein Weltmeister im Schweigen, dachte
Gretchen Morgenthau. Sie war in dieser Disziplin nicht
einmal Kreisklasse. Und das ärgerte sie. Und um den
Soziopathen nicht einfach so davonkommen zu lassen,
mit seiner folternden Stille und dieser selbstgerechten
Art, gab sie zum wiederholten Mal den charmanten Eis-
brecher, denn wenn ihr eine Gabe gewiss war, die ihr
schon ins Kindbett gelegt wurde, dann war es ein hohes
Maß an sozialer Kompetenz. Schließlich war sie Miss
Einfühlungsvermögen 1951 in der katholischen Mäd-
chenschule, damals, als sie ihrer Mitbewerberin Betty,
die alle nur Little Miss Sunshine nannten, das Bein gebrochen hatte, aus Versehen, das konnte ja mal passieren,
dass ein Medizinball zwei Etagen tief runterfiel, das war
ja keine Absicht, und Gott war's gedankt, dass nichts
Schlimmeres passiert war. So ein Medizinball wog ja gut
und gerne drei Kilogramm. Seit jenem Tag aber hatte sie
es schwarz auf weiß, auf einer Urkunde stand es geschrieben, in großen Buchstaben, dass sie ein guter
Mensch war, der sich um andere kümmerte, der ein Herz
hatte, so groß wie ein Elefant, und so fragte sie also:

»Du magst die kleine Bürgermeister-Tochter, nicht
wahr?«

Kyell wurde in Überschalltempo knallrot. Es war doch
ein Geheimnis, nur Milla hatte er sich kryptisch offen-

bart, zaghaft, kaum wahrnehmbar. Wenn selbst die böse Frau es schon bemerkt hatte, wie offensichtlich musste es dann erst für alle anderen sein? War er ein dermaßen offenes Buch, konnten alle in ihm lesen?

»Kann sein«, sagte er vorsichtig.

»Wie weit bist du vorangeschritten?«

»Vorangeschritten?«

»Ja, aus der Ferne anschmachten, unbeobachtet Händchen halten, hemmungsloser Sex, in welchem Stadium befindet ihr euch?«

»Ich habe ihr ein Gedicht geschrieben«, sagte Kyell und fühlte sich unwohl bei diesem Thema, »aber sie hat noch nicht geantwortet.«

»Ein Gedicht?«

»Ja.«

»Um was geht es in dem Gedicht?«

»Um Blumen. Sie mag Poesie.«

»Ein Gedicht über Blumen ist nicht Poesie, es ist nur ein Gedicht über Blumen. Poesie ist, wenn Wörter wie Blumen klingen. Oder wie Regen. Oder wie Leere.«

Kyell dachte darüber nach. Dann fragte er: »Und was würden Sie mir raten?«

Gretchen Morgenthau schaute gänzlich irritiert ihren persönlichen Assistenten an. Wie kam er nur auf diese putzige Idee, sie sei eine Barmherzige aus dem Evangelium nach Lukas? Zurückgeblieben, träumend, kindlich. Sie war wohl kaum die ratschlagende Tante in Liebesangelegenheiten. Und schon gar nicht für die tollpatschige Dorfjugend. Da sie aber sonst nichts zu tun hatte, fragte sie: »Du hörst doch Musik, oder?«

»Ja, manchmal.«

»Welche Zeile eines Liedes fällt dir ein, wenn du an sie denkst?«

Kyell überlegte.

Lang.

Länger.

Er dachte an die Musik, die Tule ihm ständig vorspielte. Jede Woche kam er mit etwas Neuem an, das er entdeckte, in diesem unendlichen Netz. Mal waren es monotone Lärmkaskaden, mal sphärisch-elektronische Klänge, mal schrill quietschende Cellos. Am liebsten mochte er Männer an der Gitarre, die traurige Lieder sangen und wohl viel alleine waren. Aber ihm fiel einfach keine passende Textzeile ein.

»Spontan, mein persönlicher Assistent, jetzt sofort.«

Und dann erinnerte er sich an dieses schlimme Lied aus dem Radio. Und noch bevor er darüber nachdenken konnte, sagte er: »Here I am, rock you like a hurricane?«

Es war hoffnungslos. »Wunderbar, dann beschrifte ein Blatt aus Pergament mit den Worten *Here I am, rock you like a hurricane*, lege es zusammen mit einer Orangenschale, einem Fuchsschwanz und einer gebrauchten Unterhose von dir in eine silberne Schatulle, vergrabe die Schatulle in ihrem Vorgarten, gerade so weit, dass sie darüber stolpern und ein Feuerwerk biblischen Ausmaßes entfachen wird. Zur gleichen Zeit stellst du dich im Adamskostüm auf einen Hügel deiner Wahl und sprichst im Angesicht des vollen Mondes die Zauberwörter deines Volkes aus, wie auch immer diese lauten mögen.«

»Meinen Sie das ernst?«

»Sie wird es lieben. Und wundere dich nicht, wenn sie auf der Stelle ein Kind von dir haben möchte.«

»Okay«, sagte Kyell leicht verunsichert. Und dann fügte er noch mutig hinzu: »Vielleicht verstehen Sie uns nicht nur nicht, weil Sie eine Fremde sind, sondern auch, weil Sie einer anderen Generation angehören.«

Gretchen Morgenthau stutzte. Sie zog die Augenbrauen nach oben, und das tat sie selten, denn das gab Falten. Hatte der persönliche Assistent gerade ihr Alter angesprochen? Konnte das sein? Tapfer, dachte sie, was für ein tapferer junger Mann.

»Wieso? Für wie alt hältst du mich denn?«

Alarm. Kyell wusste instinktiv, dass diese Frage keine simple war, kein Smalltalk, nicht ungefährlich, dass schmerzhafte Vergeltung die Folge sein konnte. Er war nicht gut darin, das Alter anderer zu schätzen, insbesondere nicht das Alter von Frauen. Und da er keine positiven Erfahrungen damit gemacht hatte, setzte er etwas jünger an: »Vielleicht 80?«

Er merkte sofort, dass er sich wohl vertan hatte, er besaß mittlerweile ein Gespür dafür und so sagte er geistesgegenwärtig: »Verzeihung, das war unverschämt. 75?«

Gretchen Morgenthau kniff die Augen noch enger zusammen. Sie sah darob nicht freundlicher aus. »50 wäre die richtige Antwort gewesen. 50. Ein Gentleman hätte noch angefügt: Höchstens.«

Maßregelnd sah sie einen Zitronenfalter an, der ungeschickterweise ihren Weg kreuzte, kurz vor der Kollision aber abdrehte und mit einem gehörigen Schrecken davonkam. Ihr war der Appetit nach weiterer Konversation gründlich vergangen. Wenn die einfachsten Regeln der Kommunikation nicht eingehalten wurden, dann machte die Kommunikation keinen Spaß. Töten würde ihr jetzt Spaß machen, dachte sie, aber Töten war ja immer so kompliziert. Der persönliche Assistent zeigte sich neuerdings von seiner unaufgeräumten Seite, einer aufmüpfigen, gar lieblosen, ganz so, als glaubte er, es könne ihm nichts Fürchterliches widerfahren. Seine Unbekümmertheit war ihr ein Rätsel. Hatte sie ihm zu viel durchgehen lassen? Gestern, beim Abendmahl, es wurde ein Fenchel-Birnen-Salat mit gerösteten Karotten und gegrillten Langusten, dazu ein selbst gebackenes, mit Honig, Thymian und Meersalz benetztes Fladenbrot gereicht, da hatte er sie einfach so und völlig aus dem Nichts gefragt, ob sie denn nie Kinder haben wollte. Eine Indiskretion. Eine Unverschämtheit. Nein, hatte sie geantwortet. Und es auch so gemeint. Sie hatte doch immer ihre Schauspieler. Noch mehr Kinder waren gar nicht nötig. Und dann musste sie wieder daran denken, wie das war, mit ihren Kindern, dieses Großziehen und fallen lassen, dieses Kümmern, besonders um die ganz Kleinen, die ihre ersten Schritte wagten, unsicher stolperten und stolzierten und immer und immer wieder aufs Neue den ewig gleichen Weg gingen: Schmerz, Wut, Trotz, Reflexion und Auferstehung. Wer liegen blieb, durfte gehen. Und dann gab es jene, die sich nicht in der Nullgasse versteckten, sondern ihr mit breiter Brust entgegentraten, diese störrischen, ständig pubertierenden Wildlinge, die nach außen immer so selbstsicheren, polternden, das Leben aufsaugenden Psychopathen, mit ihrer niedlichen Egomanie, ihrer Eifersucht, ihrem Liebhab-Wahn, in ihrer nicht und niemals enden wollenden Tragödie des brutalen Daseins. Und natürlich, nicht zu vergessen, die Veteranen, mit denen sie ständig aneinandergeriet, die kleinen Hofnarren und großen Hausgötter, die letzten Endes doch immer nur kleine Jungs waren, ganz gleich, welchen Grad der Legende sie schon erreicht hatten, wenn es zum Spielen in den Sandkasten ging, dann waren Förmchen und Schippe in festen Händen, und dann wurde auch kein Spaß mehr verstanden.

All diese Kinder brauchten unendlich viel Zeit und Zuwendung. Manche wollten bis spät in den frühen Morgen an ihrem Küchentisch sitzen und über die Drehbühne oder die Hamletmaschine diskutieren, andere einfach nur mal weinen oder schreien oder brechen oder alles auf einmal. Und auch wenn sie ihr manchmal fürchterlich auf die Nerven gingen, insbesondere dann, wenn sie gockelten und überdrehten, wenn sie wie Flummis umherhüpften und jegliche Nonchalance vermissen ließen, so hatte sie doch trotz allem ihre Schauspieler immer, nun ja, geliebt. Sie hatte nicht arbeiten können mit Schauspielern, die sie nicht liebte. Selbst Schauspieler, die sie hasste, liebte sie für die Zeit, in der sie miteinander arbeiteten. Einfach so, das war Familie, temporär, da konnte man nichts machen. Danach war der Hass in der Regel auch sehr viel aufrichtiger und intensiver und nicht so wie ein feuchter Waschlappen.

Nein, Kinder hatte es in ihrem Leben mehr als genug gegeben, die brauchte sie nicht auch noch in leiblich, zumal ihr bei einem Gedanken immer ganz blümerant wurde, denn wenn es eine Sache auf der Welt gab, die völlig indiskutabel war, jenseits aller Vorstellungskraft, dann war es: der Dammschnitt.

24

Sie hatte um etwas Aufregendes gebeten. Um irgendetwas Verrücktes. Ohne Natur. Mit Kunst und Beton. Zum Beispiel. Er sollte sie überraschen. Mit seiner Phantasie. Denn Großmut war ihr zweiter Name. Und nun saß sie in einem Café, im einzigen Café am Platz, direkt am Hafen, draußen saß sie, an einem der Plastiktische auf einem Plastikstuhl, und schaute einem Rennen zweier wirbelloser schlauchförmiger Tiere zu. Es war das interessanteste Ereignis weit und breit, keine Menschenseele sonst, nur diese Würmer, wie sie um ihr Leben krochen. Sie setzte alles auf Hubert, den rechten der beiden, weil er dicker war, eine Bauchentscheidung, und sie verlor ihr ganzes Vermögen, als eine Schwalbe aus dem Nichts niederstürzte und Hubert zum Nachtisch nahm. Ihr persönlicher Assistent versuchte seit geraumer Zeit innerhalb des Cafés die Bestellung aufzugeben. Er hatte noch gewarnt, dass es etwas länger dauern könnte, da Fjord, der Besitzer, Gäste nur bei ungewöhnlich exzellenter Laune und hartnäckig gutem Zureden bediente. Außerdem mussten sie persönlich vorstellig werden, die Gäste, sonst ging da gar nichts. Dass er nach draußen kam, daran war nicht zu denken. Er ging nicht raus. Gretchen Morgenthau kam das bekannt vor. Sie krimskramste in ihren Erinnerungen und dann fiel ihr Maria wieder ein, ihre erste Kinderfrau, die sie schon fast vergessen hatte. Nur wenige Sekunden von ihr, die im Gedächtnis weit hinten lagerten, zwischen all den Dingen, den verschwommenen, denen irgendwann die Stimmen abhanden kamen und die nur noch auf ihre Entsorgung warteten. Maria wollte auch nie rausgehen. Sie sagte immer, draußen warte nur der Tod, und das

Schlimmste sei nicht der Beelzebub, der Herr der Fliegen, nein, es seien winzig kleine Organismen, die Bakterien heißen und die Menschen von innen aufessen. Da war Gretchen Morgenthau fünf Jahre alt. Sie hat Maria nie wirklich gemocht, sie war ihr unheimlich. Ihre dunkelbraunen Augen funkelten im dämmernden Gegenlicht pechschwarz, und wenn die düstere Katholikin ihr am Hals baumelndes Kruzifix streichelte, dann glitzerten ihre dunkelrot lackierten Fingernägel, die immer viel zu lang waren und sich wie Krallen bogen.

»Ah ...«

Eine Hand berührte ihre Schulter.

»... Frau Intendantin, wie schön, Sie persönlich anzutreffen.«

Es war Arne, der Bürgermeister. Von hinten hatte er sich herangeschlichen. Eine Unverschämtheit. Sie war nicht in Stimmung für den Herrn Biedermeier, aber das schien ihn nicht zu interessieren. Er setzte sich ungebeten mit an den Tisch. Er roch nach Moschus. Und nach Büromöbel.

»Wenn ich Ihnen ein Kompliment machen darf: Großartig sehen Sie wieder aus. Dieses Kleid steht Ihnen ausgezeichnet, da erkennt man sofort die Dame von Welt. Wirklich, sehr schön. Auch die Farbe und der Schnitt, toll, einfach nur toll. Wenn ich irgendetwas tun kann, wenn Sie irgendeinen Wunsch haben, bitte zögern Sie nicht, mir Bescheid zu geben. Ich werde alles in meiner Macht Stehende tun, um es zu ermöglichen. Und was nicht möglich ist, wird möglich gemacht! Wie ist es Ihnen denn bisher so ergangen? Seit einer Woche sind Sie jetzt hier, und ich weiß noch immer nicht, was Sie von uns halten. Wie ist Ihr zweiter Eindruck? Fühlen Sie sich wohl hier? Wie geht es Ihnen? Erzählen Sie doch mal!«

»Gut.«

Arne blickte Gretchen Morgenthau starr in die Augen, er glaubte, dass noch etwas kommen würde, und er hatte

Geduld, und so fror er sein Bürgermeisterlächeln ein. Er war gut darin. Stundenlang konnte er dieses Lächeln vor dem Spiegel proben, ohne dass ihm langweilig wurde. Es war sein größter Schatz, seine Spezialsupersonderwaffe, dieses joviale, mitfühlende, dezent melancholische Lächeln, das insbesondere bei Frauen immer sehr gut ankam. Und so wartete er und wartete, aber es kam nichts mehr, kein Wort, kein Satz, nicht einmal die geringste Regung, und so sagte er schließlich: »Schön. Sehr schön. Und sonst? Etwas Spannendes erlebt? Vielleicht einen kleinen Raubüberfall, ha, Witz gemacht.«

»Nein. Alle lieb. Ganz, ganz lieb. Alle.«

»Oh, Sie waren noch nicht in Little Aberdeen. Das ist auch gut so, glauben Sie mir. Da will niemand freiwillig hin.«

»Little Aberdeen?«

»Ja, im Osten, üble Gegend, rechtsfreier Raum, die McGreedys haben dort alles unter Kontrolle. Ein Familienclan der ersten Stunde, ruppige Gestalten, die sehr viel Spaß verstehen, wenn es nur der ihre ist. Ansonsten trinken, tanzen und prügeln sie hauptberuflich und nutzen ihre spärliche Freizeit zum Schlaf. Ich kann Sie nur ausdrücklich davor warnen, einen Fuß in diese Gegend zu setzen. Schotten sind Metzger, hinterhältige Bestien, kein Umgang für eine Frau Ihres Standes. Und ich befürchte, dass der lange Arm des Gesetztes nicht lang genug ist, und dass ich meine Hand für Ihre Sicherheit nicht ins Feuer legen kann und, ich bin so frei, den Fuß auch nicht ins Wasser, ha.«

Gretchen Morgenthau war überrascht, ein einziges Mal in ihrem Leben war sie in Schottland zu Gast, in Edinburgh, aber die Schotten dort hatten einen recht zivilisierten Eindruck hinterlassen, selbst der Portier, den alle nur Deadhead nannten, war nicht von zweifelhafter Natur, er war seinen Namen ganz und gar wert. Und überhaupt, waren die Schotten doch von geselliger Offenheit und besaßen etwas, das Touristen immer so gerne mochten: eine ehrliche Haut, selbst wenn sie logen.

»Und«, fügte Arne noch hinzu, »sie brauen ihren Alkohol selbst, extrem hochprozentig, die trinkt keiner unter den Tisch.«

»Assistent!«, schrie Gretchen Morgenthau in Richtung Café, »vergiss das Heißgetränk, wir marschieren nach Little Aberdeen und zeigen der ungemütlichen Mischpoke, wie die Avantgarde feiert!«

Kyell erstarrte. Er hatte es doch gerade eben erst hinaus geschafft. Nicht frei von Stolz. Und nun stand er da. Ganz verloren. Ein Tablett in Händen und den erdigen Duft von indonesischen Arabicabohnen in der Nase. Seine blasse Haut wurde bleich. Er sah zu Arne, der ihm ein undefinierbares Grinsen schenkte, das zwischen Unsicherheit, Gewissensbissen und aufrichtigem Mitleid changierte. Gretchen Morgenthau packte ihre Handtasche, stupste ihren Assistenten an, er möge voranschreiten und den Weg weisen. Sie war guter Dinge. Vielleicht, so dachte sie, nahm dieser Tag ja doch kein gutes Ende, vielleicht gab es endlich die lang ersehnte Abwechslung, vielleicht sogar ein richtiges Drama.

Ein Wind zog auf, aber er brachte keinen Regen mit, nur zischendes Geraune. Kälter wurde es, und steinern färbten sich die Wolken, als wollten sie warnen und drohen zugleich. Je tiefer sie hineingingen, desto mehr veränderte sich die Insel. Sie kamen in Gegenden, die weniger lieblich waren, nahezu ungestüm und rau und irgendwie klassisch. Insignien allerorten. Ein Bonbonpapier am Wegesrand, ein umgekipptes Fahrrad, rostige Briefkästen und ein streunender Hund, der wie ein Rudel nasser Schäferhunde roch. Die Zeichen waren eindeutig, da konnte nichts beschönigt werden. Meter um Meter näherten sie sich dem sozialen Brennpunkt Gwynfaers. Gefahr lag in der Luft, ganz ohne Zweifel. Früher einmal hatte Gretchen Morgenthau ein ausgeprägtes Faible für

Verwahrlosung und zwielichtige Ghettos gehabt. Sie war immer von diesem Geruch fasziniert, diesem Geruch nach billigem Fleisch, süßem Parfüm und Zitrusreiniger. Und alles war so bunt und laut, und zu sehen gab es mehr als zu viel, und es hingen übergroße Unterhosen auf schlaff gespannten Wäscheleinen, von echten Menschen ohne Scheu, die Lippen aufgespritzt, die Bäuche prächtig, Plingpling im Gesicht, um den Hals und an den Händen. Sie mochte auch das Ungetüme, das Urwüchsige und die Gefahr, die an jeder Straßenecke lauerte. Jedes Mal aufs Neue ein Fest für alle Sinne. Und das Gleiche erwartete sie von den Schotten. Marshmellows gab es hier zur Genüge, es war an der Zeit, ein bisschen Spaß zu haben.

Als der Abend allmählich dämmerte, zog auch die Kälte mit auf. Am Himmel konnten sie drei Krähen sehen, die über etwas kreisten, Aas wahrscheinlich, oder etwas, das noch lebte, aber bald tot sein würde. Sie hatten den Hügelkamm erreicht, die Steigung war mörderisch, tausend Prozent, vielleicht mehr. Neben einer wilden Hecke blieben sie kurz stehen. Um zu verschnaufen. Sie konnten in ein kleines Tal schauen, in dem zwanzig oder dreißig Häuser siedelten. Das Lager der Schotten. Aus der Ferne wirkte es nicht sonderlich brutal, nicht einmal unheimlich. Vereinzelt brannten Lichter in den Häusern. Aus den Schornsteinen qualmte heller Rauch. Es sah wieder einmal total gemütlich aus. Zum Kotzen. Dachte sie. Diese Insel war die Hölle. Nur schlimmer. Doch noch bevor sie um die Hecke bogen, um hinunterzuwandern, wehte der Geruch von totem Fleisch hinüber. Und dann sahen sie die Männer. Große Männer. Kräftige Männer. Sie saßen um ein Lagerfeuer herum. Sie grillten. Sie hielten Stöcke in das Feuer und auf den Stöcken hingen Tiere. Sie sahen aus wie Charles Mansons Familienmitglieder. Laut waren die Männer, bis sie den unerwarteten Besuch bemerkten und beinahe gleichzeitig verstummten. Der älteste und kräftigste von ihnen, eine knorrige Eiche von Mann, stand auf, schmierte seine Hände an seinem blaukarierten Hemd ab, ging auf sie zu, schaute Gretchen Morgenthau mit eisgrauen Augen an, zerfurchte sein Gesicht in tausend Fragezeichen, entspannte ein wenig, gab ihr einen Klaps auf den Po und sagte: »Na Püppchen, alles paletti?«

Sie überlegte, ob sie den Schotten zuerst vergewaltigen und danach töten sollte oder umgekehrt.

»Und der junge Kyell. Freude. Große Freude. Dich mal wieder zu sehen. Liebe sei mit dir. Dein Großvater schuldet mir übrigens noch was«, und dabei öffnete das Ungeheuer seinen Schlund und entblößte eine Zahnlücke im Obergebiss, »und da dein Großvater seine Schuld nicht mehr begleichen kann, der Herr hab ihn selig, überlege ich gerade, wie das so ist, als Enkel. Da ist man doch automatisch Erbe. Oder? Glückwunsch. Und ich will mal so sagen, da sind auch Zinsen angefallen, im Lauf der Zeit, kann man ja nicht einfach so unter den Teppich kehren, das wäre nicht richtig, das wäre Betrug, aber so was von. Also heißt es nicht mehr Auge um Auge und Zahn um Zahn, sondern Zahn um drei Rippen und zwei Kniegelenke, plus, als Zeichen deines guten Willens, ausgekugelte Schulter, und, dürfen wir auf keinen Fall vergessen, die gebrochene Nase. Erinner mich bitte dran, ich hab's nicht so mit merken. Und nimm das bitte nicht persönlich, Kleiner, du bist ja nur Erbe.«

Kyell spürte Angst, sie kroch von den Zehenspitzen bis hinauf in die Großhirnrinde, oder umgekehrt, das wusste er jetzt nicht, er war durcheinander, aber er wusste, dass er würde kämpfen müssen, wenn es hart auf hart käme, das war er dem Großvater schuldig, den Namen verteidigen und Ehre und so. Aber eigentlich war die Angst viel größer als die Ehre, und er blickte ein wenig verstohlen zu Gretchen Morgenthau, als könnte sie helfen, als wäre sie eine Heldin, als machte ihr so etwas Spaß, Gutes tun, Menschen retten.

Es wäre ein Leichtes für sie gewesen, die Situation zu beruhigen, sie war gelernte Deeskalationsexpertin, sie besaß da eine natürliche Begabung, früh erkannt und gefördert. Es gab Orte auf dieser Erde, in denen sie nur »Die Heilige« genannt wurde. Mein lieber Highlander, hätte sie sagen können, derweil sie einen Flusen von ihrem Rock zupft, sollten Sie meinem nichtsnutzigen Assistenten Harm antun, betrachte ich dies als Sachbeschädigung und werde Sie zur Rechenschaft ziehen. Oder einfach nur: Lassen Sie den Unfug! Da wäre sofort Schluss gewesen, natürliche Autorität, dagegen waren Muskeln machtlos. Aber warum hätte sie das tun sollen? Warum sollte sie sich in Jungsangelegenheiten einmischen? Sie wollte da keine Spielverderberin sein, das sollten die beiden mal schön unter sich klären, und gegen ein bisschen Abendunterhaltung hatte sie nun wirklich nichts einzuwenden.

Manches Mal aber ist die Vernunft nur ein kleines verlorenes Lamm auf einer sonniggrünen Wiese, umkreist von einem ausgehungerten Rudel Wölfe.

Langsam schloss sie die Augen, und sie wusste auch nicht so genau, warum, sie tat es einfach, und dann, als wäre das Übernatürliche das Natürlichste von der Welt, wurde sie zur Märtyrerin, ja, zum Werkzeug Gottes, das die Worte sprach: »Ich möchte Sie bitten, nichts dergleichen zu tun, da ich mich sonst genötigt fühlen würde, Ihren Hodensack abzuschneiden und in Ihren Mund zu stecken. Da bekommt das Wort *Schlucken* doch eine völlig neue Bedeutung, nicht wahr?«

Sie hörte eine Stecknadel fallen.

Klickklack machte die Uhr.

Am anderen Ende der Welt wurde gerade ein junger Mann von einem Auto überfahren.

Schnee fiel im Himalaya.

Und das Inferno brach aus. Gewaltig, roh und animalisch, von dionysischer Intensität, die alles hinwegfegt, die Zweifel, die Scheu und das Nichts. Schallendes schottisches Gelächter. So also klang es, wenn alle Dämme brachen und alles und jeder mitgerissen wurde.

Als sie die Augen wieder öffnete, hatte Schottland seinen mächtigen Arm um ihre Schulter gelegt und grinste linkisch.

»Schon viel von dir gehört«, sagte der Rüpel, »wie wäre es mit einem kleinen Hochprozentigen? Selbst gebrannt. Zieht dir die Socken aus.«

Oh, dachte Gretchen Morgenthau, warum nicht, vergewaltigen konnte sie auch später noch.

25

Als Gretchen Morgenthau aufwachte, fühlte sie sich wie neugestorben. Sie konnte sich erinnern. An ihren Namen. An mehr nicht. Die Inhalte waren gelöscht. Ein leerer Raum, kein Stuhl, kein Tisch, kein Bild, kein Nichts, nur Beton, grau, rau, kalt. Die Augen geschlossen. Schwer, so schwer die Lider. In Tagen voller Dunkelheit ist der Blinde König, dachte sie. Aha, sie konnte denken. Fähigkeit. Immerhin. Eine Fliege summte an ihrem Ohr vorbei, zu laut für diese Welt. Ihr Kopf brummte wie ein Kieslaster querfeldein. Auch ihr Magen rotierte. So ungeheuerlich. So böse. So verdorben. Die Erinnerung folgte auf wackligen Beinen. In Bruchstücken. Unzusammenhängend. In wirrer Manie. Sie war zuvor schon einmal wach gewesen, für kurze Zeit. Irgendjemand hatte ihr zu Trinken gegeben. Durst, sie hatte Durst, schrecklichen Durst.

Im Hintergrund kratzte eine Nadel schwermütige Töne in die Welt, auf einer Schallplatte, die sich immerzu im Kreis drehte, wie ein dummer Hamster. Es lief Verdis Requiem. Sie mochte den alten Romantiker noch nie. Sie öffnete die Augen. Und es war Nebel. Schwaden schlierten und suppten unscharf hin und her. Schemenhaft nahm sie eine Gestalt wahr, die links an ihrem Bett saß. Als sie ihre Sehstärke fast vollständig wiedererlangte, erschrak sie. Sie war nicht im wohlverdienten Himmel, sie war noch immer in der Hölle. Und es wachte auch kein Raphael an ihrem Bett, es waren nicht einmal Flügel vorhanden, es war nur Kyell, ihr persönlicher Assistent, und der war, zu allem Unglück, keineswegs ein Alptraum, er war real, und er starrte Ihre Heiligkeit an, als sei sie Lazarus höchstselbst.

»Was ...«, wollte sie fragen, aber ihr Mund war so furchtbar trocken, sie schluckte, »... was ist passiert?«

Kyell reichte ihr ein Glas mit einer trüben Flüssigkeit. »Tykwers Medizin«, sagte er. »Danach geht es Ihnen besser. Sie soll Wunder wirken.«

Sie trank das bittere Gebräu in einem Zug leer.

Eine Windböe huschte über die Veranda, Fensterläden klapperten und Bäume raschelten ihr loses Blattwerk hinfort, auf dass es welke und dünge.

»Mein Gott«, sagte Gretchen mehr zu sich selbst, »so habe ich mich das letzte Mal vor zwanzig Jahren gefühlt, als ich die Matrosen in Rotterdam unter den Tisch getrunken habe. Aber damals waren es drei Flaschen schottischen Whiskys.«

»Diesmal war es mehr. Und es war selbst gebrannt.«

Die Erinnerung, die Schotten, die Dunkelheit. »Gestern ...«

»Es war nicht gestern. Es war vor drei Tagen.«

Drei Tage? Drei Tage im Delirium? Unmöglich. Ihr Ruhm ruhte zu gleichen Teilen auf ihrer Begabung zu inszenieren und auf ihrer Meisterschaft zu konsumieren. Alkohol. In rauesten Mengen. Fernfahrermäßig. Da durfte sie keine Schwäche zeigen, das sprach sich sofort rum, da war man weg vom Fenster, schneller als man Speisekartoffeln sagen konnte. Sie setzte sich ein wenig aufrechter hin und schob eines der dicken Daunenkissen hinter ihren Rücken. Sie wusste nicht, welche Medizin der Quacksalber da zusammengebraut hatte, bestimmt irgendwas mit Voodoo, mit Krähenfüßen und Krötengallen, mit Alraunenkraut und Nacktschneckensud. Von einem Pferdedoktor erwartete sie auch nichts anderes, sie wäre enttäuscht gewesen, von einer gewöhnlichen Aspirin. Und dann spürte sie die Wirkung, und sie war angenehm, die Wirkung, sehr angenehm. Es war, als schwebte sie von einer Seifenblase geschützt durch die Welt. Auch diese merkwürdigen Bauchschmerzen schienen wie ausgesperrt und auf den Pausenhof geschickt. Sie hatte das Gefühl, irgendjemanden umarmen zu müssen, was selbstverständlich krank war.

»Tuva war auch hier«, sagte der nette, junge Mann. »Ich soll Ihnen gute Besserung wünschen. Sie hat Apfelkuchen mitgebracht. Sie war in Eile. Sie hat sich extra von den Proben losgeeist.«

»Proben?« Gretchen Morgenthau dachte nach. »Welche Proben?«

»Ihre Inszenierung. Das Theater.«

»Ach ja.«

»Und der Bürgermeister war auch da. Er sah blass aus. Er hat gesagt, dass er ständig brechen muss. Vor Aufregung. Presse aus London, New York, Paris und Hamburg hat sich angekündigt. Für die Premiere. Ich verstehe nur nicht, warum er deshalb ständig brechen muss.«

Internationale Presse? Der Wecker klingelte. So, wie er nur klingelt, wenn es zehn vor sieben ist und die einzige jemals wichtige Eisenbahn in einem Leben voll Grimm und Gram um genau sieben Uhr eins abfährt. Wieso interessierte sich die internationale Presse auf einmal für ihre Arbeit im Straflager? Wer hatte es an die große Glocke gehängt und warum? Das war nicht gut. Zumal sie dem örtlichen Dorftrottel die Regie übertragen hatte. Unter ihrem Namen. Sie wurde sehr, sehr wach. Kein Nebel mehr und auch keine Seifenblase. Wenn die Reputation auf dem Spiel stand, dann musste ein klarer Kopf her. Sie durfte nicht leichtsinnig werden, so kurz vor der Zielgeraden. »Das ist kein Witz?«

»Nein.«

»Du würdest mich doch nicht belügen? Das Letzte, an das ich mich erinnere, ist, dass ich dir das Leben gerettet habe.« Sie wussten beide, dass das so nicht unbedingt stimmte, Spaß war der Antrieb gewesen und Kyells Lebensrettung im Grunde nur ein Kollateralschaden.

194

»Wie laufen denn die Proben zu Peer Gynt?«

Kyell wusste nicht, wie und was er darauf antworten sollte. Es war kompliziert. Eine Zwickmühle. Und er wollte kein Verräter sein. Andererseits hatte sich Tule in letzter Zeit unmöglich benommen, nicht nur ihm gegenüber. Warum also lügen.

»Nun ja, er probt jetzt etwas anderes.«

Gretchen Morgenthau hatte sich verhört. Sie hatte *etwas anderes* verstanden.

»Bitte?«

»Er probt etwas anderes.«

»Etwas anderes? Was?«

»Weiß ich nicht.«

»Was?!«

»Weiß ich nicht.«

»Bring ihn her. Sofort.«

»Und übrigens«, sagte Kyell im Hinausgehen, »Sie sind nackt ums Lagerfeuer getanzt.«

Gretchen Morgenthau schockfrostete.

Das konnte nicht sein.

Unmöglich.

Und im letzten Moment, kurz bevor er die Tür zumachte, sah sie für einen flüchtigen Augenblick die Lüge in seinen Augen und die unverschämte Freude darüber, eine hilflose, gutmütige, alte Frau durch eine Eisfläche brechen und jämmerlich erfrieren zu sehen. Er war so gut wie tot. Aus Prinzip.

Sie ging ins Bad, machte sich frisch, putzte ausgiebig ihre Zähne und schminkte Augen und Mund eine Spur zu extravagant. Sie zog ein schlichtes, rotes Kleid von Hervé Léger über und graue Sandalen von Balenciaga an. In der Küche war es warm, fast zu warm. Sie trank nahezu einen Liter Wasser, speiste eine halbe Banane und summte *Que Sera, Sera* von Doris Day vor sich hin, was absolut krank war. Das Gebräu des Medizinmannes wirkte noch immer, sie fühlte sich gut, Teufelszeug, zweifelsohne, sie wollte mehr davon, auch als Vorrat, für schlechte Zeiten. Sie schüttete eine Kanne mit frischem Minztee auf, öffnete das Fenster zur Meerseite und hörte den Blättern beim Blättern zu. Sie war immer noch schockiert, dass der hiesige Dorftrottel eigenmächtig Entscheidungen von solcher Tragweite fällte. So etwas hatte noch nie jemand gewagt. Reinster Wahnsinn. Selbstmord. Das antihierarchische Kollektiv in der Kunst war ihr immer fremd, und diese merkwürdigen Tendenzen zur Mitbestimmung im Theater, die seit den Siebzigern gerne mal aufflackerten, verachtete sie aufs Äußerste. Sie war die Regisseurin und somit per definitionem Gott. Das bedeutete selbstverständlich nicht, dass sie ihre Entscheidungen autonom im trüben Kämmerchen fällte. Nein, sie war weder naiv, noch unprofessionell, sie war sogar eine vehemente Verfechterin fruchtbarer Diskussionen und hitziger Dispute, letzten Endes aber entschied sie, und wem das nicht passte, der konnte sich ein Kreuz nehmen und hinten anstellen. Der Junge würde für seine Unverfrorenheit bezahlen, so viel stand fest. Und gerade, als sie über das genaue Strafmaß sinnierte, klopfte es an der Tür und ein gut aufgelegter Delinquent schwebte federnden Schrittes hinein.

»Der junge Stein, wie schön, dass du es einrichten konntest. Wie geht es denn?«

»Hachail gichru Ashantius pla.«

»Bitte?«

»Gromolo! Ich habe Ihnen gesagt, wie ich mich fühle. Fundamental.«

»Fundamental?«

»Ja, fundamental, absolut.«

»Schön zu hören. Nimm Platz. Tee?«

»Gerne.«

Gretchen Morgenthau gab die fürsorgliche Gastgeberin und schüttete den dampfenden Minztee in eine bauchige, weiße Keramiktasse. Ohne zu fragen gab sie zwei

Teelöffel braunen Zucker hinzu. Dann setzte sie sich an das andere Ende des schweren Holztischs, schaute Tule lange in die Augen und fragte: »Wie laufen denn die Proben?«

Tule nippte an dem Tee, der noch viel zu heiß war, und schaute Gretchen Morgenthau ebenso lang in die Augen. »Ehrlich gesagt auch fundamental. Die erste Probe am Tisch, die schon weit mehr als eine Lesung war, verlief noch ziemlich holprig. Und auch die ersten Proben mit szenischen Arrangements waren durchaus durchwachsen. Einige hatten Probleme, den richtigen Ton für ihre Rolle zu finden, andere kamen mit den Gängen nicht zurecht und stolperten ungelenk umher. Das Übliche, Sie wissen schon. Aber sie geben sich Mühe und sie sind willig, und das ist es doch, was zählt.«

»Ah.«

»Mit einer Ausnahme. Leider. Sie müssen wissen, dass ich mich für einen sozial-integrativen Stil meiner Regiearbeit entschieden habe, ich arbeite sowohl konzeptionell als auch situativ und sehe mich gleichzeitig in der Tradition von Genet, als zum Tode verurteilten Ärgermacher. Und damit kommt nicht jeder klar. Und dann kann es krachen, wenn jemand alle Satzzeichen mitspricht, Betonungen verhunzt, keine Melodie für seine Rolle findet und sich zu alledem als beratungsresistent erweist. Es ging zum Schluss nicht anders. So ein Unruhestifter ist nicht gut fürs Team. Ich musste Robespierre alias Monsieur Ballon alias Lehrer Magnus rausschmeißen. Denn es gab noch andere Vergehen. Unverzeihliche.«

»Welche?«

»Er hat ein Brötchen gegessen.«

»Er hat ein Brötchen gegessen?«

»Auf der Bühne! Nun ja, nicht er direkt, sondern Milla, aber er hat es gesehen und nichts gesagt. Und dann hat er noch aus meiner Wasserflasche getrunken, die ich selbstverständlich beschriftet habe. Es stand mit schwarzem Filzstift groß und deutlich für jedermann sichtbar Regisseur drauf. Außerdem hat er seinen Monolog immer direkt an der Rampe gesprochen. Fürchterlich. Und wirklich gut war er eigentlich nur, als wir Ablauf und Länge der Applausordnung geprobt haben. Unmöglich mit solchen Leuten zu arbeiten. Das verstehen Sie doch, oder?«

»Natürlich. Und die Proben zu Peer Gynt laufen wie genau?«

Etwas stimmte nicht. Der Tonfall. Er war zu bemüht freundlich. Und in ihren Augen konnte Tule deutlich erkennen, dass sie alles wusste. Er fragte sich, wer der Verräter war.

»Es sollte eine Überraschung werden.«

»Eine Überraschung? Ach nein.«

»Doch, doch. Ich habe mich spontan umentschieden. Ich hoffe, Sie sind deshalb nicht verstimmt. Aber es hat einfach nicht funktioniert. Es lag meiner Ansicht nach an der fehlenden Infrastruktur, Sie wissen schon, Drehbühne und so. Und die örtlichen Schauspieler haben einfach nicht das Niveau für die klassische Hochkultur, dieser herkulischen Aufgabe ist nur die Crème de la Crème gewachsen und nicht der Pudding. Aber: Sie lieben die Herausforderung. Genau wie ich. Und deshalb haben wir etwas gewagt, uns sozusagen aus der Höhle gewagt, in die Freiheit hinaus. Anfangs noch unsicher auf den Beinen. Klar. Dann aber haben wir uns mit Verve und hitziger Vorfreude für ein modernes Theater entschieden. Und raten Sie mal, für wen wir uns entschieden haben? Könnte eine kleine Überraschung sein. Kommen Sie vielleicht nicht sofort drauf. Ach was soll's, ich sage es frei heraus, unser neuer allseits verehrter Prophet heißt: Attila Cocteau.«

Gretchen Morgenthau war irritiert. Sie kannte Attila Hörbiger oder Jean Cocteau. Aber Attila Cocteau? Nie gehört. Und so fragte sie: »Attila Cocteau?«

»Ja, sie wissen schon, der berühmte norwegische Avantgarde-Regisseur und Schriftsteller mit den französischen Wurzeln mütterlicherseits, der unter seinem etwas albernen Künstlernamen Huibuh Shlomo Mendelssohn die Orestie völlig neu und revolutionär inszeniert hat. In Bergen 1987. Als Zwanzigjähriger! Das ging doch um die Welt. Er hat dabei Strukturen von Zeami Motokiyos Nō-Theater mit ins Spiel gebracht, jedoch sehr kontrovers interpretiert. Damals noch in Koproduktion mit dem Schweizer Kombinat Bohnensuppe.«

»Kombinat Bohnensuppe?«

»Ja«, sagte Tule und rollte mit den Augen, als sei er ein klitzekleinwenig entsetzt über so viel Unwissenheit. »Das Gemeinschaftsprojekt von Personalcomputer Klingeling und Pechmarie Schmitz. Sie wissen schon, die mit den verrückten Haaren und den noch verrückteren Ideen. Sie müssen doch *Der Tod des Büllerbü Müller in einem Wald voller Fichten* oder *Prokrastinator III* kennen. Ich sage nur: Mayonnaise!«

Gretchen Morgenthau sah Tule an, als sei er ein Insekt. Auf einem Küchenboden. Krabbelnd. Mit hässlichen Beinen. Sie hatte genug gehört und starrte den zum Tode geweihten Weberknecht nieder.

»Aber, und das ist das Großartige«, ließ Tule nicht locker, »er hat auch ein Volksstück geschrieben, schnelle Dialoge, viel Humor, subversiv, so wie es der kulturell interessierte Mensch gerne mag, und da ich infolge einer Erbschwäche zu Kompromissen neige und da ich weiß, was wir unserem Publikum zumuten können und was nicht, dachte ich, grandios, das machen wir. Das Stück heißt *Leben Saft Tomate*. Der Meister soll es vor zwei Jahren geschrieben haben, in einer einzigen Nacht, im Rausch, und verwirrt soll er gewesen sein, dass eine humoristische Begabung in ihm wohnt, so candidemäßig, von der er zuvor nie etwas geahnt hatte, die ihn ängstigte, wie er später einmal gestand. Ich würde sagen, es ähnelt

ein wenig Beckett, ohne die beiden miteinander vergleichen zu wollen, ich glaube, Beckett war nicht ganz so
intellektuell. Das Stück hat eine ganz besondere Aura.
Die Begeisterung haben wir alle sofort gespürt, da war
plötzlich so ein Gefühl von Aufbruch da. Und die ersten
Proben waren so vielversprechend, da sind wir am Ball
geblieben, das ganze Team, bedingungslos, eine eingeschworene Truppe, kann ich nur sagen. Und wir sind auf
einem guten Weg, auch wenn es hier und da noch kräftig
ruckelt. Ein Bühnenbild gibt es übrigens nicht, es ist die
Bühne selbst, die da ist, ganz nackt, Realität durch Re-
duktion. Und ohne Video. Nur das Wort soll uns verfüh-
ren. Es ist noch kein Meilenstein, sicher, aber es ist ein
Anfang, wir sind Pioniere, und wir werden Geschichte
schreiben. Ist das nicht supi?«

»Großartig. Morgen werden die Proben zu Peer Gynt
wieder aufgenommen.«

»Aber ...«

»Es gibt keine Diskussion.«

»Vielleicht habe ich mich ja geirrt, und Sie sind doch
nicht Johnny Cash.«

Gretchen Morgenthau schaute Tule fragend an.

»Jemand, der im späten Alter ein weit größerer
Künstler ist als in jungen Jahren. Mein Fehler. Vielleicht
werde ich ja eines Tages mal für eine Visionärin arbeiten
können, für eine LeCompte zum Beispiel, aber, um noch
einmal ...«

»Ich denke, wir haben dann alles besprochen.«

»Ich hätte da mal eine Gretchenfrage«, versuchte Tule
es mit einer finalen Finte. Er musste kämpfen, sollte all
die Arbeit nicht umsonst gewesen sein, und so setzte er
alles auf seine letzte Karte. Er hatte gehört, dass diese
Karte bei Österreichern und Deutschen immer stach, und
wenn nicht jetzt, so dachte er, wann wollte er sonst seinen Trumpf ausspielen? Er räusperte sich, legte eine aus-
gewogen sorgenvolle Miene an den Tag und fragte: »Wa-

ren Sie eigentlich auch Nazi? Zeitlich würde es ja passen.«

Gretchen Morgenthau stutzte. Wie mutig, dachte sie. Sie hatte es mit knorrigen Staatsschauspielern und theatralen Edelfedern aufgenommen, sich mit platzhirschenden Tyrannen und tumben Hausmeistern geschlagen, aber noch niemand war auf die Idee gekommen, ihr diese Frage zu stellen. Ihr ging die fehlende Scheu und der charakterliche Mangel an Unterwürfigkeit der Dorfbewohner eindeutig zu weit. Und was genau bezweckte der Junge damit? Dass sie die Fassung verlor? Dass sie von damals erzählen würde? Das tat sie nie. Sie war noch ein Kind. Damals.

Und sie hatte gesehen, wozu Menschen in der Lage sind, bei der »Besichtigung«, als sie versuchte, die Kieselsteine zu zählen, weil sie nur auf den Boden blicken konnte. Seit jenem Tag glaubte sie an gar nichts mehr. Und nie sprach sie darüber, nicht privat und auch nicht durch die Kunst, sie wollte keine Gefühle verkaufen, nicht daran verdienen, nicht dabei sein. Und so grinste sie ohne zu lächeln Tule an und sagte: »Es war die Zeit meines Lebens.«

»Ah. Worauf ich eigentlich hinaus will, was ich sagen möchte, ist, Sie haben mir eine Chance gegeben, und ich habe etwas daraus gemacht. Und ich möchte, dass Sie sehen, was genau ich daraus gemacht habe. Das Stück wird Sie umhauen, und falls nicht, was ich mir überhaupt nicht vorstellen kann, aber angenommen, der unmögliche Fall tritt ein, und das Stück gefällt Ihnen tatsächlich nicht, dann werde ich eine ganze Woche lang Ihren Abwasch machen und dazu die Klagelieder Jeremias endlosschleifen. Ich flehe Sie an«, sagte Tule, und er ging tatsächlich in die Knie und nahm ihre Hand, »geben Sie mir eine halbe Stunde Ihres Lebens, eine kostbare Zeit, ich weiß, aber sehen Sie mich an, ich opfere all meinen Stolz, für die Truppe, für meine Truppe, die ein Urteil verdient hat, von einer Legende, und falls Ihr Herz aus Stein ist, zertrümmern Sie es.«

Gretchen Morgenthau besaß nicht die Kraft, junge Menschen aufzuhalten, die in Richtung Abgrund liefen. Sie schaute lieber zu. »In genau zwei Stunden.«

26

Die Abendsonne verscheuchte den leichten Nieselregen und ließ sich noch ein letztes Mal blicken. Sie wärmte gar ein wenig. Doch Gretchen Morgenthau behielt ihren schwarzen Mantel von Marchesa an, ihr fröstelte. Warum nur, dachte sie, warum nur war sie ein so guter Mensch? Was war falsch gelaufen in ihrer Erziehung? Nie hätte sie zustimmen dürfen. Ein Wahnsinn. Sie wusste doch, dass es als Fiasko enden würde, verlorene Zeit, nie wieder aufzuholen.

Als sie das Theater erreichte, warteten die beiden Assistenten schon. Die Begrüßung beschränkte sich auf ein kurzes Kopfnicken, sie wurde zu ihrem Platz geführt, in der Mitte des Theaters, die Bühne in Sicht. Auf ihrem Stuhl lag ein Blatt, sie nahm es, setzte sich und las. Sie zerknüllte den Zettel, blickte nach vorne und gähnte zur Einstimmung vornehm in ihre rechte Hand hinein.

Der Vorhang ging auf.

In der Mitte der Bühne stand Tuva. Sie war angemalt. Afrikanisch. Südlich. Quer über ihre Brüste prunkte rosig leuchtend das Wort Schokolade. Schockierend. Sie sang *Ave Maria* und ihre Stimme beschallte das Theater mit stolzer Leichtigkeit. Als sie die Gebenedeite ein letztes Mal anrief, breitete sie ihre Arme aus und ließ sich mit einem lauten Knall nach hinten fallen. Der Verfolger schwenkte auf ein Paar am rechten Rand der Bühne. Zwei Männer. Einer der beiden lag auf dem Boden und hielt sich den Bauch. Blut tropfte. In eine Lache, die größer und größer wurde. Für einen Moment war nur der Wind zu hören, der durch die Gänge und in den Ecken heulte. Hier sollte wohl noch mehr passieren.

Die Tragödie nahm ihren Lauf.

OPFER Warum ich?

TERRORIST Warum Sie?

OPFER Ja, warum ich?

TERRORIST Zufall.

OPFER Aber es muss doch einen Grund geben.

TERRORIST Warum?

OPFER Na, weil es sonst sinnlos ist.

TERRORIST Sie brauchen einen Sinn?

OPFER Ja.

TERRORIST Wofür?

OPFER Für den Tod.

TERRORIST Ach, heutzutage braucht man nicht nur einen Sinn fürs Leben, sondern auch noch einen für den Tod?

OPFER Ich jedenfalls hätte gerne einen.

TERRORIST Na dann.

OPFER Was?

TERRORIST Suchen Sie sich einen aus.

OPFER Was?

TERRORIST Einen Grund.

OPFER Sie! Sie müssen doch einen Grund haben, den Sie mir geben können. Ich verblute!

TERRORIST Ehrlich gesagt: Das ist nur Tomatensaft.

OPFER *empört* Nein, das ist Blut.

TERRORIST Ach was, Tomatensaft.

OPFER Das ist Blut!

TERRORIST Woher wollen Sie das wissen?

OPFER Es tropft aus meinem Bauch.

TERRORIST Tomatensaft?

OPFER Nein, Blut!

TERRORIST Blut ist dunkler.

OPFER Dieses nicht.

TERRORIST Dann kann es nur Tomatensaft sein.

OPFER Scherzen Sie nicht.

TERRORIST Ich scherze nicht. Ich stelle fest. Dürfte ich mal probieren?

OPFER Was?

TERRORIST Die Flüssigkeit, die aus Ihrem Bauch tropft.

OPFER *irritiert* Bitte.
Terrorist tupft mit seinem rechten Zeigefinger in die Lache und probiert. Sein Blick schweift nach oben, Stille.

OPFER Und?

TERRORIST *entspannt* Tomatensaft. Eindeutig.

OPFER Holen Sie einen Arzt.

TERRORIST Warum?

OPFER Weil ich sterbe.

TERRORIST Sie spielen doch nur.

OPFER Nein, ich sterbe.

TERRORIST Weshalb dann ein Arzt?

OPFER Man kann nie wissen.

TERRORIST Also sind Sie nicht sicher.

OPFER Wie sollte ich?

TERRORIST Sie sagten eben, Sie würden sterben.

OPFER Es könnte sein. Es ist sogar sehr wahrscheinlich. Sehen Sie nicht das ganze Blut.

TERRORIST Das ist Tomatensaft.

OPFER Rufen Sie jetzt einen Arzt?

TERRORIST Sie möchten eine zweite Meinung?

OPFER Ich möchte einen Arzt.

TERRORIST Wie Sie meinen.

Terrorist ab. Opfer röchelt.

PAUSENCLOWN Zu verstehen, was zu verstehen ist, ist schwer, wenn man nur verstehen möchte, was der Verstand domestiziert hat. Denken aber ist immer eine Art von Umdenken. Alles andere ist nur ein stummes Brabbeln, ein Nachplappern, ein sich ewiges Wiederholen. Das Denken eines Denkers schimmelt vor sich hin und es gibt der Vielen zur Genüge, die sich an dem fauligen Obst laben, es verdauen, wieder ausscheiden und ihre Exkremente in güldenem Pomp feilbieten. Es gibt der Vielen zur Genüge, die sich an den Exkrementen laben. Exkremente aber sind nicht zum Essen da! Andererseits: Wäre die Fliege ein Auto, könnte man sie rückwärts einparken.

Terrorist und Arzt betreten die Bühne.

ARZT Wo kann ich helfen?

OPFER Hier unten.

ARZT Privat oder Kasse?

OPFER Ich verblute.

ARZT Sind Sie sicher?

OPFER Sind Sie Arzt?

ARZT Ich fahre Porsche.

OPFER Haben Sie den hippokratischen Eid geschworen?

ARZT *zu Terrorist* Was genau meint er?

TERRORIST Hippokrates, 460 bis 370 v. Chr.: »In alle Häuser, die ich betrete, werde ich eintreten zum Nutzen der Kranken, frei von jedem absichtlichen Unrecht, von sonstigem verderblichen Tun und von sexuellen Handlungen an weiblichen und männlichen Personen, sowohl Freien als auch Sklaven.«

ARZT Darauf soll ich schwören? Würden Sie so etwas tun?

TERRORIST Oh, ich werfe nur Bomben.

ARZT Ach, Sie sind Terrorist?

TERRORIST Ja.

ARZT Angenehm, Arzt.

OPFER Das ist ein Drama.

TERRORIST Eine Komödie.

OPFER Ein Drama!

TERRORIST Das Käthchen von Heilbronn ist ein Drama. Das hier ist eine Komödie.

OPFER Wenn jemand verblutet?

TERRORIST Wenn jemand an Tomatensaft verblutet.

OPFER Das ist Blut.

ARZT Kann ich mal probieren?

TERRORIST Er hat nichts dagegen.

Arzt probiert, verzieht das Gesicht, Stille.

OPFER Und?

ARZT Ich bin nicht sicher. *Erstaunt* Aber es könnte Tomatensaft sein.

TERRORIST Es ist Tomatensaft.

OPFER Es ist Blut! Ich sehe mein Leben an mir vorüberziehen. Szenen im Sandkasten, die erste Liebe, beruflicher Erfolg, das Abendessen.

TERRORIST Was für ein Leben!

ARZT Was für ein Abendessen?

OPFER *zum Arzt* Ich fühle es.

ARZT Was?

OPFER Rufen Sie einen Mann Gottes.

ARZT Wen?

OPFER Einen Geistlichen.

ARZT Konfektion?

OPFER Was?

ARZT Römisch-katholisch, orthodox, protestantisch, jüdisch?

OPFER Römisch-katholisch.

TERRORIST War ja klar.

OPFER Was soll das heißen?

TERRORIST Nichts.

OPFER Nein, nein, nur raus mit der Sprache. Ist es schon soweit, dass man sich als Katholik rechtfertigen muss? Ist es schon soweit? Ist es schon *so* weit? Sind *wir* schon so weit? Nur raus damit! Raus, raus, raus mit der Sprache.

TERRORIST Regen Sie sich nicht auf, ich habe nichts gesagt.

OPFER Sie haben *Nichts* gesagt.

TERRORIST Eben.

OPFER Nichts!

TERRORIST Ja.

OPFER Nichts!

ARZT *zu Terrorist* Geht's ihm nicht gut?

TERRORIST Vielleicht die Prostata.

ARZT Ich könnte eine Darmspiegelung vornehmen.

TERRORIST Klingt gut.

OPFER Nichts dergleichen werden Sie tun!

TERRORIST Er will sich nicht helfen lassen.

ARZT Man kann ihn nicht zwingen.

TERRORIST Kann man nicht.

ARZT Obwohl.

TERRORIST Ja?

ARZT Ist er zurechnungsfähig?

TERRORIST Nun ja, er behauptet an Tomatensaft zu verbluten.

OPFER *Er* behauptet gar nichts. *Er* stirbt. *Er* ist das Opfer einer brutalen Niedertracht. *Er* hinterlässt eine Frau und zwei Kinder, sechs und acht Jahre alt. *Er* hat nie das Finanzamt betrogen. *Er* will einen Pfarrer. Sofort!

ARZT Vielleicht sollten wir einen Pfarrer holen?

TERRORIST *gleichgültig* Warum nicht.

Arzt und Terrorist ab.

PAUSENCLOWN *trägt das Shirt of Shame* Im Himmel könnte es nicht schöner sein, selbst in Fichte Furnier nicht. Im Zeitalter der Konterrevolution aber wollen alle Le Misanthrope sein. Doch gebärt Vergegenwärtigung! Dass der Mensch dem Menschen unerträglich ist, das ist ein alter Hut mit hübscher Krempe. Dazu beisteuern möchte ich an dieser Stelle nichts. Alldieweil und wohlan aber auch oszilliere ich mit Vorliebe abends, und meine Lieblingsfarbe ist kariert. Es sei denn, Sie wollen mich beleidigen. Dann andersherum. Denn dann, und nur dann, ist meine Lieblingsfarbe Freitag.

Terrorist, Arzt und Pfarrerin betreten die Bühne.

PFARRERIN Wo kann ich helfen?

OPFER Wer sind Sie?

TERRORIST Er erkennt Sie nicht.

PFARRERIN Er erkennt mich nicht?

TERRORIST Er leidet wahrscheinlich an Prosopagnosie.

ARZT An was?

TERRORIST Seelenblindheit.

ARZT Oh, das ist aber schön. Seelenblindheit. Dass es so was Schönes gibt.

TERRORIST Lesen Sie denn nicht den Pschyrembel?

ARZT Den was?

OPFER Und was haben Sie da überhaupt an?

PFARRERIN Das ist ein schwarzer Minirock von Wu-Tang Clan. Ich finde, meine Beine kommen darin sehr gut zur Geltung.

OPFER Ich möchte beichten.

PFARRERIN Warum?

OPFER Weil ich sterbe.

PFARRERIN Sie sterben?

TERRORIST Sagt er.

ARZT Ja, sagt er.

OPFER *trotzig* Ich sterbe.

PFARRERIN Und Sie möchten lieber in den Himmel.

OPFER *leise* Nun ja.

ARZT Er kommt in den Himmel, wenn er beichtet?

TERRORIST Es erhöht die Chancen.

ARZT Ich würde auch gerne beichten.

OPFER Sie?

ARZT Warum nicht?

OPFER *Ich* sterbe!

PFARRERIN Mein Sohn, übertreiben Sie da nicht ein wenig?

ARZT *irritiert* Er ist Ihr Sohn?

TERRORIST Im übertragenen Sinne.

OPFER Nein, ich übertreibe nicht, ich verblute.

TERRORIST Das ist Tomatensaft.

ARZT Ja, das ist nur Tomatensaft.

OPFER *resigniert* Blut. Es ist Blut.

PFARRERIN Kann ich mal probieren?

TERRORIST Er hat nichts dagegen.

ARZT Nein, er hat nichts dagegen.

Pfarrerin probiert, verzieht das Gesicht, Stille.

OPFER *ängstlich* Und?

PFARRERIN Tomatensaft. Zu viel Salz, zu wenig Pfeffer.

TERRORIST *erstaunt* Ach was. *Terrorist probiert erneut.* Sie haben Recht.

PFARRERIN Tomatensaft ist meine Passion. Jeden Tag ein Glas. Selbst gemacht.

TERRORIST Antioxidativ, kalorienarm und reich an Mineralstoffen.

PFARRERIN Sehr richtig, schützt außerdem vor Herzerkrankungen und Arteriosklerose.

OPFER Hallo?

PFARRERIN Ja?

OPFER Ich sterbe.

TERRORIST Immer noch?

OPFER Ja.

ARZT Macht Ihnen das eigentlich Spaß?

OPFER Natürlich nicht.

ARZT Warum hören Sie dann nicht einfach auf damit?

OPFER Herrgott noch mal.

PFARRERIN Na, na, na.

TERRORIST Ich fürchte, aus dieser verfahrenen Situation kann uns nur noch der Deus ex Machina erretten. Wann geht Gott eigentlich in Rente?

PFARRERIN Da müsste ich nachfragen.

Opfer bäumt sich leicht auf, schaut gen Decke, stöhnt leise.

TERRORIST Was ist Ihnen?

OPFER Ich sehe.

TERRORIST Was sehen Sie?

OPFER Einen Engel.

PFARRERIN Engel gibt es nicht. Sie halluzinieren.

OPFER Natürlich gibt es Engel. Haben Sie die Bibel nicht gelesen?

PFARRERIN Ich bin Atheistin.

OPFER Was?

TERRORIST *erstaunt* Sie sind Atheistin?

PFARRERIN *stolz* Römisch-katholische Atheistin.

OPFER Der Engel ist trotzdem da.

TERRORIST Das ist doch albern.

OPFER Glauben Sie denn nur, was Sie sehen?

TERRORIST Ja.

ARZT Ja.

PFARRERIN Nun ja.

OPFER *zur Pfarrerin* Würden Sie mir die letzte Ölung erweisen?

ARZT Ölung?

TERRORIST Sagt man so.

PFARRERIN Olivenöl ist aus.

OPFER Dann nehmen Sie etwas anderes!

TERRORIST Tomatensaft?

OPFER Herrgott! Nehmen Sie einfach das Weihwasser.

PFARRERIN Sie sind wohl von Sinnen.

OPFER *wütend, mit letzter Kraft schreiend* Sie nehmen jetzt das Weihwasser! Sofort! Ich bin einem Tasso gleich dem Wahnsinn nah!

ARZT Da hat er sich aber jetzt in Rage geredet, oder?

PFARRERIN Ja, aber ich fand das auch ganz schön. Das hatte so eine leicht aggressive Stimmung. Er ist jetzt mal ein bisschen aus sich raus gegangen, und ich glaube, das hat ihm gut getan. Rage macht frei!

Pfarrerin zieht sich aus. Nur den Priesterkragen behält sie an. Beginnt zu stöhnen und zu masturbieren.

ARZT Warum macht sie das?

TERRORIST Regieanweisung. Damit die Zuschauer nicht vergessen, dass sie im Theater sind. Metaebene sozusagen. Und dass ich jetzt daraufhin verweise, ist sozusagen die Metametaebene.

ARZT Und warum macht es die einzige Frau im Stück?

TERRORIST Sexismus. Für den Eklat.

ARZT Verstehe. Sehr schön.

OPFER Hallo?

ARZT Ja?

OPFER Ich sterbe.

ARZT Ja, aber doch bitte nicht jetzt, wir sind mitten in einer Sexszene.

OPFER ÖLUNG!

TERRORIST Vielleicht sollte man mal eine Ausnahme machen.

PFARRERIN *wieder normal* Ich weiß nicht.

OPFER *krächzt* Bitte.

PFARRERIN Nun gut. *Reibt Stirn und Handinnenflächen des Opfers ein.* Durch diese heilige Salbung und durch seine mildreiche Barmherzigkeit verzeihe dir der Herr, was du gesündigt hast durch Sehen, Hören, Reden, Riechen, Tasten und Tun. In nomine Patris et Filii et Spiritus Sancti. Amen.

TERRORIST Amen.

ARZT Das war eine Ölung?

TERRORIST Schön, nicht?

ARZT Da sollten Sie aber erst mal eine Darmspiegelung miterleben. Kein Vergleich. Da ist so eine Ölung nichts gegen.

OPFER Ich möchte einen letzten Wunsch äußern.

PFARRERIN Warum?

OPFER Weil ich sterbe. Es geht zu Ende. Ich spüre es. Ganz deutlich.

ARZT Ist da denn gar nichts zu machen?

OPFER *zur Pfarrerin* Mein letzter Wunsch, bevor ich meinem Schöpfer gegenübertrete, mein letzter Wunsch, hören Sie?

ARZT Man kann sich etwas wünschen, wenn man stirbt?

TERRORIST Pro forma.

PFARRERIN 53 Prozent aller Wünsche gehen in Erfüllung.

ARZT Woher wissen Sie das?

PFARRERIN Der HERR hat's mir gesagt.

TERRORIST Ich dachte, Sie sind Atheistin.

PFARRERIN Na und?

OPFER Ich sterbe. *Stirbt.*

Stille.

TERRORIST *ungläubig* Ist er tot?

PFARRERIN Könnte sein.

ARZT Tot?

TERRORIST Tot.

PFARRERIN Da kann man nichts machen.

ARZT Kann man nicht?

TERRORIST Kann man nicht.

PFARRERIN *zum Arzt* Woran ist er gestorben?

ARZT *überlegt* Ich könnte eine Darmspiegelung machen.

TERRORIST Vielleicht war es doch kein Tomatensaft.

PFARRERIN Wer hätte das gedacht?

TERRORIST Ich nicht.

ARZT Ich auch nicht.

PFARRERIN Ein Drama.

TERRORIST Ja, ein Drama.

ARZT Das ist ein Drama?

GRETCHEN MORGENTHAU Danke!

TERRORIST Absolut.

ARZT Komisch.

GRETCHEN MORGENTHAU Danke!!!

27

Wütend stapfte sie davon. Mit großen Schritten und weit ausholenden Armen. Der Boden erzitterte unter der trotzigen Naturgewalt. Und Blätter stoben davon. Mit beiden Händen hielt sie den Kragen ihrer Jacke vors Gesicht, um es vor dem Wind zu schützen. Kälter wurde es, immer kälter. Im Himmel suchte sie nach Antworten. Aber es dämmerte schon. Nichts zu erkennen, geschweige denn, etwas zu finden. Und so blieben nur die Fragen. Warum? Was war geschehen? Sollte diese Farce Theater gewesen sein? Beckett für Hausfrauen? Mit dieser Hanswurstiade konnte sie ihren Ruf natürlich auch ruinieren, im Handumdrehen, eine Fingerübung für die Journaille, so ein Untergang. Aber wollte sie das? Nein, irrlichterten ihre Gedanken, nein, ganz und gar nicht. Komisch, aber es war nicht egal, und so sollte ihre Liebe nicht enden, so hässlich. Es blieb keine andere Wahl, sie musste noch einmal selbst Hand anlegen, ein letztes Mal. Ihre Begeisterung war kaum messbar, nichts hätte sie weniger gerne getan, außer Joggen vielleicht.

Wie aber wollte sie diesen Hinterwäldlern in drei Wochen das Alphabet beibringen? Ein Utopia. Das Leben hatte einen Knall, es war durchgedreht, völlig außer Kontrolle. Unter professionellen Umständen und mit ordentlichen Schauspielern würde sie sechs bis acht Wochen benötigen. Mit Fruchtfliegen Peer Gynt zu inszenieren, das war einfach nur krank. Es gab keine Chance. Völlig verrückt. Sie würde Tag und Nacht durcharbeiten müssen. Charles Manson konnte sie mit zur Arbeit nehmen, kein Problem, da durfte der persönliche Assistent mal seine Nichtsnutzigkeit vergessen lassen und die sexy

Krankenschwester geben. Schließlich gab es auch für ihn ein Schicksal, das er zu erfüllen hatte.

Als sie ihre Herberge erreichte, hörte sie ein merkwürdiges Geräusch. Es war Musik. Sie ging schneller. Es war Brahms. Ungarischer Tanz. Ihr Klingelton. Ihr Telefon! Sie hatte ihr Telefon liegenlassen, es ging ja sowieso nie, und nun klingelte es. Sie riss die Tür auf, schmiss ihre Birkin Bag in die Ecke, schnappte sich das Telefon, tippte auf das Empfangssymbol, hielt das Tor zur Welt fest an ihr Ohr gedrückt und sagte, nein, schrie »Hallo« hinein. Und sie spürte dieses unbeschreibliche Glücksgefühl, wenn das Unerwartete wie ein Blitz einschlägt. Ein elektrisierender Moment. Endlich erreichte sie jemand, sie hatte den Glauben schon verloren, Halleluja, danke lieber Gott, und ja, sie hatte es doch schon immer geahnt, am Ende siegt die Gerechtigkeit, sie konnte nicht anders.

»Oh, mein lieber Mandelberg«, sagte Gretchen Morgenthau, »wie schön, von Ihnen zu hören. Prächtig geht es mir, prächtig, der Bauch macht mir Sorgen, aber sonst, alles ein Traum und mehr als das. Ich weiß gar nicht, wo ich anfangen soll. Eine wunderbare Luft und die Menschen sind von einer solchen Liebenswürdigkeit, kaum zu beschreiben, ein ganz eigener Schlag. Ich genieße jede Sekunde hier. Ich möchte gar nicht mehr weg. Und wie geht es Ihnen, was gibt es Neues aus der alten Welt zu berichten? Erzählen Sie mir alles. Sofort. Und lassen Sie bloß nichts aus.«

Sie setzte sich in den alten, ledernen Sessel in der Nähe des Ofens. Restglut knisterknasterte. Sie aß Pistazien aus einer silbernen Schale und blickte hinaus in die Dämmerung. Bald schon würde es schwarz sein. Aufmerksam lauschte sie den Wörtern, die sich mehr und mehr entfernten, bis nur noch einzelne Silben nachhallten, die mit jeder Wiederholung an Bedeutung verloren und nur noch Klang waren. Draußen stoben Blätter umher und einzelne Tropfen klatschten gegen das Fenster.

Ein Ungemach kündete sich an, das Wetter spielte mit, wie schön.

Als Gretchen Morgenthau das Telefon zur Seite legte, wurde ihr leicht schwindelig. Für einen kurzen Moment lag alles in einem wabernden Nebel. Sie fühlte sich betäubt. Es war beinahe angenehm. Sie ging in die Küche, nahm ein Tuch und wischte den sauberen und staubfreien Tisch. Sie hatte seit über vierzig Jahren nicht mehr Staub gewischt. Sie atmete tief ein und schloss für einen kurzen Moment die Augen. Kardamom und frische Minze. Dann setzte sie sich auf den Küchenstuhl am oberen Ende des kleinen Tisches. Sie schaute aufs Meer. Wie schön es doch war. Immer und immer wieder. Sie hatte es irgendwie vergessen, das Meer. Dabei hatte sie es mal geliebt. Das Wasser überhaupt. Das ungestüme. Draußen. Als sie noch ruderte. Aber das war lange her. Was für eine Figur sie damals hatte, kein einziges Gramm Fett. Sie schaute auf ihre Hände und musste lächeln. Vergangenheit war nicht immer einfach. Und dann nahm sie aus ihrer Handtasche ein kleines metallenes Rohr, das aussah wie ein Stift, drehte es auf und nahm eine Zigarette heraus. Sie hatte immer eine mit dabei. Seit dreißig Jahren. Seit sie aufgehört hatte zu rauchen. Jeden Monat kaufte sie eine neue, bei Tariq, dem Pakistani ihres Vertrauens, und tauschte sie gegen die alte ein. Für den Fall. Man konnte ja nie wissen. Und jetzt war es soweit. Wenn nicht jetzt, wann sonst? Sie tastete das Papier ab. Es fühlte sich immer noch genauso an. Und auch der Duft war ein Altbekannter. Der Tabak roch nach Wildem Westen, nach John Wayne, nach dem Mann, der Liberty Valance erschoss. Unvergesslich. Und dann steckte sie die Zigarette in den Mund und der weiche Filter gab zwischen ihren Lippen nach, und dann nahm sie das silberne Sturmfeuerzeug vom Küchentisch, das noch vom Großvater sein musste, auf dem die Umrisse zweier Nixen eingraviert waren, in Liebesspielen verstrickt, Männer eben. Sie klickte den

Verschluss nach hinten. Benzin kroch hinaus. Sie drehte an dem Metallrad und es machte leise Wusch. Die Flamme flackerte im Windzug, aber sie ging nicht aus. Sie führte das Feuerzeug an die Zigarette und es zischte kurz und dann glühte sie auf, die Zigarette, und Gretchen Morgenthau inhalierte und der Rauch schoss durch ihre Lungen und ihr Kopf kippte leicht nach hinten und dann atmete sie wieder aus und dann lächelte sie und dann fühlte sie es besser werden. Faszinierend. Dachte sie. Wie schnell die Zeit sein konnte und wie leise sie war. Sie reiste wohl auf Zehenspitzen. Das scheue Ding. Fast unsichtbar. Auch draußen war nichts mehr zu sehen, die Nacht dunkelte die Welt. Monotones Plätschern setzte ein, Huhu machte der Wind und ein Hund bellte und bellte, als sei der Leibhaftige zu Besuch. Aber das Geräusch der Stille fegte alles hinfort. So also fühlte sich das an. Alle Gedanken weg, nur noch dieser eine. Merkwürdig.

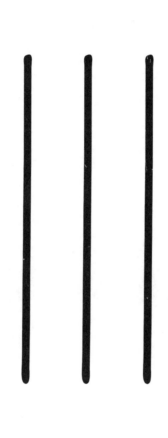

28

Kaninchen flogen. Und Eisbären. Sogar ein grobmotorisches Warzenschwein erhob sich in die Lüfte, bis der Wind es wieder auflöste und es in Schwaden davontrieb. Der Wasserkessel atmete, er dampfte und er brodelte. Nur pfeifen konnte er nicht. Noch nie. Dafür aber mit dem Deckel scheppern, der unkontrolliert nach oben hüpfte und ein buntes Allerlei an Tieren in die Luft blies. Sie nahm den Kessel von der Gasplatte und schüttete den Kaffee auf. In eine rote Keramikkanne aus kolonialen Zeiten, die sie auf ein metallenes Stövchen stellte. Sie öffnete die rechte obere Tür des Küchenschranks, übersah routiniert das wundervoll schlichte Porzellan von Wedgwood und nahm die himmelblaue Emailletasse heraus. An der unteren Kante hatte sie schon zwei Katschen, sie war nicht schön, und sie hörte auf den Namen: Niemand außer GM berührt diese Tasse, noch sieht er sie an, noch spricht er mit ihr und schon gar nicht füllt er irgendetwas in sie hinein.

Zum Frühstück gab es das Übliche. Nur weniger. Denn mehr als eine halbe Banane war nicht möglich. Eine zweite Tasse Kaffee indes schon. Stark, schwarz, Tote weckend. Dabei war es gar nicht nötig. Viel wacher konnte sie nicht werden. All ihre Sinne tobten sich noch einmal richtig aus, und das Bewusstsein für jeden einzelnen Moment war ganz automatisch da, ungewollt und ungeplant, als ob die Sinne wüssten, dass sie hierher nicht wieder zurückkehren würden. Komisch, so ein letzter Morgen.

Sie ging in den Flur, holte ein frisches Handtuch aus dem Wäscheschrank, steckte es unter ihren rechten Arm, nahm den Kaffee und ging in Richtung Haustür. Frisch geduscht. Aber beileibe noch nicht ausgehfein. Sie hatte noch ihren seidenen, weißen Pyjama an, der ihr immer Glauben schenkte, sie sei eine japanische Kampfkünstlerin, die mit ihrem Langschwert von Meister Masamune ehrenhalber Köpfe abschlägt. Und Arme und Beine und Genitalien und Hände und Füße und Finger und Zehen und so weiter. Sie schaute verträumt und im Blutrausch schwelgend auf den Boden, stockte und brauchte einige Sekunden, um zu verstehen, dass dort etwas lag. Etwas, das dort nicht hingehörte. Heimlich hatte jemand einen Zettel unter die Haustür geschoben. Sie bückte sich, hob ihn auf und betrachtete ihn eine Zeit lang verwundert. Als sie ihn auffaltete, keimte Erinnerung. Das Aquarellpapier roch nach Sandelholz und Bergamotte. Und in Schönschrift stand geschrieben: *An Tagen wie diesen malt sie die Welt widdewiddewie sie ihr gefällt.* Sie zerknüllte den Zettel und steckte ihn in ihre Hosentasche. Dann öffnete sie die Tür und ging hinaus.

Es war noch früh am Morgen, Tau benetzte die Natur und glitzerte im Bodennebel wie ein verborgener Silberschatz. Und es wehte. Von Westen nach Osten. Oder umgekehrt. Wer wollte das schon sagen. Sie stieg die Anhöhe hinauf, an der Schwarzdornhecke vorbei, um den kleinen Hafen sehen zu können, in dem die Fischer jeden Tag aufs Neue ein- und ausliefen. Henrik sah sie besonders gerne ein- und auslaufen. Einfach so. Sie breitete das Handtuch aus, setzte sich in das weiche Gras, schlug die Beine übereinander und stützte sich mit ihren Händen nach hinten ab. Die Erde war noch feucht, die Halme kräftig und von scharfer Kante. Sie spürte ein Pochen, ein leichtes Beben, als habe Poseidon Aufstoßen. Der Wind streunte ihre langen Haare kreuz und quer. Sie waren frisch gewaschen, und sie musste sich Sorgen machen, um eine Ekältung, tat es aber nicht. Sie atmete tief ein. Die Luft schmeckte. Nach mehr. Als wäre sie rar. Oder ein Sonderangebot. Auf ihren Unterarmen pilgerten Armeen kleiner Elefanten und hinterließen eine wenig schöne Gänsehaut. Es war nicht wirklich kalt, zwölf Grad vielleicht, und auch die Sonne war nicht schüchtern, nur schwach. Und nieder fielen Blätter. Die ersten des Jahres. Bald schon würden sie welk sein. Natürlich. Was auch sonst. Lieblich waren all diese Gedanken. Nichtsnutzig. Und doch waren es ihre, ungefiltert, da konnte sie nichts machen. Momente, Eindrücke, kein Hinterfragen, nur Dasein. Sie hatte ja nie geglaubt. Glaube war etwas für kleine Jungs. Und manchmal, dachte sie, wäre sie gerne ein kleiner Junge gewesen. Im Gottvertrauen über Hügel springen, Blechdosen gegen Mauern schießen und Bedürftigen Backpfeifen schenken. Das hätte ihr gefallen. Sehr.

Drei Wochen lang war sie durch die Hölle gegangen. Drei Wochen Proben mit einem Haufen Dilettanten, der kaum mehr konnte, als sich die Schuhe zubinden. Ihr erstes Kindertheater, eine Erfahrung, die sie gerne hätte missen wollen, die vom Umtausch allerdings ausgeschlossen war. Die beiden Hauptproben und die Generalprobe liefen eher ganz schlecht als schlecht. Und damit konnte sie noch einigermaßen zufrieden sein. Sie hatte einen Ganz als Tasso erlebt, einen Voss ... aber nein, was sollte das denn ... müßig, so ein Vergleich. Es waren Laien, die schauspielerten Schauspieler zu sein in einem Stück, das ihre natürlichen Grenzen weit überschritt. Sie hatte mit ihnen gekämpft, sie angeschrien, angefleht, liebkost, ermordet, all das, was man so tat, um das Beste herauszuholen. Es war nicht viel, beileibe nicht, und selbst im Traum war sie nie davon ausgegangen, dass sie es überhaupt so weit schaffen würde. Sie musste unendlich viel streichen, umschreiben, vereinfachen, anders wäre es nicht gegangen. Bei den Besetzungen musste sie auf das notwendige Übel zurückgreifen, hier und da gar zwangsrekrutieren. Aus ihrem Regieassistenten hatte sie kurzerhand Peer Gynt gemacht, doch als Schauspieler war er nicht minder enervierend, nur lauter. Ständig wollte er die »komplexe und diffizile« Szene wiederholen, in der er auf einem Bock durch Jotunheimen ritt. Der Bock war in einer Zweitrolle Lehrer Magnus.

Sie war am Ende ihrer Kräfte, und nie hätte sie zugegeben, dass es auch gute Momente gab, lustige, merkwürdige, traurige. Einen Wimpernschlag erst her. Keine Ruhe nirgends. Unentwegt scharmützelte es in ihrem Kopf und die Zeit stürmte vornweg, unmöglich, Luft zu holen, an etwas zu denken, das jenseits von Holterdiepolter lag.

Und nun gab es nichts mehr für sie zu tun.

Die Bühne gehörte ihr.

Ihr ganz allein.

Endlich.

Sie stand auf, nahm das Handtuch und ging wieder zurück ins Haus. Im Badezimmer setzte sie sich an den notdürftig eingerichteten Schminktisch und schaute irritiert in den Schminkspiegel. War das eine neue Falte? Über der linken Augenbraue? So was aber auch. Die Tagescreme war eingezogen. Es war an der Zeit für das allmorgendliche Meisterwerk. Auf der Ablage lagen und standen ihre treuen Wegbegleiter Shiseido, T.LeClerc, Lancôme und Dior. Ein letzter Augenaufschlag und das mechanische Prozedere konnte beginnen: Make-up mit einem kleinen Schwämmchen sorgsam verteilen. Kurze Zeit warten. Puder mit einer Quaste auftragen. Mit Rouge ein wenig Wangenröte ins Spiel bringen, nicht zu viel, nicht billig. Hellgrauen Lidschatten auftragen, den zweiten, etwas dunkleren, in der Lidfalte verstreichen. Mit einem cremefarbenen Kajalstift über das untere innere Augenlid fahren, mit einem dunkelgrauen das äußere Lid nachzeichnen. Die fein gezupften Augenbrauen mit einem Augenbrauenstift betonen. Die Wimpern mit einer Zange in Schwung bringen und anschließend mit Mascara zweimal tuschen. Die Lippen abpudern, die Umrisse mit einem Konturenstift hervorheben und mit einem Pinsel ausmalen. Zum Finale die Lippen auf ein Kosmetiktuch pressen. Im Spiegel das Wunder kontrollieren. Perfekt. Applaus. Danke.

Sie ging in ihre Schlafkammer. Keine zwanzig Quadratmeter groß. Eine Zumutung. Auf dem Bett lag ihre Auswahl. Ihre engste. Eine ganze Woche lang hatte sie hin und her überlegt, keine leichte Entscheidung, es war eine Premiere, die Unsicherheit groß. Kurz hatte sie an ein schlichtes, schwarzes Kleid von Chanel gedacht, klassisch zurückhaltend, eine Geste des Understatements, eine Haltung, gewiss. Aber diese Bescheidenheit war absolut fehl am Platz. Es war die Zeit für Größe. Für besinnungslose Dekadenz. Nicht protzig, nur umwerfend. Und wenn sie ehrlich war, dann waren all die Alternativen nur Staffage, keine ernsthafte Konkurrenz. Im tiefsten Innern ihres Herzens wusste sie, dass es nur das Eine sein konnte. Seit sie es das erste Mal sah. Ein zufälliges Treffen, nicht einmal mit ihrem Lieblingsdesigner und doch Liebe auf den ersten Blick. Das wertvollste Stück, das sie besaß: das blau-schwarze, langärmelige, hochgeschlossene und bis auf den Boden reichende Fransenkleid von Tom Ford. Ein Märchen. Eine Sünde. Ein Verbrechen. Dazu graue Wildleder-Pumps von Yves Saint Laurent und einen dunkelgrauen Kaschmir-Schal von Johnstons of Elgin. Aus ihrem Schmuckkästchen nahm sie einen schlichten Weißgoldring und die Ohrstecker ihrer Großmutter, die sie nur zu ganz besonderen Anlässen anlegte. In der silbernen Fassung war ein schwarzer Opal eingearbeitet, den Albert, der Geliebte ihrer Großmutter, dereinst aus Australien heimbrachte, als Verlobungsgeschenk, unter Einsatz seines Lebens, denn ein Messer zwischen den Rippen war damals ein beliebter Zeitvertreib.

Sie zog alles an, betrachtete ihre Unsterblichkeit im Spiegel und bestäubte sich mit einem Hauch *Eau du Soir*.

In der Küche machten sich erste Sonnenstrahlen breit. Winzige Partikel flimmerten unruhig umher, als seien sie ganz aufgeregt über all die Dinge, die noch kommen mochten. Neben der Haustür standen ein gepackter schwarzer Rollkoffer und ein Korb, den sie tags zuvor mit kleinen Kostbarkeiten gefüllt hatte. Sie setzte sich wieder an den Tisch und lackierte ihre Fingernägel in *Frenzy* von Chanel. Ihr temporärer Lieblingsnagellack. Eine Mischung aus Lila, Grau und Beige, eine Erinnerung an die alten Pastellmaler und die großkarierten Psychos. Sie pustete und pustete und schaute aus dem Fenster. Keine hundert Meter entfernt sah sie einen jungen Mann den Weg hochkommen. Ihr persönlicher Assistent. Zwei vor acht. Er war pünktlich. Selbstverständlich. Dem feierlichen Anlass entsprechend in einen dunklen Anzug gezwängt. Vor Jahren schon herausgewachsen. Wie amüsant.

Sie stand auf und ging zu Charles Manson, der in seinem Lazarettnest lag und noch die Reste des Frühstücks verdaute. Er hatte auffällig an Gewicht zugelegt. Und er war ein Mysterium. Ein Weltwunder, um genauer zu sein. Niemand auf der Insel hatte bisher von einem Papageientaucher gehört, der vier Wochen lang hingebungsvolle Pflege erhielt, sich bester Gesundheit erfreute und trotzdem beharrlich weigerte, in den Schoß von Mutter Natur zurückzukehren. Und nun war es an ihr, Abschied zu nehmen. Sie wusste, was zu tun war. Gelernt war gelernt. Zweimal schlug sie leicht auf seinen Kopf, so, wie er es gern hatte. Drei Mal war zu viel, da schnappte er, und einmal war zu wenig, da gab es einen Heidenlärm.

Orrk.

Nun.

Denn.

Sie öffnete die knirschende Haustür, nahm den Rollkoffer und den Korb, ging hinaus, stellte ihr Gepäck neben die kleine Steinmauer, schloss die Tür hinter sich, ging zwei Schritte auf ihren Assistenten zu, blieb stehen, drehte sich einmal um ihre eigene Achse und fragte: »Wie sehe ich aus?«

Und dann musste sie kurz lächeln. Weil es so klang, als würde Kyell sie zu einem Rendezvous abholen, als würden sie gemeinsam auf den High School Ball '55 in Amarillo gehen und als wäre sie ganz aufgeregt, ob ihr Kleid ihm auch gefalle. Komisch war das, sehr komisch.

Kyell schaute sie verwirrt an und sagte: »Sie können alles tragen, sogar ein Lächeln.«

Herrje, dachte sie, Jungs in diesem Alter konnten so schrecklich kitschig sein, fürchterlich.

»Sei so lieb und nimm bitte mein Gepäck.«

Kyell schaute auf den schwarzen Rollkoffer und auf den Korb zu ihren Füßen. Er war irritiert. In dem Korb lagen ein Laib Brot und ein Laib Käse, eine Flasche Rotwein und eine Flasche Wasser, zwei Bananen und zwei Kiwis.

»Warum haben Sie den Korb mit dabei?«

»Falls ich unterwegs Hunger oder Durst bekomme?«

»Und warum einen Koffer?«

»Man kann nie wissen. Ich möchte auf alle Eventualitäten vorbereitet sein. Und jetzt hör auf zu fragen, trag.«

Kyell nahm den Korb und rollte den schwarzen Koffer hinter sich her, schlaksig ungelenk, ganz bei sich. Die Frau Intendantin schritt voran, sie kannte den Weg ja schon. Bis zur kleinen Bucht waren es keine zehn Minuten Fußmarsch. Sie gingen den Weg an den wilden Wiesen vorbei, die im Morgenlicht kunterbunt schimmerten. Allerlei Unkraut wütete auf ihnen, und da sie wusste, dass ihr junger Begleiter ganz verrückt nach Biologie war, fragte sie ihn nach den Namen der Gesträuche, und Kyell erzählte mit ungestümer Begeisterung von Wolfswurz, Knöterich und Löffelkraut und geriet nahezu ins Schwärmen über das magische Gelb der Winterlinge und Trollblumen, als habe er jahrelang auf diese Frage gewartet, als sei er vorbereitet gewesen, für diesen Moment, diesen einen.

Als sie die Bucht erreichten, kannte Gretchen Morgenthau jeden einzelnen Grashalm persönlich. Dankbar war sie deswegen nicht. Sie wies ihren Assistenten mit einer beiläufigen Handbewegung an, das Gepäck abzustellen. Sie schaute sich um. Keine Menschenseele weit und breit. Sie waren alleine. Auch das Schreckgespenst war nicht zu sehen, ein Glück. Einzig das rote Ruderboot war anwesend, vertäut am hölzernen Steg. Das Wasser glitzerte und ein letzter Restnebel schleierte auf der Oberfläche. Ruhig war es, kaum Wellengang, ein sanftes Plätschern, mehr nicht. Sie setzten sich auf die Bank rechts in der Nähe des Stegs. Vandalen hatten sich an ihr zu schaffen gemacht. Namen waren ins Holz geschnitzt. Mikkel + Holma, Boje + Janne, frisches Gemüse, dessen neues Hobby die Liebe war. Nichts änderte sich, nie und niemals. Warum auch. Sie schauten schweigend aufs Meer hinaus. Beruhigend, so ein Hinausschauen, nahezu unheimlich. Und vielleicht hätten sie noch ein oder zwei Jahre so dasitzen, über die Welt, das Universum und überteuerte Stützmieder nachdenken können, aber ein Schmetterling mit einem ausgeprägten Gespür für den falschen Moment flatterte rüde torkelnd auf sie zu, bekam im letzten Moment noch die Kurve und verlor sich wieder im Dickicht.

»War das ein Nachtfalter?«

»Nein, ein Trauermantel«, sagte Kyell, »die gibt es hier nur sehr selten.« Und er überlegte, ob er sie beeindrucken sollte, mit Bildung, mochte sie doch, so etwas, und ein ganz klein wenig von der alten Sprache hatte er noch behalten, und es hieß doch immer, den Mutigen gehöre die Welt, also: »Wussten Sie, dass das altgriechische Wort für Schmetterling so viel wie Atemhauch oder Seele bedeutet?«

Nein, wusste sie nicht. »Hübsch.«

Und da sie es anscheinend ernst meinte und es gerade so gut lief, fügte er noch hinzu: »Und wussten Sie« – denn das hatte er selbst erst vor einer Woche erfahren, er war da völlig überrascht worden, von dieser sensationellen Meldung – »dass Stockenten ein Faible für homosexuelle Nekrophilie haben?«

Diesmal aber erntete er nur den tödlichen Blick. Er wusste mittlerweile, was dieser Blick bedeutete, die nonverbale Ermahnung, dass er zu weit gegangen war, dass es Grenzen gab. Ende der Biologiestunde. Er hatte sie ein wenig besser kennengelernt in den letzten drei Wochen. Kein Wunder, dachte er, und spulte zurück:

Es gab Tage, da verbrachte er 18 Stunden an ihrer Seite. Im Theater war er ihr Schatten, er führte das Regiebuch, notierte Auftritte, Positionen, Abgänge, kochte Kaffee, verteilte Textänderungen, organisierte dies, aber auch das und war Ansprechpartner für alle Wehwehchen aller. Die Hölle. Jeden zweiten Abend kochte er für sie, meistens sehr spät noch, sie war fast immer erschöpft von den langen Tagen. Er auch. Und dann gab es diese Momente, diese Gespräche, in denen er mehr übers Theater lernte, das ihn nach wie vor nicht wirklich interessierte, und dann gab es diese vielen nützlichen Tipps, die sie ihm schenkte, aus einer Großzügigkeit heraus, die ihn überraschte. Falls er jemals Mascara für sich entdecken sollte, so wusste er nun, dass er die Wimperntusche zunächst zwei Tage lang offen lassen musste, um die perfekte Konsistenz zu erhalten. Und dann sagte sie noch, einfach so und ganz nebenbei, was seine Berufung sei. Als wäre es völlig logisch, als gäbe es da gar keine Frage und kein tägliches Kopfzerbrechen. Nichts – mit Ausnahme von Milla vielleicht – beschäftigte ihn mehr, als seine Suche nach Bedeutung, nach irgendeiner Bedeutung, die er erfüllen konnte, die allem einen Sinn gab. Wer war er schon? Er hatte weder besondere noch sonderbare Eigenschaften, er war nicht sportlich begabt noch musikalisch talentiert, er besaß keinen großen Ehrgeiz für Nichts und Wiedernichts, er war einfach nur durchschnittlich, ein ganz normaler Junge, der nicht wusste, wohin mit sich und warum überhaupt alles war, wie es war, und warum denn nicht anders. Und dann sagte sie, an einem Abend, an dem er eine einfache Kürbiskernsuppe servierte, er solle Koch werden. Einfach so. Seine Begabung. Punkt. Er müsse nur raus und bei den Großen lernen.

In den letzten Tagen konnte er kaum an etwas anderes denken.

»Ich fürchte mich vor der neuen Welt«, sagte er in die Stille hinein.

»Zu Recht«, sagte sie und runzelte verwirrt die Stirn.

»Werde ich glücklich?«

Glücklich? Was war denn das für eine fürchterliche Frage? Nein, du wirst selbstverständlich nicht glücklich. Sensible junge Männer werden nicht glücklich, das liegt nicht in ihrer Natur. Aber es wird glückliche Momente geben, und du wirst lernen müssen, sie bei dir zu behalten und unterwegs nicht zu verlieren. So ungefähr stellte sie sich die Antwort als engagierte Sozialpädagogin vor, aber das wäre ihr zu lang gewesen, und deshalb sagte sie nur: »Nein.« Er würde noch früh genug zu eigenen Erkenntnissen gelangen. Erfahrungen gehörten zum Leben, schmerzhafte sowieso.

»Ich glaube, Leben wird überschätzt.«

Sie sah ihn lange an. Sie wusste, dass ihr junger Assistent die Passion seines Großvaters teilte, sie kannte solche Menschen zur Genüge, ein beliebter Zeitvertreib so vieler Künstler, denen sie begegnet war, und da sie ihn ja doch irgendwie mochte, zumindest aber nicht restlos verachtete, und da auch niemand sonst zuschaute, der von ihrer ausufernden Warm- und Barmherzigkeit hätte berichten können, öffnete sie für einen kurzen Moment ihr eisernes Künstlersein und sagte:

»Hör bitte auf mit dieser Weicheierei, Junge. Geh hinaus. Das Leben ist fürchterlich und großartig, es ist romantisch, traurig und lustig, meistens ist es ein Plätschern und oft genug ein grausames Spiel, es ist ungerecht und verachtungswürdig, ein schlechter Witz und voll von Niedertracht, aber es ist dein Abenteuer, das einzige, das dir und nur dir gehört. Du solltest also gut darauf aufpassen. Und noch ein kleiner Ratschlag, ganz umsonst: Die Menschen sind zu 90 Prozent schlecht, halte dich an die anderen zehn Prozent und du wirst Spaß haben.«

»Aber wie erkenne ich die?«

»Gar nicht. Und bevor du nach einer weiteren Weisheit fragst: So weit ich mich erinnere, bin es doch ich, die Abschied nimmt, um die es hier geht, oder etwa nicht?«

»Doch, natürlich«, sagte Kyell und schämte sich sogleich für seine Selbstsucht. Und er fragte sich, weil man das doch so tat zum Abschied, ob er sie einmal in den Arm nehmen sollte, als Geste, aber nein, natürlich nicht, das war albern, das hätte sie nicht gewollt, bestimmt nicht. Oder doch? Nein, auf keinen Fall.

»Warum fahren Sie eigentlich vor der Premiere?«

»Ach Kindchen, das nennt man Drama. Und kümmere dich bitte um Charles Manson. Er ist noch nicht so weit. Ich denke, zwei bis drei Wochen wird er noch brauchen. Er ist ja nicht der Allerschnellste, und ich habe das untrügliche Gefühl, dass er Bedienstete gerne um sich hat. Wie auch immer. Denk bitte an seine Allergie: Keine Heringe!«

»Haben Sie Angst?«

»Nicht wirklich«, sagte sie, schaute wieder hinaus aufs Meer und dachte: Doch, sehr sogar. Es war ja ihr erstes Rendevouz. Mit dem Tod. Und wie bei jedem ersten Mal, war sie ein wenig aufgeregt. Aber das würde sich schon wieder legen, sobald sie sich näher kennengelernt haben. Als Wienerin wurde ihr das Abfahren ja in die Wiege gelegt. Mit rosa Schleifchen und besten Wünschen für die Zukunft. Für Feiglinge war da kein Platz, die wurden einfach unter den Teppich gekehrt. Dabei gab es doch nichts Größeres. Unheimlich und faszinierend zugleich. Immer schon. Wenn auch nur für eine sehr, sehr kurze Zeit. Und das ist das Ärgerliche am Tod, dachte sie, dass man ihn nicht genießen kann.

Zwei bis drei Monate, hatte Mandelberg ihr am Telefon gesagt. Höchstens. Die Ergebnisse waren wohl eindeutig. Als er anfing, von Zytogenetik zu sprechen, hatte sie abgeschaltet, nicht mehr zugehört, das war nicht ihre Welt. Und es spielte auch keine Rolle mehr. Sie wusste, was zu tun war, vor Jahren schon entschieden. Nie war ihr in den Sinn gekommen, in den letzten Momenten zu hospitalisieren. Sie war durchaus eine Kriegerin, aber Schmerzen lehnte sie prinzipiell ab, insbesondere wenn sie zu nichts führten. Glücklicherweise hatte der hiesige Pferdedoktor Schmerzmittel in Kompaniegröße parat, sonst hätte sie in den letzten Wochen weit weniger gut ausgesehen.

Alles war vorbereitet, alles erledigt. Die Briefe an ihre Freundinnen hatte sie erst gestern Morgen losgeschickt. Lange Briefe. Mit kleinen persönlichen Anekdoten und großzügigen Portionen Pathos versehen. Sie erwartete Trauer, Tränen und Verzweiflung, das ganze Programm, ein rauschendes Fest natürlich auch, das war Bedingung, mindestens. In Fines Brief legte sie noch den kleinen Anhänger mit hinein, den sie immer so mochte, den aus dem Kaugummiautomaten, 1967, als sie beide hochkantig betrunken in dunkler Nacht durch Wien taperten, lauthals *Come on baby light my fire* sangen und ihre letzten Schillinge in den quietschroten Kasten an der Backsteinmauer warfen. Heraus kamen jedoch keine Kaugummis, sondern sensationelle Geschenke, in kleinen Kapseln eingeschlossen, die sie erst öffnen mussten. Und dann: Überraschung pur, grenzenlose Ekstase auch. Fine erwischte ein schwarzes Stück Gummi, das sich als glibberige Fledermaus entpuppte. Wollte sie schon immer haben. Kreisch. Gretchens Geschenk aber war nicht weniger als eine Utopie, nie gesehen, nie geahnt, das ein Wunder dieser Art überhaupt existierte. Verloren lag es in ihren Händen, ein winziges, durchsichtiges Nilpferd, als Kettenanhänger gedacht, billiges Plastik, gewiss, und doch ein seltenes Juwel, das sie stets bei sich trug, ganz gleich, wie gefühlsduselig das war.

Immer mehr Geschichten drängten sich auf, aus allen Ecken und Winkeln kamen sie gekrochen und geflogen, als wollten sie noch ein letztes Mal gehört werden, all diese Erinnerungen, die mit ihr gingen, all diese Beziehungen, die fortan nicht mehr existierten, adieu ihr Lieben, schön war's. Meistens jedenfalls. Dieses Leben voller Juhus und Ojes, so, wie es eben sein sollte, stand immer unter ihrem Lieblingsmotto: Lebe schnell und sterbe jung. Ganz so jung, das mochte sie festhalten, war ihr allerdings weniger recht. Aber an wen nur wollte sie einen Beschwerdebrief adressieren?

Komisch, dachte sie, wie störrisch so ein Lebenwollen sein konnte, es zerrte wie ein kleines Kind am Rockzipfel seiner Mutter. Es ist eben doch ein Unterschied, die Hauptrolle zu spielen und nicht Regie zu führen. Dabei konnte sie sich nie und nichtmals an ein Vorsprechen erinnern.

Haltung.

Annehmen.

Der Vater hatte ihr damals gezeigt, wie man in Würde ging. »Meine Tochter«, hatte er gesagt, »es ist an der Zeit, mal etwas Neues auszuprobieren.« Und dann schlief er einfach ein. In seinem Bett. Um das sie alle gestanden und gewartet hatten, dass er endlich starb, wo er doch schon so lange lag, dieser stolze, große Mann, den sie nicht verlottern sehen wollte, nicht vegetieren, und der das selbst auch nie wollte, und dann war es gut, so gut es eben sein konnte. Vom ersten Tag an hatte sie ihn ver-

misst, die abenteuerlichen Ausflüge, die gruseligen Geschichten und die langen Gespräche. Niemand bereitete
sie mehr auf das Leben vor, niemand wies sie häufiger
zurecht. Und das war auch bitter nötig, das Zurechtwei-
sen. Enfant fatale rief er sie immer, weil sie ständig in
irgendwelche Räuberpistolen verstrickt war. Sie mochte
es nicht, so gerufen zu werden, und sie mochte auch sein
Faible für Binsenweisheiten nie. Einige davon hatte sie
behalten, über die Jahrzehnte hinweg. Wie zum Beispiel:
Das Erste und das Letzte, das zählt, ist nicht das Wort, ist
nicht die Logik, nicht die Tugend und nicht die Moral, es
ist immer nur das Gefühl, das eine, mit dem du kommst
und mit dem du wieder gehen wirst. Sie fand das damals
wie auch heute schmonzettig. Aber es war egal, ihr Vater
durfte alles, sogar Kitsch.

Die Bindung zu ihrer Mutter war weit weniger eng
gewesen. Bindung war wohl auch das falsche Wort. Eine
Übertreibung. Eine hemmungslose. Die einzige Bindung,
die jemals zwischen ihnen bestand, wurde bei der Geburt
zerschnitten. Sie war eine eher zurückhaltende Person,
die Mutter, sehr auf Formalität und blitzblanke Umgangsformen bedacht. Gefühle versteckte sie hinter einem Gesicht aus gnadenloser Freundlichkeit. Weshalb auch niemand genau wusste, ob sie gerade auf 180 oder nur auf
20 war. Und sie konnte durchaus unangenehm werden.
Die Mutter.

Bestraft wurde immer privat. In ihrem Nähzimmer. In
dem sie mit einer solchen Hingabe zuschlagen konnte,
dass es beinahe eine Freude war, ihr dabei zuzuschauen,
wie schwungvoll sie ausholen konnte und wie glücklich
sie darüber war, etwas gefunden zu haben, in dem sie gut
war, richtig gut. Ihr Tod war dann aber weit weniger
schön. Erstickt ist sie. An einem Suppenklößchen. Und
gezappelt soll sie haben. Ganz entgegen ihrem Naturell.
Gretchen Morgenthau war nicht da, als es passierte, und
dankbar für diesen Umstand. Sie wusste bis heute nicht

mit letzter Gewissheit zu beantworten, ob sie geholfen oder lieber zugeschaut hätte.

Wahrscheinlich zugeschaut.

Und nun war es an ihr. Großes Ende. Mit dem Boot hinaus. Sie musste an Vockerat und den Müggelsee denken. Dilettant, was für ein Dilettant. Warum nicht gleich in der Badewanne ertrinken? Piefige deutsche Hausmannskost. Bei ihr, da war sie überzeugt, wird es dereinst heißen: Die alte Frau und das Meer. So geht das. Müggelsee. Pffft. Nein, es gab wahrlich keinen Grund zur Beschwerde. Sie wollte es immer dramatisch und groß, so groß es eben ging, und das hier, das war groß, mit allem Drum und Dran, pathetisch, grotesk und albern zugleich. So ging das große Spiel, so war es immer, so würde es immer sein. Bei Tschechow enden selbst Komödien für gewöhnlich tödlich, zu Recht, denn letzten Endes, dachte sie, ist das Theater doch immer nur eine Tragödie. Und die einen gehen in Stille und die anderen lieber nicht. Still genug wird es ja automatisch. Großes Glück also, in elisabethanischer Schnulzigkeit gehen zu können, wenngleich sie, bei näherer Überlegung, ein Motorboot vorgezogen hätte. Denn das Problem war, dass sie gar nicht wusste, ob sie es überhaupt aus der Bucht hinausschaffen würde. Das Wasser war ruhig und der Wind stand günstig, aber das letzte Mal war sie vor über 40 Jahren gerudert, mit ihren Mädchen, und wenn es auch nur eine einzige Sache gab, an die sie sich erinnern konnte, dann, dass es mit großer Anstrengung verbunden war. Zudem hatte ihre Vitalität und Muskelkraft im Lauf der Jahre trotz einer halben Stunde Yoga jeden Morgen erheblich nachgelassen.

Wird schon schief gehen.

Dachte sie.

»Hast du wie besprochen Stift und Papier mit dabei?«

»Ja.«

»Nun gut, meine letzten Worte also ...«

Oh.

Sie hatte vergessen, über ihren letzten Satz nachzudenken.

Nicht gut.

Sie musste improvisieren.

Nun ja.

Kleinigkeit.

> »Die Menschen haben längst verlernt, zwischen den Zeilen zu lesen, sie können nur noch hupen.«

Um Himmels Willen. Bloß nicht. Sie klang ja wie ein Glückskeks für depressive Schriftsteller. Und was sollte da überhaupt zwischen den Zeilen stehen außer Nichts? »Streich das wieder.« Das ging besser. Das musste besser gehen. Wesentlich besser.

> »Ich hatte immer genug Selbstvertrauen, um an mir zu zweifeln.«

Nein. Auch nicht. Bestimmt nicht. Ganz bestimmt nicht. »Streichen.« Es wurde immer billiger. Was war denn nur los mit ihr? Sie erkannte sich selbst nicht wieder. Die Aufregung, sie schob es auf das emotionale Wirrwarr, anders waren diese Aussetzer nicht zu erklären. Sie musste sich zusammenreißen, sonst dichtete irgendein Pinsel postum noch ein »Mehr Licht« herbei. Oder ein »Mehr Wein«. Irgendetwas mit Blut müsste es sein, dachte sie, etwas Radikaleres. Obwohl, nein, auch nicht. Es war schwerer als gedacht. Zweifelsohne. Die Geschichtsbücher wurden nicht umsonst pausenlos umgeschrieben. Die wenigsten wohl waren in der Lage, die ewigen Worte im Stehgreif zu diktieren. Die Besten vielleicht.

Die Allerbesten.

Und die Geschändeten.

Die auch.

Sie musste an Fines Enkel Jakob denken, der mit 14 Jahren an Leukämie erkrankte, ein merkwürdig höflicher und unbändig neugieriger Junge, der Sprechgesang so liebte und kurz vor dem Verlöschen mit ruhiger, fester Stimme sagte: »Ich fick dich, lieber Gott, ich schwör.« Das war natürlich nur schwer zu überbieten. Wollte sie auch nicht, diese famose Wucht war nur in jungen Jahren von charmanter Grazie. Wer knapp über 30 war, musste abstrakter lautmalen, keine Blamage niemals, es sei denn komplettotal. Sie dachte an etwas Verschwurbeltes, nicht bedeutungsschwanger, mehr beiläufig und leicht, so wie das Fallenlassen eines Taschentuchs auf einer belebten Straße, so wie der flüchtige Blick eines Fremden in einer Drehtür, so wie der kurze Moment der Stille vor einem Wolkenbruch, so wie:

»Es fängt an zu regnen.«

Sie gab auf. Sollten andere in Bedeutungen stöbern und Mythen entdecken, ihr war die Zeit zu schade für eitlen Unfug. Und bevor ihre Stimmung umschlug und sie gar unleidlich wurde, sagte sie zu ihrem Assistenten, der fragend dreinschaute, zumal es gar nicht regnete: »Ja, schreib das auf.« Und sie war überrascht, denn es klang weit weniger wirsch als gewollt.

»Müssen Sie wirklich fahren?«

»Ja, aber ich habe eine Wette abgeschlossen. Wenn ich es bis Schottland schaffe ...«

»Bis Schottland? Mit einem Ruderboot?«

»Unterbrich mich noch ein einziges Mal und ich schneide dir die Kehle durch. Mit einem stumpfen Küchenmesser.«

»Aber ...«

»Fantasie, mein Junge, Fantasie. Und das ist doch

auch das Schöne, das Ungewisse, dass wir nicht wissen, ob ich es bis nach Schottland schaffe oder nicht.«

»Okay«, sagte Kyell weniger aus Überzeugung, als vielmehr aus Höflichkeit.

Und dann stand Gretchen Morgenthau auf, und ihr wurde ein bisschen schummrig, Kreislauf, dachte sie, weniger sitzen, mehr Bewegung, das alte Spiel.

Sie ließ den Gepäckträger vorgehen. Bis zum Ende des Stegs. An dem das Boot angebunden war. Und auf sie wartete.

Kyell verstaute Koffer und Korb im Heck des Bootes. Er hielt ihre Hand, damit sie unfallfrei einsteigen konnte. Er hielt sie etwas länger fest als nötig. Einfach so. Sie fühlte sich kalt an. Die Hand. Und als er sie wieder losließ, roch er Wacholder und Moschus, Moos und Mandarine, Amber und Jasmin, und ihm gefiel dieser merkwürdige Duft, auch wenn es ein Parfum war, denn er wusste mittlerweile, dass es Momente gab, die man nie vergaß, und für ihn waren diese Momente immer mit Gerüchen verbunden, anders konnte er sich kaum erinnern.

Das Boot schlonkerte beim Einstieg. Sie setzte sich auf die noch kalte Holzbank und betrachtete ihr Gefährt etwas genauer. Ein traditionelles, aus Massivholz gefertigtes Boot, weiche Rundungen in strenger Form. Tiefe Hingabe und großes Können waren hier am Werk, keine Frage. Sie streifte mit ihren Händen über die in Dollen gefangenen Skulls. Es fühlte sich genau so an wie damals. *In die Auslage gehen, Blätter senkrecht drehen und durchziehen.* So klang es in ihrer Erinnerung. In Zeiten der Vermessenheit, als es noch wurstige Butterbrote und eine williwinzige Heimat gab. Ihre Blicke schweiften ziellos umher, weder suchend noch findend, und doch stutzte sie für einen Moment oder für eine Ewigkeit, denn nie zuvor war ihr diese Welt so nah. Der Wind wehte eine Strähne vor ihr Gesicht, die störte und kitzelte und die sie zur Seite schob und wieder vorholte, um mit ihr zu spielen, so wie es junge Frauen tun, wenn sie verlegen sind oder träumen. Träumte sie? Nein. Sie schaute in den Himmel, um ein letztes Mal sicher zu gehen, dass Gott nicht doch rein zufällig mal Hallo sagen wollte. Dummes Kind, dachte sie, töricht zu glauben, er hätte schon Feierabend. Dann nickte sie ihrem persönlichen Assistenten zu.

Kyell wickelte die Leine los.

Er stieß das Boot ab.

Sein Puls ging schneller,

einfach so,

und er fragte sich,

ob er sie nicht retten musste,

ob das nicht die Aufgabe eines Helden war,

aber er besaß ja gar keine Superkräfte,

nicht einmal fliegen konnte er,

und dann wollte er noch etwas sagen,

etwas Schönes,

aber das war schwer, schwerer als gedacht,

und er sah, wie sie langsam kleiner wurde,

er musste sich beeilen,

und das machte ihn

nervös,

weil er einfach nicht wusste, nicht weiter wusste, und dann sagte er:

»Toi, toi, toi.«

Und Gretchen Morgenthau lächelte ein zweites Mal

und sagte:

»Ja.«

Aus der Reihe Critica Diabolis

21. *Hannah Arendt,* Nach Auschwitz, 13,- Euro
45. *Bittermann (Hg.)*, Serbien muß sterbien, 14.- Euro
55. *Wolfgang Pohrt,* Theorie des Gebrauchswerts, 17.- Euro
65. *Guy Debord,* Gesellschaft des Spektakels, 20.- Euro
68. *Wolfgang Pohrt*, Brothers in Crime, 16.- Euro
112. *Fanny Müller*, Für Katastrophen ist man nie zu alt, 13.- Euro
129. *Robert Kurz*, Das Weltkapital, 18.- Euro
131. *Paul Perry*, Angst und Schrecken. Hunter S. Thompson-Biographie, 10.-
139. *Hunter S. Thompson*, Hey Rube, 10.- Euro
153. *Fanny Müller*, Auf Dauer seh ich keine Zukunft, 16.- Euro
154. *Nick Tosches*, Hellfire. Die Jerry Lee Lewis-Story, 16.- Euro
156. *Hans Zippert*, Die 55 beliebtesten Krankheiten der Deutschen, 14.- Euro
160. *Hunter S. Thomspon*, Die große Haifischjagd, 19.80 Euro
162. *Lester Bangs*, Psychotische Reaktionen und heiße Luft, 19.80 Euro
163. *Antonio Negri, Raf V. Scelsi*, Goodbye Mr. Socialism, 16.- Euro
166. *Timothy Brook*, Vermeers Hut. Der Beginn der Globalisierung, 18.- Euro
171. *Harry Rowohlt, Ralf Sotscheck*, In Schlucken-zwei-Spechte, 15.- Euro
173. *einzlkind*, Harold, Toller Roman, 16.- Euro
174. *Wolfgang Pohrt*, Gewalt und Politik, Ausgewählte Schriften, 22.- Euro
176. *Heiko Werning*, Mein wunderbarer Wedding, 14.- Euro
178. *Kinky Friedman*, Zehn kleine New Yorker, 15.- Euro
182. *Sue Townsend*, Adrian Mole. Die schweren Jahre nach 39, 18.- Euro
184. *Guy Debord*, Ausgewählte Briefe. 1957-1994, 28.- Euro
185. *Klaus Bittermann*, The Crazy Never Die, 16.- Euro
186. *Hans Zippert*, Aus dem Leben eines plötzlichen Herztoten, 14.- Euro
187. *Fritz Eckenga*, Alle Zeitfenster auf Kippe, 14.- Euro
188. *Ralf Sotscheck*, Tückisches Irland, 14.- Euro
189. *Hunter S. Thompson*, The Kingdom of Gonzo, Interviews, 18.- Euro
190. *Klaus Bittermann*, Möbel zu Hause, aber kein Geld für Alkohol, 14.- Euro
192. *Heiko Werning*, Schlimme Nächte, 14.- Euro
193. *Hal Foster*, Design und Verbrechen, Schmähreden, 18.- Euro
195. *Ry Cooder*, In den Straßen von Los Angeles, 18.- Euro
196. *Wiglaf Droste*, Sprichst du noch oder kommunizierst du schon? 14.-
197. *Wolfgang Pohrt*, Kapitalismus for ever, 13.- Euro
198. *John Gibler*, Sterben in Mexiko, Drogenkrieg, 16.- Euro
199. *Owen Hatherley*, These Glory Days, Ein Essay über Pulp, 16.- Euro
200. *Wolfgang Pohrt*, Honoré de Balzac, 13.- Euro
201. *Gerhard Henschel*, Beim Zwiebeln des Häuters, Verrisse, 15.- Euro
202. *Joe Bauer*, Im Kessel brummt der Bürger King, 14.- Euro
203. *Cederström & Fleming*, Dead Man Working, 13.- Euro
204. *Robert Kurz*, Weltkrise und Ignoranz, Essays, 16.- Euro
205. *Wolfgang Pohrt*, Das allerletzte Gefecht, 13.- Euro
206. *Wiglaf Droste*, Die Würde des Menschen ist ein Konjunktiv, 14.- Euro
207. *einzlkind*, Gretchen, Prima Roman, 18.- Euro
208. *Peter Laudenbach*, Die elfte Plage, Zur Kritik des Touristen, 13.- Euro

http://www.edition-tiamat.de